Vladimir Vertlib

Schimons Schweigen

Roman

dtv

Ausführliche Informationen
über unsere Autoren und Bücher
www.dtv.de

Von Vladimir Vertlib sind bei dtv außerdem erschienen:
Das besondere Gedächtnis der Rosa Masur (13035)
Zwischenstationen (13341)
Letzter Wunsch (13439)
Mein erster Mörder (13634)
Am Morgen des zwölften Tages (14146)

MIX
Papier aus verantwortungsvollen Quellen
FSC® C019821
FSC www.fsc.org

2015 dtv Verlagsgesellschaft mbH & Co. KG, München
Lizenzausgabe mit Genehmigung des Paul Zsolnay Verlags Wien

Umschlagkonzept: Balk & Brumshagen
Umschlaggestaltung: Wildes Blut, Atelier für Gestaltung,
Stephanie Weischer unter Verwendung
eines Fotos von Arcangel Images / Evelina Kremsdorf
Druck und Bindung: Druckerei C.H.Beck, Nördlingen
Gedruckt auf säurefreiem, chlorfrei gebleichtem Papier
Printed in Germany · ISBN 978-3-423-14428-5

Schimons Schweigen

Klingonia

»Where're you from?«

»I come from Klingonia.«

Das Gesicht des Mannes bleibt unbeweglich. Sein Lächeln wirkt künstlich. Sein Tonfall variiert, doch die Mundwinkel zeigen unentwegt nach oben. »Come to my shop!«, schreit er. »I show you. You want souvenirs? Something for your wife?«

»In Klingonia we don't eat human food, we don't buy what humans buy, we don't consume things at all. I come from another planet, you see. I'm not human. We are not humans over there.«

Der Mann lässt sich nicht aus dem Konzept bringen.

»Beautiful place, Klingonia«, erklärt er.

»Kronos planet«, sage ich.

»Yes, a wonderful place.«

»Really? How do you know?«

»I have many friends there.«

Kennt er *Raumschiff Enterprise* wirklich nicht oder spielt er das Spiel einfach nur mit?

»You know Captain Picard?«, frage ich ihn.

Jetzt schaut er mich das erste Mal verdutzt an, studiert mein Gesicht, versucht wohl, mein Grinsen richtig zu deuten, und sagt schließlich: »Yes, yes, nice guy. Come on, I'll show you my shop, you won't regret it, you'll be surprised.«

»I have only klingonian money.«

Der Mann zeigt mit dem Finger auf die Wechselstube am anderen Ende des Platzes. »Over there you can change into Shekel.«

»I don't think so«, sage ich.

Das dritte Mal bin ich an diesem Tag am Jaffator, und zum dritten Mal versucht der Mann, mich in seinen Ramschladen zu locken. Es gibt viele kitschige Läden in der Altstadt von Jerusalem, doch sie alle verblassen im Vergleich zu dem, was hinter der Vitrine dieses Mannes glitzert. Madonnenbilder mit leuchtenden, blauen Glasaugen, Rabbiner mit Schläfenlocken aus Marzipan oder Taschentücher mit einer stilisierten Abbildung der Klagemauer gehören zu den harmlosesten Abscheulichkeiten.

Die Hartnäckigkeit des Mannes verdient trotzdem Anerkennung. Vielleicht bin ich nur noch nicht alt genug, um auf Kleinigkeiten dieser Art mit Gelassenheit zu reagieren. Vielleicht ärgert es mich, dass ich vor dem Mann nicht, wie die anderen beiden Male, einfach flüchten kann. Meine Frau ist in das Büro der Touristeninformation gegangen, und da ich sie nicht begleiten wollte, haben wir diese Ecke als Treffpunkt ausgemacht. Diesmal kann ich nicht davonlaufen. Außerdem holt uns Tanya am Jaffator ab. Sie sollte in zehn Minuten eintreffen. Ich bin neugierig, wo sie trotz der Straßensperren und der Menschenmassen das Auto parken wird oder auch nur kurz anhalten kann, um uns einsteigen zu lassen.

Ich bin müde, habe letzte Nacht kaum geschlafen. Wenn der Ladenbesitzer nicht wäre, könnte ich zumindest noch in Ruhe eine Zigarette rauchen. Aber er will mir nicht von der Seite weichen. Mir fällt auf, dass er selbst wie ein Klingone aussieht: breites Gesicht, zerfurchte Stirn, üppiges Haar, große eng stehende Augen. Nur der Oberlippenbart passt nicht zu seiner klingonischen Aura.

Ich beginne, eine lange Geschichte zu erzählen. Das Volk der Klingonen, gut organisiert und fleißig wie eine Ameisenpopulation, halb Menschen, halb Maschinen, ist eine aggressive Spezies, die im Weltraum expandiert und ihr Reich vergrößert, indem es andere Völker assimiliert. Der Mann hört mir aufmerksam zu. Sein Blick verdüstert sich. Die Mundwinkel zeigen jedoch unerbittlich nach oben. »Yes, we assimilate you«, erkläre ich und überlege sogleich, dass es vielleicht nicht besonders geschickt war, einem Araber in Ostjerusalem zu sagen, ich sei gekommen, um ihn zu assimilieren. Außerdem erinnere ich mich plötzlich, dass es die Borg und nicht die Klingonen sind, die andere Völker assimilieren. Früher hätte ich Borg und Klingonen nie verwechselt, doch meine Begeisterung für *Star Trek: The Next Generation* liegt mehr als zehn Jahre zurück.

Dem klingonisch aussehenden Araber ist es offenbar kein Problem, assimiliert zu werden.

»What do you like?«, fragt er mich. »Come to my shop, I make you a good price, whatever you want to buy.«

»Nooo!«, schreie ich entnervt. »Forget it! No, no, no! Go away! Piss off! Please! Just disappear!«

Der Mann sagt etwas auf Arabisch. Es klingt wie eine schwere Beleidigung. Ich verstehe nur das Wort »khalab« – Hund. Dann dreht er sich um und geht. Meine Laune ist verdorben. Ein anderer hätte diesen Menschen wohl sofort zum Teufel geschickt und den Vorfall vergessen. Mir hingegen spukt er noch lange im Kopf herum.

Zu den Restbeständen der kommunistischen Erziehung, die meine Eltern in ihrer Schulzeit genossen und später an mich weitergegeben haben, gehört die Verachtung für jegliche Art von Geschäftemacherei, für »Spekulanten, Krämernaturen und Schnäppchenjäger«. Sogar in meiner Jugend, als ich kaum Geld hatte, wäre es mir nie in den Sinn gekommen, mit einem Händler um den Preis einer Ware zu feilschen oder durch die halbe Stadt zu fahren, um etwas im Sonderangebot zu erstehen. Im Umgang mit Rechtsanwälten, Notaren oder Immobilienmaklern hatte ich oft das Gefühl, sie agierten nicht anders als jener kleine Gauner am Wiener Naschmarkt, der mir fünf Schilling zu viel verrechnet hatte und ein zufriedenes Gesicht machte, als ich nicht sogleich protestierte. Respekt hatten meine Eltern vor Menschen, die einen »soliden Beruf«, eine Anstellung und ein fixes Gehalt hatten und ihre Arbeit, egal, ob sie ihnen Vergnügen bereitete oder nicht, gewissenhaft verrichteten. Die Freiberufler und Geschäftemacher waren hingegen nur ein notwendiges Übel. Man brauchte sie, aber man sah sie nicht als gleichwertig an. Der Händler kaufte eine Ware so billig wie möglich ein, um sie so teuer wie möglich zu verkaufen. Erfolgreich war jener, der sie einem Kunden zu diesem hohen Preis einzureden verstand. Wenn mehrere Gauner miteinander konkurrierten, nannte man das Kapitalismus, und dieser war immer noch besser als die Planwirtschaft, wo nur der Staat und seine Führungsschicht konkurrenzlos alle anderen betrogen. Der Kommunismus war ein idealistischer Traum, eine Utopie, die nicht funktionieren konnte, weil nicht alle Menschen rechtschaffen waren oder feste moralische Grundsätze hatten. Als ich mit achtzehn auf die Uni kam, um Volkswirtschaftslehre zu studieren, war ich erstaunt, dass andere das nicht genauso sahen wie ich. Manche maßen dem Geldverdienen sogar einen positiven Wert an sich bei.

Ich schaue auf die Uhr. Es ist fünf Minuten nach sechs, von Tanya keine Spur, und meine Frau ist immer noch im *Tourist Office*. Der Klingone hat inzwischen ein anderes Opfer gefunden, eine junge, rothaarige Touristin mit Strohhut. Er bedrängt sie so lange, bis sie tatsächlich in seinem Geschäft verschwindet.

Eine Viertelstunde später stehen meine Frau und ich auf der stadtauswärtigen Seite des Jaffators. Die Dächer und die weißen Fassaden der Neustadt glänzen im Licht der Abendsonne. Wenn ich nicht so nervös wäre, könnte ich mich dem Eindruck der Szenerie hingeben. Es sind weder die Menschen noch die Bauwerke, es ist dieses Licht, das Jerusalem zu einem sakralen Ort macht, mehr noch als die Höhenlage, die klare Luft, der weiße Stein, die karge Landschaft und die unbestreitbare Schönheit des Ensembles, dieser Mischung aus Alt und Neu, aus Erhabenheit und Schäbigkeit und deren verblüffende Harmonie, mehr als das historische Wissen und das religiöse Gefühl, das jeder Besucher mit hierherbringt und dieser Stadt überstülpt. Das Licht dient als Katalysator, als Transportmittel zum Genuss oder zum orgiastischen Überschwang, je nachdem, wie weit man gehen möchte.

»Ich ruf sie an«, sage ich.

»Warte noch fünf Minuten«, sagt meine Frau. »Du weißt nicht, wie viele Kontrollen und Umleitungen es an einem solchen Abend gibt.«

»Du hast recht.«

Sogar ich wäre von der golden glänzenden Stadtmauer im Abendlicht begeistert, wären da nicht die vielen orthodoxen Juden, die an mir vorbeihasten und über die Innenstadt herfallen, um den *Seder*, den Beginn des Pessachfestes, im jüdischen Teil der Altstadt zu feiern. Sie rauben mir den beschaulichen Augenblick, weil sie so hektisch wirken und die hasserfüllten Blicke der arabischen Bevölkerung auf sich ziehen. Die Präsenz der Sicherheitskräfte ist massiv. Trotzdem versuchen die Polizisten und Soldaten, sich im Hintergrund zu halten.

»Okay, jetzt ruf ich sie an«, sage ich.

In diesem Moment läutet mein Handy.

»Bitte entschuldige!«, höre ich Tanyas Stimme. »Das ist wieder einmal typisch für mich. Aber ich kann hier weder vor noch zurück, weil …« Für einige Augenblicke ist der Empfang unterbrochen.

»… Patriarchate …«

»Was?«

»Ich bin mit meinem Auto in der Latin Patriarchate Street und stecke hier fest … das Zurückfahren … falsch abgebogen … sie lassen mich nicht wieder hinaus … weil …«

»Tanya? … Tanya!«

»Es tut mir sehr leid.«

»Tanya, wir kommen zu dir. Ist ja gleich um die Ecke.«

Vom Jaffator bis zur Straße des Lateinischen Patriarchats sind es keine zwei Minuten. Wie hat sie es nur geschafft, in diese Gasse hineinzufahren?

Die Gasse ist keine fünf Meter breit. Sie windet sich den Hügel hinauf und biegt hinter dem Sitz des Lateinischen Patriarchats, einem massiven, düsteren Palast aus dem 18. Jahrhundert, rechts ein, um sich schließlich in eine Reihe weiterer, noch engerer Gassen zu verzweigen. Kein Fahrzeug hätte dort noch Platz, aber Tanya ist ohnehin keine fünfzig Meter weit gekommen. Ein Lieferwagen versperrt ihr den Rückweg. Einige Kinder umringen Tanyas silberfarbenen Toyota Corolla, der ziemlich neu aussieht. Mit diesem Auto hätte ich mich nicht einmal in die Nähe der Altstadt getraut. Einige der Kinder trommeln auf die Motorhaube ein, andere lachen oder schreien, einer streckt die Zunge heraus, ein anderer hält den Stinkefinger in die Höhe. Der Fahrer des Lieferwagens, ein Mann mittleren Alters mit grauem Sakko, ist ausgestiegen, erklärt aufgeregt gestikulierend etwas in einer Mischung aus Englisch und Arabisch. Tanya streckt den

Kopf aus dem Seitenfenster, schaut sich Hilfe suchend um, lächelt verlegen. »Please«, murmelt sie. »Please, would you be so kind to …« Sie seufzt und bricht ab. Ist das dieselbe Frau, die gestern vor einem Publikum von hundert Leuten eine glänzende Rede gehalten und danach peinliche Fragesteller und Provokateure souverän in die Schranken gewiesen hat?

»Gut, dass ihr da seid«, sagt sie. »Ich bin hier hineingefahren, um umzudrehen, und jetzt komme ich nicht mehr heraus.«

»Wie bist du nur auf die Idee gekommen, dass du hier umdrehen könntest?«, frage ich. »Es wäre besser gewesen …« Meine Frau wirft mir einen strengen Blick zu, und ich verstumme.

Die Männer auf den Plastikstühlen vor dem Kaffeehaus unten an der Ecke schauen uns belustigt zu, rauchen und grinsen.

»You have to drive back, please!«, sagt Tanya, wahrscheinlich zum wiederholten Male, zum Fahrer des Lieferwagens. »What shall I do? Tell me, what shall I do?«

Der Mann schreit, stur, impertinent und stupide, wie nur Autofahrer in bestimmten Situationen sein können: »Go away! Go! Go! Move!«

»How can I possibly move if you are in my way?« Tanyas Stimme bleibt leise, unaufgeregt, eher traurig. »Do you think I can fly? What's the matter with you? Can't you see?«

Tanya versucht, dem Blick des Mannes auszuweichen. Plötzlich erinnert sie mich an meine Mutter, als sie in Tanyas Alter gewesen war: dieselbe Traurigkeit in Stresssituationen, dieselbe gedämpfte Festigkeit, der Hang, emotionalem Überschwang und Irrationalität mit Logik zu begegnen. Ihre Schultern fielen ein, der Rücken wurde krumm, und wenn ich in ihre Augen schaute, glitt ich aus und stürzte in den Graben zwischen Anspruch und Realität, der mit jedem Wort tiefer und breiter wurde. Je deutlicher Mutter ihre Meinung formulierte, umso mehr hatte ich den Eindruck, sie würde demnächst in sich zusammenfallen, sich einrollen, sich in ihrem Inneren verbergen.

Ich wünschte, Tanya würde solchen Leuten ins Gesicht schauen, selbstbewusst, die Unverschämtheit in die Schranken weisend. Wozu ist sie vor zwanzig Jahren aus der Sowjetunion emigriert, wozu hat sie alle Mühen auf sich genommen und ist, während Saddams Raketen in Tel Aviv einschlugen, in Israel angekommen, hat sich ein neues Leben aufgebaut, sich emporgearbeitet bis zur Leiterin des Germanistikinstituts, hat ihre beiden Töchter großgezogen? Wer ist sie und wer ist dieser schmierige Typ im Lieferwagen?

»Warum sprichst du Englisch mit ihm?«, frage ich sie.

»Er kann kein Hebräisch. Sagt er. Die Kinder können auch kein Hebräisch, jedenfalls behaupten sie das. Sie wollten mir die ganze Zeit irgendetwas verkaufen.«

»Natürlich können sie Hebräisch«, sage ich. »Sie verarschen uns einfach …«

»Hör auf!«, unterbricht mich meine Frau. »Jetzt ist nicht der richtige Augenblick, um darüber zu diskutieren.«

Ich setze mich auf den Beifahrersitz, meine Frau nimmt hinten Platz. Der Fahrer des Lieferwagens flucht und geht zu seinem Fahrzeug. Das Zurückfahren ist Präzisionsarbeit, zumal die Fußgänger nur unwillig und im letzten Augenblick ausweichen.

»Es war wahrscheinlich keine gute Idee, unseren Treffpunkt am Jaffator auszumachen, das tut mir sehr leid«, sage ich. »Aber nachdem unser Quartier in der Altstadt liegt und wir uns in Jerusalem nicht auskennen …«

»Ich bin einfach ungeschickt«, erklärt Tanya.

Im Schritttempo bewegen wir uns zum Ausgang der Gasse. Der schrille Piepston des reversierenden Lieferwagens übertönt den Lärm, der vom Jaffator herüberschallt.

»Will you come to my shop?«, höre ich plötzlich eine bekannte Stimme. »It's only round the corner. I'll show you.« Das grinsende Gesicht des Klingonen taucht neben dem Seitenfenster auf.

»No!«, schreie ich.

»Yes, okay, show me, but I will not visit it today«, sagt Tanya.

Ich bin so verblüfft, dass ich nicht widerspreche, und ehe meine Frau protestieren kann, hat der Klingone neben ihr auf dem Rücksitz Platz genommen. Am liebsten würde ich mich umdrehen und ihm an die Gurgel gehen.

Ich schweige. Der Klingone preist wieder einmal sein Geschäft in den höchsten Tönen an. Meine Frau bemüht sich, den Abstand zu ihm zu vergrößern. Es scheint, als wolle sie mit der Seitentür verschmelzen. »Ich werde bestimmt nicht zu ihm hineingehen«, sagt Tanya halblaut auf Russisch.

»Dobri den! I love the Russians«, schreit der Mann.

»We all come from Klingonia«, erkläre ich.

»Yes, I know«, sagt er.

Nachdem wir uns aus der Patriarchatsgasse endlich befreit haben, lenkt Tanya den Toyota tatsächlich zum Ramschladen des Klingonen. Dort allerdings ist Parken verboten. Das sieht auch der Besitzer ein. Die Aufmerksamkeit der Polizei möchte er nicht auf sich lenken, schon gar nicht so kurz vor einem hohen jüdischen Feiertag, wenn die Nerven der Exekutivbeamten blankliegen. Für einige Augenblicke hält Tanya trotzdem an. »Give me your card«, sagt sie. »I'll visit your shop later, but not today.«

»For sure?«

»I promise.«

Er gibt ihr seine Visitenkarte.

»You are a pretty woman.«

»Thank you«, sagt Tanya.

Eine rosafarbene Maria Immaculata mit blinkendem Heiligenschein bestaunt mit ihren blitzblauen Huskey-Augen die Szene durch das Glas der Vitrine.

Endlich ist er ausgestiegen. Tanya gibt Gas, bevor die beiden schwerbewaffneten Polizisten, die auf uns zugehen, etwas sagen können.

»Was war das denn?«, frage ich. »Willst du wirklich sein Geschäft besuchen? Ich sage immer gleich nein, wenn mich diese Händler bedrängen.«

Wir kurven durch das Armenische Viertel, verlassen die Altstadt durch das Zionstor, biegen in die Umfahrungsstraße ein. Kurzzeitig taucht das Jaffator rechts von uns noch einmal auf, dann das Notre-Dame-Kloster auf der linken Seite.

»Wahrscheinlich gehe ich nicht hin, aber ich habe immer so ein schlechtes Gewissen diesen Leuten gegenüber, ich möchte sie nicht beleidigen oder vor den Kopf stoßen.«

Wir fahren auf einer mehrspurigen Ausfallstraße Richtung Norden. Früher, bis Juni 1967, befand sich hier das Niemandsland zwischen dem West- und dem Ostteil der Stadt – die Mauern und Stacheldrahtverhaue und das berühmte Mandelbaum Gate. Jetzt wurde hier eine Straßenbahntrasse errichtet.

»Wieso hast du ein schlechtes Gewissen? Bist du für die israelische Besatzungspolitik verantwortlich? Hast du jemanden vertrieben? Außerdem hast du mir doch erzählt, dass du dich um die arabischen Studenten auf der Uni besonders kümmerst.«

»Trotzdem«, meint sie. »Es geht nicht um mich allein.«

»Ja, ich verstehe. Aber ich bin sicher, dass du eine linke Partei wählst. Du bist als Immigrantin hierhergekommen, du bist nicht für die Fehler der letzten hundert Jahre verantwortlich, du wohnst nicht in den besetzten Gebieten ...«

»Doch«, sagt sie. »Ehrlich gesagt, leben wir in den Territorien, in Maale Adumim, das ist nicht weit von Jerusalem, aber im Osten, Richtung Jericho.«

Das hatte mir Tanya bis jetzt verschwiegen. Ich dachte, sie wohne in Jerusalem, und als sie meine Frau und mich eingeladen hatte, mit ihr und ihrer Familie den Beginn des Pessachfestes zu feiern, nahm ich an, dies sei irgendwo im Westteil der Stadt.

»Wir hatten keine andere Wahl. Wir kamen völlig mittellos in dieses Land, und die Wohnungen in Maale Adumim waren billig. Für jene, die dort hinzogen, gab es Vergünstigungen vom Staat. Unsere Tochter war erst fünf Jahre alt. Wir hatten kaum eine Ahnung von den Verstrickungen und den historischen Zusammenhängen. Wir haben nicht lange überlegt.«

Ich weiß, dass Schimon ebenfalls jenseits der Grünen Linie zu Hause ist – ein seltsamer Ausdruck für eine ehemalige Grenze, die immer noch so viel Leid verursacht. Es ist ein langer Weg, den Schimon hinter sich hat, von Leningrad über die Lagerhölle an der Wolga und in Westsibirien und schließlich doch ins Gelobte Land, in den Norden Jerusalems, wo die weißen Wohnblöcke die kargen, steinigen Hügel umkreisen und dann hinauf zu den Kuppen und wieder hinunterkriechen, hinunter und hinauf, immer weiter. Ramot heißt das Viertel: die Höhe, das Plateau. Wie eine mächtige Kette von Wehrsiedlungen wirkt das Viertel aus der Ferne, der älteste Teil noch diesseits der alten Grenze, die

Autobahn nach Tel Aviv zu seinen Füßen, die Ränder und Zwischenräume vor langer Zeit mit Zypressen bepflanzt, die nun mühsam gegen Fels und Beton ankämpfen müssen.

Morgen werde ich nach Ramot fahren, um Schimon zu besuchen. Ein Grund, weshalb ich diese Lesereise nach Israel gemacht und vor allem, warum ich Tanyas Einladung, zu einer Lesung und einer Podiumsdiskussion nach Jerusalem zu kommen, angenommen habe, ist mein geplanter Besuch bei Schimon. Ich möchte das Ungesagte nicht bis ans Ende meiner Tage zu einem kundigen Begleiter meiner Wehmut machen.

»Wenn es einmal wirklich Frieden gibt«, beginne ich langsam, während wir in die Schnellstraße nach Jericho einbiegen. »Wenn er wider Erwarten irgendwann kommt, der Frieden, und das ganze Gebiet zurückgegeben wird …«

»Dann werden wir wieder wegziehen müssen«, sagt Tanya. »Es wäre ja nicht das erste Mal, dass wir aufbrechen und wegziehen.«

Wir schweigen. Nach einiger Zeit öffnet sich uns das atemberaubende Panorama der Judäischen Wüste, die in mehreren Stufen, Hügelkette an Hügelkette gereiht, in die Jordansenke abfällt, um sich auf der anderen Seite des Flusses, in Jordanien, wieder rasch zu einem mächtigen Massiv aufzubäumen.

»Aber es wird keinen Frieden geben«, sagt Tanya schließlich.

Schimon

Dreißig Jahre lang hatten mein Vater und sein bester Freund Schimon nicht miteinander geredet. Schimon schickte Vater nach fünfzehn Jahren des Schweigens eine Ansichtskarte, auf der die Klagemauer abgebildet war. Vater antwortete mit einer Karte, die den Wiener Heldenplatz und die Hofburg zeigte. Die Texte auf der Rückseite leiteten weitere fünfzehn Schweigejahre ein. Als meine Eltern Mitte der neunziger Jahre in Jerusalem zu Besuch waren, trafen sie sich mit vielen alten Freunden, die sie noch aus ihrer Jugendzeit in Leningrad kannten, sie sahen deren Kinder und Enkelkinder, nahmen an Festen und Ausflügen teil, lernten neue Menschen kennen, aber sie fuhren nicht nach Ramot. Und Schimon, der über jede Station des Israelbesuchs meiner Eltern, über jeden Freundes- oder Verwandtenbesuch und jede damit verbundene Anekdote durch gemeinsame Bekannte unterrichtet werden wollte, hatte verkündet, meinen Vater nur dann wiedersehen zu wollen, wenn sich dieser entschuldigte.

»Warum soll ich mich entschuldigen?«, empörte sich Vater noch kurz vor seinem Tod. »Ich? Warum ich? Soll er sich doch entschuldigen.« Mutter meinte, er solle nicht so hart zu sich selbst und zu anderen sein. Doch Vater schüttelte den Kopf und sagte: »Letztlich ist mir das alles längst egal.« Und fügte mit einer Wut in der Stimme, die er erfolglos zu verbergen versuchte, hinzu: »Diese Geschichte interessiert mich nicht mehr. Sie regt mich nicht mehr auf. Schnee von gestern.«

Als mein Vater gestorben war, rief Schimon aus Jerusalem an, um Mutter sein Beileid auszusprechen.

Ich selbst kannte Schimon von den zahlreichen Fotos, die Vater während der gesamten Zeit unserer langen Emigrationsodyssee aufgehoben hatte. Persönlich lernte ich ihn erst im Sommer 2000, ein Jahr nach Vaters Tod, kennen. Er hatte auf seiner Europareise in Wien Station gemacht, war bei meiner Mutter zu Besuch und wollte mich treffen. Also machte ich mich auf den Weg von Salzburg nach Wien.

Der Empfang, den meine Mutter Schimon und seiner Frau bereitet hatte, war sehr russisch. Auf dem Tisch im Wohnzimmer lagen Speisen, die mindestens ein Dutzend Ausgehungerte satt gemacht hätten, und auch dann wäre noch genug für das Mittag- und Abendessen am nächsten Tag übrig geblieben. Die Gäste hatten in dem weichen, aber als Sitzgelegenheit für dieses Festmahl völlig ungeeigneten Sofa Platz genommen. Ihre Körper versanken im Schaumgummi, während ihre Knie dadurch bis zur Höhe der Tischkante gehoben wurden. Aus einer solchen Position heraus konnte der Griff zur Gabel zu einer schmerzvollen Rückengymnastik werden. Mutter und ich saßen unseren Gästen gegenüber, hatten es aber nicht wesentlich bequemer als sie. Unsere Stühle hatten zwar keine beweglichen Sitzflächen, waren aber für den Wohnzimmertisch, der nur zu besonderen Anlässen als Esstisch verwendet wurde, viel zu hoch. Dies hatte zur Folge, dass wir uns die ganze Zeit ebenfalls strecken und beugen mussten.

Ein Festessen bei meiner Mutter ist wie das Leben, dachte ich. Es gibt nichts umsonst.

Während Lilja, Schimons Frau, vor- und zurückrutschte, den Teller mehrmals in die Hand nahm und wieder abstellte, meisterte Schimon die physische Herausforderung bravourös. Seine Bewegungen hatten nichts Linkisches oder Insichgekehrtes, das ich von anderen Russen kannte. Der kräftige Endsechziger sah mit seinem kurzärmligen Hemd, den drei offenen Knöpfen und dem braungebrannten Gesicht wie ein typischer Israeli aus.

»Wie sehr du mich an deinen Vater erinnerst!«, bemerkte Schimon. »Dieselben Augen, derselbe Blick. In seiner Jugend hat sein Gesicht genauso gestrahlt. Nicht wahr, Lilja?«

Lilja unterbrach ihren Kampf mit dem Kartoffelsalat. Ihr ausgestreckter rechter Arm zuckte einige Male und erstarrte. Die Hand hatte ihr Ziel, die gläserne Schüssel in der Tischmitte, um etwa fünf Zentimeter verfehlt.

»Alle Menschen haben strahlende Gesichter in ihrer Jugend«, sagte sie. »Aber du hast recht, er ist ganz wie sein Vater, ich denke, nicht nur äußerlich, sondern, nach allem, was ich gehört habe, auch charakterlich.« Sie schaute mich an, deutete meinen Gesichtsausdruck richtig und fügte schnell hinzu: »Das war als Kompliment gedacht.« Vielleicht, meinte sie, sei ich, so wie mein Vater, ein Idealist, der die Fähigkeit nie verloren habe, die Welt mit gutmütiger Ironie zu betrachten und sich selbst auf die Schaufel zu nehmen.

»Mit Ironie durchaus. Aber gutmütig?«, murmelte ich. »Manchmal konnte er ganz schön …«

»Er war eine Seele von einem Menschen«, unterbrach mich Lilja.

»Die Seele von einem Menschen!«, bestätigte Schimon in einem Tonfall, der jeden Widerspruch ausschloss. Zu gerne hätte ich seine Version der Geschichte gehört, die ich von Vater kannte, aber ich hatte meiner Mutter versprochen, »keine schwierigen Themen anzuschneiden«. Also bemühte ich mich, die Harmonie des Augenblicks nicht zu stören, und bemerkte stattdessen: »Ich schätze, dass mir auch meine Mutter einige positive Eigenschaften vererbt hat«.

»Das bezweifle ich«, sagte Mutter. »Von mir hast du die

Kurzsichtigkeit und die Plattfüße und diesen nervösen Husten. Aber jetzt iss endlich was! Plaudern kannst du später. Deine Gene wirst du nicht mehr ändern, deinen Hunger hingegen kannst du stillen. Fisch? Kartoffelsalat? Schinken? Käse? Ein Glas Wein?«

»Nein, keinen Wein.« Ich wollte Schimon nüchtern über mich ergehen lassen. Das war ich Vater schuldig. In den Monaten nach seinem Tod war er in meinem Leben präsenter als in den zehn Jahren davor. Nun begleitete er mich jeden Morgen aus meinen Träumen in den Alltag hinein, schaute mir über die Schulter, gab Kommentare ab und war auch dann mit einem Rat zur Stelle, wenn ich keinen benötigte. Ich verstand, dass ich einfach warten sollte, bis er sich zu einem etwas unauffälligeren Begleiter meines Lebens entwickeln würde.

»Weißt du, dass ich der Trauzeuge deines Vaters sein sollte?«, fragte Schimon.

Das wusste ich.

»Stattdessen wurde es sein Schwager. Der wollte das unbedingt. Niemand weiß, warum. Dein Vater gab nach, nachdem seine Mutter ihn darum gebeten hatte. Die Familie geht natürlich vor.«

»Ich kenne die Geschichte«, sagte ich. »Als Kind und als Jugendlicher wollte ich von meinen Eltern immer und immer wieder unsere alten Familienanekdoten hören. Sie waren ein Phantasieraum, in den ich gerne flüchtete. Kein Wunder bei zwölf Ortswechseln und einer Odyssee durch sieben Länder in zehn Jahren.«

Mutter warf mir einen bösen Blick zu, Lilja seufzte und eröffnete konzentriert und mit größerem Elan als zuvor eine weitere Gefechtsrunde mit dem Kartoffelsalat, der Vater in meinem Kopf drückte meinen Nacken Richtung Tisch und gab einen zynischen Kommentar von sich, während mir Schimon wortreich zu verstehen gab, dass es seine Kinder ebenfalls nicht leicht gehabt hätten.

Ja, genau so habe ich es mir vorgestellt, dachte ich. Welcher Teufel hat mich geritten, dem Gespräch diese Wendung zu geben?

»Meine zweite Tochter kam auf die Welt, als ich schon in Westsibirien im Lager war. Von den zehn Jahren, zu denen ich verurteilt worden war, habe ich neun abgesessen. Lilja und die Kinder hatten etwas mehr Glück. Sie durften schon Anfang der siebziger Jahre ausreisen. Als ich 1979 in Israel ankam, wartete meine Familie am Flughafen auf mich. Meine Kinder sind mir in der Halle entgegengelaufen. Sie haben mich umarmt. Ich war überwältigt. Es war der schönste Augenblick meines Lebens.«

»Ich habe den Töchtern ihren Vater aus der Ferne gezeigt«, erzählte Lilja. »Ich selbst habe ihn sofort erkannt, als er den Sicherheitskontrollbereich hinter sich gelassen hatte, aber er hatte uns noch nicht gesehen. Da habe ich der Jüngeren gesagt: Schau, der Mann dort drüben ist dein Papa. Lauf schnell zu ihm und umarme ihn, tu so, als würdest du ihn kennen. Der Älteren hätte ich so etwas gar nicht zu sagen brauchen.«

»Davon erfuhr ich erst später.« Schimon lachte und zwinkerte mir zu. »Von den listigen Tricks meiner Frau habe ich immer profitiert. Ich bin ja eher wie dein Vater – geradlinig, gutgläubig, oft mit dem Kopf gegen die Wand.«

»Willst du damit sagen, Lilja sei nicht gutgläubig?«, fragte Mutter.

»Die List ist eine Cousine der Weisheit, die Ehrlichkeit ist nur ihre Stieftochter«, bemerkte ich und behauptete, um dem schalen Witz einen Anstrich von Seriosität zu verleihen, es handle sich dabei um ein österreichisches Sprichwort.

»Auf Deutsch klingt das natürlich viel schöner und griffiger. Es reimt sich sogar.«

»Mein Sohn kennt sich gut aus. Er ist gebildet und inzwischen ein richtiger Österreicher«, sagte Mutter.

»Ich habe gehört, du hättest deinen Schulabschluss mit ausgezeichnetem Erfolg gemacht«, bemerkte Lilja.

»Das ist mehr als fünfzehn Jahre her.«

»Trotzdem. Du hast deinen Weg im Leben gefunden. Deine Mutter kann stolz auf dich sein.«

»Wie fühlst du dich in Österreich?«, fragte mich Schimon. »Bist du hier zu Hause?«

Oh nein, nicht schon wieder!

Da ich in Mutters Wohnung die Rolle des wohlerzogenen Sohnes nicht ablegen wollte, antwortete ich artig: »So im Großen und Ganzen schon.«

»Was heißt im Großen und Ganzen? Ist Österreich dein Heimatland oder nicht?«

»Ich habe einen österreichischen Pass, ich liebe die österreichische Variante des Deutschen und die österreichische Literatur, ich habe eine emotionale Bindung an die Stadt Wien, in der ich aufgewachsen bin, die Mentalität der Menschen ist mir vertraut …«

»Bla, bla, bla, red nicht drum herum!«, unterbrach mich Schimon. »Ein Pass ist ein Fetzen Papier, die russische Sprache liebe ich auch. Es gibt keinen Autor, dessen Werk mich jemals so erschüttert hat wie das von Tolstoi, keinen, den ich so gerne lese, immer wieder und jedes Mal neu, wie Tschechow. Ich bin in Leningrad aufgewachsen, und die Mentalität der Bewohner kenne ich leider nur zu gut. Aber das alles macht mich nicht zum Russen.«

»Ist Israel seit dem Tag, an dem Sie eingewandert sind, Ihre Heimat?«

»Nein«, sagte er. »Noch bevor ich nach Israel gekommen bin, war das meine Heimat.«

»Schon vor seiner Geburt war er ein israelischer Patriot«, bemerkte Mutter. »Und das, obwohl der Staat Israel damals noch gar nicht existierte.« Schimon schmunzelte und wandte sich wieder an mich: »Aber wo ist deine Heimat? Was ist für dich dieses Österreich? Theodor Herzl war Österreicher. Hitler auch.«

Ich muss ihn wohl etwas ratlos angesehen haben, denn er murmelte mit ehrlichem Bedauern in der Stimme: »Ich glaube, ich verstehe. Du bist ein Kosmopolit.«

»Ich bin Europäer«, erklärte ich.

»Europäer?!«, höhnte er. »Willst du mich verarschen? Ich war fast zehn Jahre im Lager. Glaubst du, du kannst mich mit diesem rührseligen Gewäsch von Europa, Frieden und Menschenliebe irgendwie beeindrucken? Was hast du mit griechischen Tabakpflanzern oder schottischen Schafzüchtern gemeinsam?«

»Und Sie mit Zuwanderern aus Äthiopien?«, konterte ich.

»Wir sind Juden, wir leben in Erez Israel, wir teilen alle Gefahren und Schicksalsschläge dieses Landes.« Er sprach ernst, ohne einen Hauch von Ironie. Wenn jemand von meinen Freunden sich so über seine österreichischen Mitbürger geäußert hätte, wäre er ausgelacht worden. Ich ging in die Offensive.

»Ich teile auch die Schicksalsschläge dieses Landes. Denken Sie an Haider. Ein Tiefschlag! Denken Sie an unseren neuen Bundeskanzler – ein Schüsserl für die braune Suppe. Er ist mit den Rechtsradikalen ins koalitionäre Bett gestiegen und hat damit Europas Höllentore geöffnet. Das nehme ich persönlich. Aber ich laufe nicht davon.«

Um Schimons Lippen huschte ein wissendes Lächeln.

»Jeder Mensch sollte in seinem eigenen Land leben. Es ist einfacher, als du denkst. Bevor ich Zionist wurde, fühlte ich mich als Russe, aber die anderen sahen in mir nur den Juden. Vom Antisemitismus in Russland brauche ich dir nicht zu erzählen. Deshalb bin ich nach Israel ausgewandert. In erster Linie bestimmen die anderen über deine Zugehörigkeit. Ich habe deinem Vater nie verziehen, dass er Israel verlassen hat. Warum hat er dir das angetan?«

Obwohl ich viel hätte sagen können, kamen die Worte nur schwer und wenig überzeugend über meine Lippen.

»Du bist ein Mensch, der nirgendwo zu Hause ist«, meinte der israelische Patriot. »Tragisch!«

»Ja, vielleicht«, meinte ich. »Vielleicht ist aber gerade diese Tragik mein Zuhause, weil …«

»Ach, hör doch auf!«, unterbrach mich Schimon. »Ich bin nicht einer von deinen wohlgenährten, linksliberalen österreichischen Freunden. Sie tun so, als hätten sie krumme Nasen, und bleiben in ihrem Innersten doch immer stupsnasig, auch dann, wenn sie darunter leiden. Mir können sie nichts vormachen. Ich kenne das Leben.«

Ich lachte und wechselte das Thema. Der alte Mann war mir sympathisch. Ich versprach, ihn bald in Israel zu besuchen, doch bis ich ihn wiedersah, sollte ein weiteres Jahrzehnt vergehen.

Chad Gadya

»Chad gadya, chad gadya disabin abah bitrei susei ...« Die aramäischen Worte kommen meinen Gastgebern leicht über die Lippen. Wadim setzt allerdings eine halbe Sekunde später ein als seine Frau und trifft nicht den richtigen Ton. Statt *disabin* singt Wadim *dibazin* und statt *abah bitrei abavitrai.* Tanya ist das egal, sie genießt den Augenblick.

Ein Zicklein, ein Zicklein hat mein Vater für zwei Susei gekauft.

Der harte Singsang von Wadims Aramäisch erinnert an die Durchsagen in der Petersburger Metro. Er verwandelt die judäische Ziege in eine russische Geiß.

Ein Zicklein, ein Zicklein. Da kam eine Katze und fraß das Zicklein, das mein Vater für zwei Susei gekauft hatte.

Die jüngere der beiden Töchter schmunzelt und senkt den Blick. Vielleicht ist ihr die improvisierte Pessachfeier peinlich. Vielleicht ist es ihr noch peinlicher, dass die Eltern ihr Nichtwissen zur Schau stellen und die eigenen Fehler eher amüsant zu finden scheinen, anstatt sich dafür zu schämen. Schwer zu sagen, was sie wirklich denkt. Sie ist sehr bemüht, sich nichts anmerken zu lassen. Sie ist vierzehn, in Israel geboren und aufgewachsen. Für sie gehören die Pessachrituale zur Allgemeinbildung.

Die Ältere ist schon fünfundzwanzig und begegnet den Marotten der Eltern mit Milde. Später wird sie mir erzählen, dass Tanya und Wadim seit vielen Jahren versuchen, den Seder ordentlich zu feiern, dass ihnen das aber bis jetzt noch nie gelungen sei.

Wie kann eine Katze ein Zicklein fressen?, frage ich mich.

In einer viel späteren Fassung des Liedes wurde das Zicklein zu einer Maus, aber diese Coverversion kam erst 2500 Jahre nach dem Original heraus. Vielleicht war mit der Katze ursprünglich doch ein Luchs gemeint. Oder ein Löwe? Gibt es Luchse in der Judäischen Wüste? Das wäre im Augenblick wohl die unpassendste Frage, nachdem sich alle so redlich bemühen, der Feier einen Hauch von Erhabenheit zu verleihen. Ich selbst habe in erster Linie Hunger. Leider darf ich das Essen auf dem Tisch nicht anrühren, bevor nicht alle Gebete gesprochen und alle Lieder gesunden worden sind.

Ein Zicklein, ein Zicklein. Da kam ein Hund und biss die Katze, die das Zicklein gefressen hatte, das mein Vater für zwei Susei gekauft hatte, ein Zicklein, ein Zicklein.

Maale Adumim ist längst keine Siedlung mehr, sondern eine Kleinstadt mit fast 35 000 Einwohnern. Schön ist sie, diese Stadt auf dem Hügel. Mit ihren Parkanlagen, adretten Kinderspielplätzen, breiten Straßen, dem unlängst eröffneten Mosche-Castel-Museum und den überdachten Ruheplätzen ist sie eine schattige Oase mitten in der Wüste. Von einer Aussichtsplattform aus sieht man an klaren Tagen das Tote Meer, die Berge Edob und Moab im Osten, den Skopus- und den Ölberg in Jerusalem, die arabischen Dörfer, die Kuppeln der Moscheen und die Minarette der Umgebung, vor allem aber Hügel, Steine, Ödland, ockerfarbenen Sand, Kakteen. Es wurde mir erzählt, man könne in der Ferne manchmal sogar den Berg Nebo erkennen, auf dem einst Moses kurz vor seinem Tod gestanden ist und nach Kanaan hinübergeschaut hat. Kanaan, das gelobte Land seiner Sehnsucht am anderen Jordanufer, das er nie erreichen würde. Angeblich hat man vom Berg Nebo, der heute in Jordanien liegt, tatsächlich eine sehr schöne Aussicht.

Der Blick auf die Wüste schärft den Verstand, lässt ihn

früher oder später leicht und klar werden, so leicht, dass er emporschwebt und auseinanderbricht, jeder einzelne Splitter gewaltig und erhaben, ein glimmendes Anagramm seiner selbst und zudem sein eigenes Gleichnis. Vor dreitausend Jahren sind hier Joschua und die Israeliten durchgezogen, nachdem ihre Trompeten Jerichos Mauern zu Fall gebracht hatten. Wer die Geschichte kennt, kann sich inspirieren lassen. Wer sie mit Inbrunst gelesen hat und immer wieder liest, wird sie an diesem Ort gerne glauben wollen. Die Landschaft, das Licht und die Berge scheinen mit der feierlichen, nüchternen Sprache der Bibel zu verschmelzen. Der Name der Stadt ist der Bibel entnommen. Im Buch Joschua wird die Grenzregion zwischen den Stämmen von Judah und Benjamin Maale Adumim genannt. Doch dreitausend Jahre sind eine lange Zeit, und Gott gehört nicht zu meinem engeren Freundeskreis.

Eine moderne Schnellstraße, die nur Israelis benützen dürfen, verbindet Maale Adumim mit Jerusalem, ein durch Sicherheitsanlagen geschützter Korridor, der arabische Städte wie Abu Dis, Dörfer wie Al Tur oder Anata wie eine unwirkliche Kulisse erscheinen lässt. Ich aber hatte während der gesamten Fahrt hierher den Eindruck, als seien wir selbst Kulissen für die anderen, ein Reliefbild der Moderne, des Wohlstands und der Sauberkeit in einer heißen Ecke der Dritten Welt, ein Sehnsuchtsbild, neckisch, unerreichbar für jene, die es von außen betrachten.

Wer an der Kreuzung rechts abbiegt, muss einen Checkpoint passieren, wer links abbiegt, muss einen Checkpoint passieren, wer geradeaus fährt, muss an der Stadtgrenze von Maale Adumim einen Checkpoint passieren. Der Soldat, der die Zufahrt kontrolliert, winkt uns durch, nachdem er meiner Frau und mir einen misstrauischen Blick zugeworfen hat.

Ein Zicklein, ein Zicklein. Da kam ein Stock und schlug den Hund, der die Katze gebissen hatte, die das Zicklein gefressen hatte, das mein Vater für zwei Susei gekauft hatte, ein Zicklein, ein Zicklein.

Auf der Fahrt hierher hat uns Tanya von der Frau aus dem arabischen Nachbardorf erzählt, die eines Tages den beiden Soldaten am Checkpoint etwas zu essen mitgebracht hatte. Die Soldaten kannten die Frau. Sie war immer freundlich zu ihnen gewesen. Doch das Essen war vergiftet.

Man habe den beiden noch rechtzeitig den Magen auspumpen können, berichtet Tanya. Seitdem dürfen Soldaten keine Geschenke mehr annehmen, egal von wem.

Ob sie selbst jemals »auf der anderen Seite« gewesen sei, wollte ich wissen – drüben in Abu Dis, wo die Palästinensische Autonomiebehörde ihre Jerusalem-Büros hat, oder in Jericho, der ältesten Stadt der Welt.

»Nein, nie. Als Israelin darf ich das nicht. Früher, vor der zweiten Intifada, sind viele Leute nach Jericho ins Casino gefahren, das die Palästinenser zusammen mit einer österreichischen Firma gebaut und betrieben hatten. Heute trauen sich viele jüdische Israelis nicht einmal mehr in die Altstadt von Jerusalem.«

Ein israelischer Lyriker, den ich zwei Tage zuvor getroffen hatte, war erstaunt darüber, dass meine Frau und ich in der Altstadt Quartier bezogen hatten. Er selbst hatte mich nicht dorthin begleiten wollen. »Vor kurzem bin ich Vater geworden«, erklärte er mir. »Das hat mein Leben völlig verändert. Nun lebe ich nicht mehr für mich alleine.«

Ein Zicklein, ein Zicklein. Da kam ein Feuer und verbrannte den Stock, der den Hund geschlagen hatte, der die Katze gebissen hatte, die das Zicklein gefressen hatte, das mein Vater für zwei Susei gekauft hatte, ein Zicklein, ein Zicklein.

Beim Umblättern der Seite ist mir die Geiß verlorengegangen. Stattdessen blicke ich auf das reich geschmückte Deckblatt – die Kopie einer bunten Miniatur aus dem 13. Jahrhundert, die den Auszug der Israeliten aus Ägypten, den Weg in die Freiheit und ins Gelobte Land, in mehreren Bildern zeigt. Ich blättere im Haggada-Buch zurück, bis ich mit einiger Mühe die richtige Stelle wiederfinde.

Wadim scheint völlig aus dem Takt gekommen zu sein. »Du bist doch schon beim Wasser!«, unterbricht ihn die ältere Tochter. »Du hast das Feuer übersprungen.« Die Jüngere kichert, errötet aber, als sie merkt, dass ich sie beobachte. »Ich springe immer übers Feuer drüber«, scherzt der Vater. »Hätte ich euch, ihr beiden Nervensägen, denn sonst so lange ertragen?«

Hunger!

Ich hätte vor dem Jaffator in eine Sandwich-Bar gehen sollen, anstatt dem Klingonen *Raumschiff-Enterprise*-Geschichten zu erzählen. Matzes, hartgekochte Eier, das Charosset, eine Mischung aus Apfelstückchen, Datteln und Mandeln – eine mit Rotwein zu einem Teig geknetete Speise als Symbol für den Lehm, aus dem die Israeliten in den Zeiten der Knechtschaft Ziegel herstellen mussten, Meerrettich, als Zeichen für die Bitterkeit der Knechtschaft in Ägypten, gefilte Fisch, ein Kartoffelsalat, Oliven, saure Gurken und noch einiges mehr warten darauf, meinen Hunger zu stillen. Doch bis jetzt habe ich zwischen den rituellen Händewaschungen nur ein paar Bissen Matzes zu mir genommen und an meinem Rotwein genippt. Ich glaube, mich erinnern zu können, dass Chad Gadya erst nach dem Essen gesungen werden sollte. Entweder haben Tanya und Wadim etwas durcheinandergebracht, oder sie folgen einem anderen Ritual als jenem, von dem ich gelesen habe.

Für mich ist es die erste Seder-Feier überhaupt. In meiner Kindheit habe ich mit meinen Eltern nur Geburtstage und Neujahr gefeiert. Später entwickelte ich meine eigenen Rituale. Vor jedem Flug bringe ich ein Brandopfer dar, indem ich eine Zigarette rauche. Ich schätze, dass Gott mir trotzdem glaubt, dass ich ein guter Jude bin.

Ein Zicklein, ein Zicklein. Da kam ein Wasser und löschte das Feuer, das den Stock verbrannt hatte, der den Hund geschlagen hatte, der die Katze gebissen hatte, die das Zicklein gefressen hatte, das mein Vater für zwei Susei gekauft hatte, ein Zicklein, ein Zicklein.

Der Sederabend passt nicht zum russischen Ambiente der Wohnung: zu den schweren Vorhängen, zur Reproduktion eines berühmten Gemäldes von Isaak Levitan an der Wohnzimmerwand (ein See, ein Birkenwald, Hütten aus Holz, ein Kirchturm), zum Kalenderfoto an der Küchentür, das den Winterpalast in Sankt Petersburg zeigt, zu den gesammelten Werken von Anton Tschechow im Bücherregal, dunkelbraun gebunden, eine klassische sowjetische Ausgabe.

Es ist dunkel geworden, die Rollläden sind heruntergelassen, und wäre nicht der Ruf des Muezzins aus dem arabischen Nachbardorf, dessen Widerhall schwach, aber deutlich zu hören ist, käme man nicht auf die Idee, sich im Nahen Osten zu befinden. Im ganzen Haus wohnen Russen. Die alte Frau, die uns vor dem Eingang zum Wohnblock auf Russisch gegrüßt hat, erinnerte mich an meine Großmutter. Sogar der Tonfall und die weißrussische Färbung der Sprache waren ähnlich.

Großmutter hatte mit meinen Eltern nicht aus der Sowjetunion nach Israel emigrieren wollen. Sie stelle sich Israel wie ein großes Schtetl vor, und vom Schtetl habe sie schon in ihrer Jugend genug gehabt. Doch die ultraorthodoxen Siedler, von denen es auch in Maale Adumim einige gibt, haben mit den Luftmenschen aus Scholom Alejchems Erzählungen genauso viel gemeinsam wie Osama bin Laden mit Aladin aus *Tausendundeiner Nacht*.

Ein Zicklein, ein Zicklein. Da kam ein Ochse und trank das Wasser, das das Feuer gelöscht hatte, das den Stock verbrannt hatte, der den Hund geschlagen hatte, der die Katze gebissen hatte, die das Zicklein gefressen hatte, das mein Vater für zwei Susei gekauft hatte, ein Zicklein, ein Zicklein.

Tanya liebt den Regen. Wenn andere Menschen ihre Schirme aufspannen, läuft sie mit offenem Mantel auf die Straße, schaut hinauf zum Himmel, genießt jeden Regentropfen, der auf ihr Gesicht fällt. Neun Monate im Jahr sehnt sie sich nach der Kälte, und jene seltenen Tage, an denen in Jerusalem Schnee fällt, gehören für sie zu den schönsten. Im August dreht sie die Klimaanlage auf und drückt die Temperatur in ihrem Büro auf achtzehn Grad hinunter.

»Wenn es zu tröpfeln beginnt, rufen mich gleich alle Freundinnen an, damit ich diesen Augenblick ja nicht versäume.«

Warum sie nicht nach Deutschland ausgewandert sei, wollte ich wissen. Für eine junge Germanistin mit guten Deutschkenntnissen wäre das naheliegend gewesen, nachdem Deutschland zu Beginn der neunziger Jahre die Grenzen für jüdische Kontingentflüchtlinge geöffnet hatte.

»Nein, wenn ich schon die Zelte abbreche, meine Heimatstadt verlasse und in die Fremde ziehe, dann muss es meine eigene Fremde sein. Wenn ich schon zu Hause fremd war, so möchte ich wenigstens in der Fremde zu Hause sein. Als Kind habe ich davon geträumt, an der Klagemauer zu stehen und einen Zettel mit einer kleinen Nachricht an Gott in eine der Mauerritzen zu stecken. Dabei haben meine Eltern nie vom nächsten Jahr in Jerusalem gesprochen, sondern nur von ihrer Sehnsucht nach einer eigenen Wohnung im Wohnblock mit Lift. Ich glaube nicht einmal an Gott. Aber an das Schicksal.«

»Ich glaube auch an das Schicksal, solange es auf meiner Seite ist«, sagte ich. »Übrigens bin ich immer noch nicht an der Klagemauer gewesen.«

»Die ersten Wochen waren furchtbar«, erzählte Tanya. »Wir sind Anfang 1991 während des Golfkriegs ins Land gekommen. Ich hörte dieses Dröhnen, die Erde hat gebebt, und ich hatte entsetzliche Angst. Dann erfuhr ich, dass das unsere Abwehrgeschoße sind, die abgefeuert werden, um Saddam Husseins Raketen in der Luft zu zerstören. Das Erste, was ich mir damals besorgt habe, war eine Gasmaske für meine Tochter. Es gab kaum mehr Gasmasken im Land, aber ich habe den Einwanderungsbeamten so lange angebrüllt, bis er mir eine besorgt hat ... Gut, das ist lange her, Schnee von gestern, obwohl dieser Ausdruck hierzulande nicht ganz stimmig ist.«

»Die Hitze des vorigen Jahres«, schlug ich vor. »Les chaleurs d'antan.«

»Ja, genau«, sagte sie und lachte. »Nein, aber ernsthaft: Ich bin mit meinem Leben hier zufrieden. Wirklich!«

Ein Zicklein, ein Zicklein. Da kam der Metzger und schächtete den Ochsen, der das Wasser getrunken hatte, das das Feuer gelöscht hatte, das den Stock verbrannt hatte, der den Hund geschlagen hatte, der die Katze gebissen hatte, die das Zicklein gefressen hatte, das mein Vater für zwei Susei gekauft hatte, ein Zicklein, ein Zicklein.

Vor Beginn der Haggada-Rituale haben meine Frau und ich mit Tanya und Wadim einen Aperitiv getrunken (einen trockenen Sherry für meine Frau und für Wadim, Martini

Bianco für Tanya und für mich, alles natürlich nach einem besonderen Rezept hergestellt und somit garantiert *koscher lepessach*) und über den Terror gesprochen. Ich habe einfach gefragt, ob das Leben in Maale Adumim gefährlich sei. Manchmal habe ich den Eindruck, die Menschen seien dankbar, wenn man sie auf die tägliche Bedrohung anspricht. Ich selbst bin schon seit Jahren nicht mehr schüchtern. Heute brauche ich nur zu sagen, ich sei als Schriftsteller ein »pathologisch neugieriger Mensch«, und schon erzählen mir die Menschen nicht nur das, wonach ich gefragt habe, sondern auch alles andere. Inzwischen habe ich meine Behauptung von der professionellen Neugierde so oft wiederholt, dass ich sie selbst glaube.

»Du erkennst einen Terroristen nicht, wenn er in den Bus steigt«, erklärte mir Wadim in einem Tonfall, als würde er von der Qualität des Sherrys reden. »Er ist als orthodoxer Jude verkleidet. Oder als schwangere Frau. Er sieht aus wie ein europäischer Tourist oder trägt eine Soldatenuniform.« Nach einem Selbstmordattentat in Jerusalem habe man Leichenteile auf den Balkonen der umliegenden Häuser gefunden, einige davon im achten Stock. »Aber letztlich ist alles eine Frage der Statistik. Die Wahrscheinlichkeit, dass dir etwas passiert, ist gering. Also denk nicht darüber nach. Wenn es passiert, hast du ohnehin keine Zeit mehr, darüber nachzudenken.«

Während meines Besuchs in Jerusalem sind meine Frau und ich nur ein einziges Mal mit einem Bus gefahren und auch das nur, weil wir nach dem Besuch der Shoah-Gedenkstätte Yad Vashem, die sich am westlichen Stadtrand befindet, so aufgewühlt waren, dass wir keine Lust hatten, mit dem Taxifahrer um den Fahrpreis zu feilschen oder darauf zu bestehen, dass er den Taxameter einschaltet.

Obwohl ich wusste, dass ich einen Terroristen nicht erkennen kann, beobachtete ich die Fahrgäste trotzdem aufmerksam. Mit Ausnahme der beiden japanischen Touristen gab es niemanden, der mir nicht verdächtig vorgekommen wäre. Der orthodoxe Jude zum Beispiel – ein zierlicher junger Mann – hatte einen verdächtig dicken Bauch. Seine Augen sahen für mich »typisch orientalisch« aus – feucht glänzend, entrückt, abweisend und ein bisschen irre. Wenn man Angst hat, denkt man selten politisch korrekt.

Meine Angst war jedenfalls real und nicht statistisch. Und plötzlich war ich davon überzeugt, der Mann sei ein Araber, der sich als orthodoxer Jude verkleidet habe. Je mehr Menschen in den Bus einstiegen, desto nervöser wurde ich. Die schwangeren Frauen schauten schwangerer aus als sie sollten. Die Uniformen der Soldaten waren so sauber, als wären sie noch nie getragen worden. Der orthodoxe Jude hatte sich in die hintere Reihe gesetzt. Sein Gesicht wurde von Minute zu Minute grimmiger. Meine Frau hatte offenbar dieselben Gedanken wie ich. »Lass uns bitte aussteigen«, flüsterte sie mir zu. Und so legten wir den Rest des Weges bis in die Altstadt zu Fuß zurück.

Ein Zicklein, ein Zicklein. Da kam der Todesengel und schächtete den Metzger, der den Ochsen geschächtet hatte, der das Wasser getrunken hatte, das das Feuer gelöscht hatte, das den Stock verbrannt hatte, der den Hund geschlagen hatte, der die Katze gebissen hatte, die das Zicklein gefressen hatte, das mein Vater für zwei Susei gekauft hatte, ein Zicklein, ein Zicklein.

Seit einigen Jahren hat es kaum mehr Anschläge in Israel gegeben. Es wecke unangenehme Assoziationen, wenn die Juden ihr kleines Land mit einer Mauer umgeben, deshalb spreche man etwas verschämt von einem Sicherheitszaun, aber wie immer man das Ding nennen möge, es gewährleiste zumindest, dass auf beiden Seiten weniger Menschen sterben, meinte Wadim. Früher sei alles viel schlimmer gewesen. Ein Terrorist habe vor ein paar Jahren mit seinem Wagen die Absperrungen am Checkpoint durchbrochen. Ganz Maale Adumim sei in Alarmbereitschaft gewesen und habe nach ihm gesucht, bis man ihn schließlich in den frühen Morgenstunden im Supermarkt festnehmen habe können. Er habe sich dort die ganze Nacht im Keller versteckt, um sich später, vielleicht erst am Nachmittag, unter die Leute zu mischen und in die Luft zu sprengen.

»Ich habe solche Geschichten schon als Kind gehört«, erzählte ich. »Damals habe ich mit meinen Eltern in der Nähe von Tel Aviv gelebt, in Beer Yaakov. Ich kann mich noch an das Gefühl erinnern, das ich hatte, als ich im Radio von einem Anschlag auf einen Bus hörte. Es war jene Buslinie, mit der meine Mutter immer von der Arbeit nach Hause fuhr. Das war vor fünfunddreißig Jahren.«

»Und jetzt bist du also Österreicher?«, fragte Wadim.

»Ja, irgendwie schon«, erklärte ich nachdenklich, »ja, ja, sicher, natürlich, was sonst«, und fügte nach einer kurzen Pause hinzu, was mir Schimon vor zehn Jahren schon vorgeworfen hatte: »In erster Linie bin ich Kosmopolit.« Tanya und Wadim begannen zu lachen. »Das ist süß«, meinte Tanya.

»Na ja«, murmelte ich. »Ein Kosmopolit mit gewissen Einschränkungen. Kosmopolitismus light.«

»Das klingt für mich wie ein bisschen schwanger«, bemerkte Tanya. »Schwanger light.«

»Ich weiß nicht, ob sich jene Ukrainerin, die von einem palästinensischen Terroristen ermordet wurde, ebenfalls als Weltbürgerin gefühlt hat«, erzählte Wadim. »Sie war mit ihrem jüdischen Mann und den drei Kindern nach Israel gekommen. In eine Siedlung im Westjordanland war die Familie, so wie wir, nur deshalb gezogen, weil die Wohnung billiger war. Der Terrorist drang in das Haus der Familie ein, erschoss die Frau und verletzte ihren Ehemann und eines der Kinder schwer, bevor er von den Sicherheitskräften getötet wurde. Auf dem Friedhof der Siedlung durfte die Frau jedoch nicht begraben werden, weil sie keine Jüdin gewesen ist.«

»Ich bin keine Kosmopolitin«, erklärte Tanya. »Es gab einen Vorfall, 1990 in Leningrad. Der hat mir den Kosmopolitismus ausgetrieben. Damals sind die rechtsradikalen Gruppen mit antisemitischen Parolen durch die Straßen marschiert, und alle, Juden wie Nichtjuden, sagten, dass es bald Pogrome geben werde. Eines Tages, es war im Herbst, jedenfalls lag schon Schnee, hole ich meine Tochter vom Kindergarten ab. Ich stehe also im Vorraum, meine Tochter läuft mir entgegen, ich breite die Arme aus und höre plötzlich, wie eine Nachbarin, die ich seit Jahren kenne und die ebenfalls gekommen ist, um ihr Kind abzuholen, zu einer anderen Frau sagt: Bald wird ausgemistet, auch diese Jüdin und ihr Kind stehen schon auf einer unserer Deportationslisten … Seit diesem Moment wusste ich, dass ich auswandern werde und dass nur Israel für mich in Frage kommt.«

Ein Zicklein, ein Zicklein. Da kam der Heilige, gesegnet sei Er, und schächtete den Todesengel, der den Metzger geschächtet hatte, der den Ochsen geschächtet hatte, der das Wasser getrunken hatte, das das Feuer gelöscht hatte, das den Stock verbrannt hatte, der den Hund geschlagen hatte, der die Katze gebissen hatte, die das Zicklein gefressen hatte, das mein Vater für zwei Susei gekauft hatte, ein Zicklein, ein Zicklein.

Endlich kann ich meinen Hunger stillen. Nach den vielen Gebeten und Gesängen ist mir eine Phase der Stille sehr willkommen. Ich denke an jenen Morgen, als meine Frau und ich von Wien nach Tel Aviv geflogen sind. Elf Tage sind wir nun in Israel, doch kommt es mir vor, als sei ich schon seit Monaten hier.

Chad gadya, chad gadya disabin abah bitrei susei …

Boarding completed

Die beiden jüngeren Flugbegleiterinnen haben Angst vor ihr. Ein strenger Blick genügt, und schon laufen sie. Auch die Passagiere sind kleinlaut. Widerspruch wird nicht geduldet. Der Israeli zwei Sitze vor mir – braungebrannt, Bürstenhaarschnitt, Goldkettchen, die drei oberen Hemdknöpfe offen – möchte vor dem Start noch ein Telefonat zu Ende führen. Er äußert diesen Wunsch nur ein einziges Mal.

»Boarding completed«, verkündet die Chefin der Crew.

An der Außenseite des Fensters hat sich ein sichelförmiger Taubelag gebildet. Über dem Flughafengelände liegt Nebel. In der Ferne blitzen Lichter im Morgengrauen. Das Doppelglas lässt das Bullauge noch kleiner erscheinen. Es schneidet mein Leben von der sicheren Außenwelt ab, wirft mein Spiegelbild zurück, verzerrt es ins Schemenhafte, ein böses Omen, eine Vorahnung auf die beklagenswerte Existenz als Schatten in der Unterwelt. Meine Frau redet beruhigend auf mich ein. Ohne sie an meiner Seite wäre alles noch schlimmer.

»Crew, make ready for take-off!«, sagt der Pilot in penetrant fröhlichem Ton.

Ich kann kaum atmen, klammere mich an der Lehne des Vordersitzes fest und sehe, wie unsere Crew-Chefin festen Schrittes in den hinteren Teil des Flugzeugs marschiert. Ich mühe mir ein Lächeln ab, ringe nach Luft. Sie wirft mir einen gelangweilten Blick zu. Das dämpft meine Angst. Nach Tausenden von Flugstunden und kurz vor der Pensionierung hat sie bestimmt das Schicksal auf ihrer Seite, so zynisch kann es nicht sein, sie jetzt noch in die Tiefe stürzen zu lassen. Sie ist meine Lebensversicherung, mein Schutzengel.

Dreiundzwanzig Jahre lang bin ich in kein Flugzeug gestiegen. Im Oktober 1981 wurden meine Eltern und ich aus den Vereinigten Staaten abgeschoben. Damals war ich fünfzehn. Die Emigration aus der Sowjetunion über Israel, die USA und andere Zwischenstationen hatte zehn Jahre gedauert und schließlich in Österreich geendet. In Boston musste ich einige Stunden in Abschiebehaft verbringen. Ich machte die unangenehme Bekanntschaft mit einem Sicherheitsbeamten, der es allzu persönlich genommen hatte, von einem Jugendlichen als »blöder Wichser« bezeichnet zu werden. Die leitende Beamtin der Einwanderungsbehörde, die uns zum Flughafen begleitete, wünschte uns eine »gute Reise«. Unser Flugzeug möge abstürzen, meinte sie: »I hope, this plane will crash.«

Über dem Nordatlantik hatte ich dem jüdisch-christlich-islamischen Gott, der Schicksalsgöttin Fortuna und dem Höllenhund Cerberus geschworen, die »für Menschen unnatürliche Fortbewegungsart des Fliegens« für mindestens zwanzig Jahre zu unterlassen. Acht Stunden dauerte der Nachtflug vom Logan International Airport in Boston bis zum Aéroport Charles de Gaulle in Paris und zwei weitere Stunden bis zum Flughafen Wien Schwechat. Zeit genug, um mit dem Schicksal einen langen Vertrag abzuschließen. Ich schrieb ihn auf ein Blatt Papier, das ich aus meinem Tagebuch herausgerissen hatte, und besiegelte alles, indem ich ihn einige Tage später bei einem Nachtspaziergang durch Wien anzündete und in einen Mülleimer warf.

Erst im Jahre 2004 nahm ich das Wagnis auf mich, zu einer meiner Lesungen mit dem Flugzeug statt mit der Bahn anzureisen. Zwei Stunden zittern, statt zweiundvierzig Stunden im Zug von Salzburg nach Oslo zu verbringen, waren ein gutes Argument. Seitdem habe ich mehrere Flüge hinter mir. Die Angst fliegt trotzdem mit.

Der Israeli vor mir hat vier Spielzeugschachteln und einen Handkoffer in der Gepäckablage verstaut. Seine Frau redet auf ihn ein, anstatt Gott, das Schicksal oder die Dämonen um einen sicheren Start zu bitten oder mit sich selbst und der Welt Frieden zu schließen. Stattdessen spricht sie über ein geplantes Geburtstagsfest ihrer Mutter in Herzlija. Ich verstehe nur den ungefähren Sinn dessen, was sie sagt. Für mehr reichen meine Hebräischkenntnisse nicht aus.

O gütiger, bissiger Kerberos, gesegnet bist du unter den Hunden, beschütze mich, und wenn ich eines Tages vor dir stehe, bekommst du von mir eine Knackwurst.

Das Flugzeug hebt ab und fällt einige Sekunden später in ein Luftloch. Die Motoren werden leiser, die linke Tragfläche schießt in die Höhe …

Nein, nicht eine, sondern drei dicke, saftige Knackwürste mache ich dir zum Geschenk, gepriesen sei dein Name, o Kerberos, eine Knackwurst für jeden Kopf, für jeden Schlund.

Die scharfe Rechtskurve schiebt für einige Augenblicke die schrumpfenden Straßen, Dächer und Kirchtürme in mein Blickfeld. Die Motoren stöhnen, atmen ein und aus, knurren, werden lauter, ein anhaltendes, befreiendes Schnarchen, das die Maschine durch die Wolkendecke in den Sonnenschein pustet.

Danke, Kerberos! Ich werde dein zotteliges Fell bürsten, deine Flöhe zerdrücken und mit dir zusammen, die Erinnerungsbüchse im Anschlag, auf Schattenjagd gehen. Ich weiß nicht, ob ich die Schatten verjagen oder festhalten soll. Nur entkommen lassen dürfen wir sie nicht.

Der Mann im Sitz vor mir ärgert sich darüber, welchen

Aufwand seine Frau und die Schwiegereltern mit dem Fest betreiben. Hundert solle sie werden, die Alte, aber ein Geburtstag sei weder ein Verdienst noch ein Makel. Ich werde aufmerksamer, höre genauer hin und verstehe kein Wort mehr. Kaum, dass ich die Sprache wiedergefunden habe, ist sie mir verlorengegangen. Sie flüchtet, sobald ich ihr bewusst entgegentrete.

Meine Eltern und ich waren zweimal in Israel, das erste Mal etwas mehr, das zweite Mal etwas weniger als ein Jahr. Was ich in der israelischen Schule gelernt hatte, konnte sich nicht festsetzen. Als ich Israel endgültig verlassen hatte, war ich zehn. Wenige Monate später waren meine Eltern und ich in Wien. Zu Hause sprach ich Russisch, in der Schule Deutsch. Ich lernte Wiener Dialekt und Englisch, die österreichischen, deutschen und russischen Klassiker und einige Familienlegenden, deren imaginierte Lebenswelten Schutz boten. Das machte es mir leichter, meine eigenen Erinnerungen farbenfroh und maßgeschneidert zu verhüllen. Nun bleiben sie oft neckisch auf Distanz, auch dann, wenn sie sich entkleiden. Bestimmt war das der Grund, warum ich nach einigem Zögern die Einladung nach Israel angenommen habe: fünf Lesungen in zehn Tagen, zwei davon in Tel Aviv, zwei weitere in Haifa und die Abschlussveranstaltung an der Universität von Jerusalem. Israel ist für mich nicht irgendein Land. Hier hat meine Emigration begonnen, hier leben fast alle meine Verwandten, hierher wollte ich im Laufe meines Lebens immer wieder zurückkehren und habe dies doch seit mehr als dreißig Jahren nie gewagt, bis ich in dieses Flugzeug mit dem Zielflughafen Tel Aviv Ben Gurion gestiegen bin.

Nach dem Essen versuche ich zu schlafen, doch sobald ich die Augen schließe, flimmern die Erinnerungsbilder wie ein alter Film vor meinen Augen, die Farben irreal, der Ton von Nebengeräuschen überlagert. Ich sehe Beer Yaakov, den »Jakobsbrunnen«, die alte Siedlung und den Schikkun, das Neubauviertel, zehn Wohnblöcke im Sand. Es ist Juni 1976. Ich solle mich nicht umdrehen, sagt meine Mutter, als wir mit unseren Koffern auf dem Weg zur Bushaltestelle sind. Schaue ich zurück, komme ich von diesem Ort nie los. Er werde in meine Seele einsickern und sich ablagern wie Teer in der Lunge. Ich bin froh, Beer Yaakov für immer den Rücken zu kehren, kann der Versuchung aber nicht widerstehen, einen letzten Blick auf unser Haus zu werfen. Schnell, damit es die Eltern nicht bemerken, wende ich den Kopf und sehe im Augenwinkel unseren Nachbarn, einen Zuwanderer aus Moldawien, mit nacktem Oberkörper auf den Stufen sitzen. Sein Gesicht und seine Brust sind im Schatten, sein Bauch jedoch glänzt wie ein reifer Kürbis in der Sonne. Der Nachbar winkt mir zu. Wie alle anderen glaubt er, wir würden in die fünfzehn Kilometer entfernte Stadt Holon übersiedeln. Keiner, nicht einmal die besten Freunde, wissen, dass wir das Land verlassen.

Ich habe keine guten Erinnerungen an Israel. Die anderen Kinder mochten mich nicht. Sobald sie merkten, dass ich schwächer war als sie, wurde ich zum Ziel ihrer bösen Späße. Sie streuten Reißnägel auf den Boden, wenn ich vorbeiging, oder legten diese auf meinen Stuhl, bevor ich mich hinsetzte, stopften Eidechsen und Blindschleichen in meine Schultasche, zwangen mich zu singen, zu tanzen oder russische Gedichte aufzusagen und prügelten mich, wenn ich mich weigerte, ihnen zu gehorchen. Die Lehrer schauten weg. Sich zu schlagen, gehörte zum Kindsein dazu. Wer nicht entsprechend zurückschlagen konnte, war ein Verlierer und würde es sein Leben lang bleiben. Also lernte ich zurückzuschlagen und war doch zu schwach, um mich durchzusetzen. Ähnliches erlebte ich auch in anderen Ländern, doch in Israel tat es besonders weh.

Israel war der Sehnsuchtsort meines Vaters gewesen. In der Sowjetunion hatte er mit Gleichgesinnten eine illegale zionistische Organisation gegründet und viele Jahre für das Recht auf Ausreise gekämpft. Er hatte Schikanen der Machthaber und Verhöre durch den KGB überstanden, sich um die Familien von Verhafteten gekümmert und theoretische Schriften über das Schicksal des jüdischen Volkes und den Zionismus verfasst. Als er sein Ziel schließlich erreicht hatte, zerfiel die Sehnsucht wie eine Sandfigur zwischen seinen Fingern. Zehn Jahre bemühte er sich, eine neue Skulptur zu erschaffen, die er in die Mitte seines Sehnsuchtsraumes stellen konnte, fand aber weder die passende Form noch das richtige Material. Manchmal dachte ich, er habe kein Talent zum Glücklichsein, sondern nur zur Euphorie, die ihn kurzfristig erfasste, wenn er wieder einmal einen unrealistischen Plan für die Zukunft geschmiedet hatte. Ich hingegen traute der Zukunft nicht. Wenn ich an die Zukunft dachte, fiel mir die Unleichte ein, eine russische Märchengestalt, durch Sprichwörter gebannt, in Liedern besungen, eine dicke Hexe, die den Wanderer, der unbedacht durch sein Leben tapste, als wäre es ein Gottesgeschenk, das er nach Belieben ausgeben und verschenken konnte, am Schlafittchen packte und an einen bösen Ort verschleppte. Wen die Unleichte in ihren Klauen hatte, kam aus eigener Kraft nicht mehr frei, sondern war auf die Hilfe einer anderen Hexe angewiesen. Die Schiefe war das einäugige, bucklige Monster, die Führerin aller, die mit einem »Egal, es wird schon irgendwie werden« auf den Lippen aus der Dunkelheit des bösen Ortes wieder herausfinden wollen.

Zweimal war Vater mit meiner Mutter und mir aus Israel davongeschlichen, heimlich, weil es ihm peinlich gewesen wäre, wenn einer seiner Freunde davon erfahren hätte. Jemand, der zuwanderte und das Land wieder verließ, war ein »Jored«, ein Absteigender, ein Verräter. Wie konnte ein Jude sein Land wieder verlassen und in die Diaspora zurückkehren?

Dreieinhalb Stunden dauert der Flug von Wien nach Tel Aviv. Er verläuft so ruhig, dass man glauben könnte, in einem Eisenbahnwaggon zu sitzen. Ich blättere in meinen Unterlagen, schiebe die Manuskriptseiten jedoch bald in die Mappe zurück, schlage ein Buch auf, komme aber über den ersten Satz nicht hinaus: *Ich schreibe dies nieder, weil Menschen, die ich geliebt habe, gestorben sind.* Ich lese diesen Satz von Amos Oz ein zweites und ein drittes Mal, aber etwas hemmt mich weiterzulesen. Ich lege den Kopf auf die Schulter meiner Frau und versuche einzuschlafen, doch das gelingt mir auch nicht. Stattdessen spüre ich plötzlich wieder die Präsenz der Unleichten, sehe, kaum dass ich die Augen geschlossen habe, ihre grinsende Hexenfratze, lüstern und monströs wie auf den Gemälden von Goya, höre ihr Lachen, habe den Eindruck, als würde sie kumpelhaft ihren eiskalten Arm um meine Schultern legen. Lange hatte sie auf mich warten müssen, hatte all die Jahre ausgeharrt, in denen ich festen Schrittes durchs Leben gelaufen war und die alten Hexen in das tiefste Kellerabteil meiner Seele und in meine Bücher gesperrt hatte. Nun klettert die Unleichte wieder stolz auf ihren Thron. Mir aber bleibt nur die Hoffnung auf die Hilfe der Schiefen. Was kann ich tun, außer mich zwischen den Hexen treiben zu lassen und auf das Beste zu hoffen?

Eine halbe Stunde vor der Landung erhalte ich von der Flugbegleiterin ein Einreiseformular, das ich dem Grenzbeamten am Flughafen ausgefüllt übergeben soll. Es ist ein kleines, längliches Stück Papier und hat eine große Ähnlichkeit mit alten Formblättern, die ich als Kind und Jugendlicher zu Dutzenden gesehen habe. In den letzten fünfundzwanzig Jahren sind Staaten und Regime untergegangen oder neu entstanden. Technische Revolutionen haben den Alltag grundlegend verändert. Das Zettelsystem der Behörden scheint jedoch in den meisten Ländern bis in die Nuancen des Schriftdesigns dasselbe geblieben zu sein, so als handle es sich um eine bürokratische Weltverschwörung.

Das israelische Einreiseformular ist gnädig zu mir. Seine Fragen bringen mich nicht in Verlegenheit. Es belästigt mich nicht mit infamen Unterstellungen, wühlt nicht in meinem Privatleben, möchte weder wissen, ob ich geistig oder körperlich behindert sei, noch ob ich einen Terroranschlag plane oder Drogen transportiere.

Was der Grund meiner Reise nach Israel sei, wo ich dort wohnen werde, ob ich etwas zu verzollen habe, Spirituosen oder Tabakwaren mit mir führe. Ob mein Geburtsdatum vor dem 1.1.1928 liege? In diesem Fall bräuchte ich als Österreicher ein Visum oder müsste bei der Einreise mit einer intensiven Befragung über meine Kriegsvergangenheit rechnen.

Ich bin erleichtert. Einen Augenblick lang hatte ich mir eingebildet, die Frage, vor der ich mich in Israel am meisten fürchte, könnte schon auf diesem Zettel stehen.

Beim Anflug auf Tel Aviv steigt meine Nervosität wieder. Die Anschnallzeichen leuchten auf. Der Kapitän bedankt sich in knappen Worten und kündigt die Landung an. Er spricht schnell und unakzentuiert, sodass ich nur jeden zweiten Satz verstehe. Das Reden ist nicht seine Stärke.

»Den Tisch bitte hochklappen!«, ermahnt mich die Crew-Chefin in barschem Ton.

»Zu Befehl!«

»Sehr witzig«, murmelt sie und eilt in den hinteren Teil des Flugzeugs. Was soll's. Sie ist mein Schutzengel.

Plötzlich habe ich keine Flugangst mehr. Ich schaue aus dem Fenster. Zwischen der Küste und den kargen Hügelketten des Westjordanlandes liegt ein schmaler, zersiedelter Streifen – ein Häusermeer, das durch Autobahnen, Industrieanlagen und an wenigen Stellen durch freie Flächen, braune oder grüne Tupfer auf einer hellgrauen Leinwand, unterbrochen ist. Der Streifen ist nicht viel breiter als die Stadt Wien im Durchmesser, kaum die Strecke von Salzburg nach Golling, von Linz nach Wels oder von München nach Dachau. Ein jüdischer Witz mitten im Nahen Osten. Ein Witz allerdings, dem die Pointe fehlt.

Bin ich noch normal?

»Sie haben einen schwierigen Moderator«, erklärt sie mir. »Er ist brillant, hat eine eigene Kolumne in der *Jerusalem Post*, natürlich auf Englisch, schreibt außerdem regelmäßig für die *Haaretz*, auf Hebräisch …«

»Was? Er schreibt sowohl für die rechte als auch für die linke Zeitung?«, frage ich erstaunt. »Ist so etwas in Israel üblich? Ich kenne mich nicht aus.«

Frau Golautschnig, die junge Dissertantin aus Kärnten, die in Israel ein Praktikum macht, ist Mitte, höchstens Ende zwanzig. Mit ihrem dunklen Teint, ihren Gesichtszügen und dem schulterlangen, schwarzen Haar würde sie in Israel jeder für eine Einheimische halten, hat sie mir gestern stolz erzählt.

»Er hat, wie gesagt, einen ausgezeichneten Ruf, ist eine Kapazität auf seinem Gebiet, Professor an der Hebrew University in Jerusalem. Ende der neunziger Jahre hatte er eine Gastdozentur in Berlin. Oder war es Heidelberg? Nein, es war Berlin. Jedenfalls ist er einer der besten Germanisten und Historiker in diesem Land. Es ist ein Wunder, dass wir ihn überhaupt für diese Veranstaltung gewinnen konnten. Aber er sitzt im Rollstuhl.«

»Und deshalb darf er gleichzeitig für die *Jerusalem Post* und die *Haaretz* schreiben?«

»Ja. Das heißt, nein. Ich weiß es nicht. Kurz gesagt, er ist ein schwieriger Mensch. Sehr sensibel. Nimmt alles persönlich. Ein Choleriker. Das ist verständlich bei seinem … Also … Also, es ist schon passiert, dass er ausfallend geworden ist.«

»Weil er im Rollstuhl sitzt?«

»Bitte verstehen Sie mich nicht falsch.«

»Nein, keine Sorge, ich verstehe Sie schon richtig.«

Pause.

Frau Golautschnigs Aufgabe besteht in erster Linie darin, die Autorinnen und Autoren vom Flughafen abzuholen und zu den Veranstaltungsorten zu begleiten. Gestern hat sie mir die Kurzfassung ihrer Lebensgeschichte erzählt, weil ich sie aus Höflichkeit danach gefragt hatte. Ihr Großvater sei Kärntner Slowene gewesen. Die Mutter komme ursprünglich aus Osttirol. Vielleicht, so meinte sie, könne sie deshalb »das jüdische Schicksal besser nachempfinden als andere«. Seit einiger Zeit beschäftige sie sich intensiv mit »der Literatur von Migrantinnen und Migranten und mit den literarischen Beschreibungen von Mehrfachidentitäten in der modernen Belletristik«. Unter anderem studiere sie die Werke deutschsprachiger Autorinnen und Autoren, die in Israel leben. Sie habe ein längeres Interview mit einem Schriftsteller geführt, der vor einigen Jahren von Deutschland nach Israel emigriert sei, aber weiterhin auf Deutsch schreibe.

»Was ist denn wirklich passiert?«, frage ich Frau Golautschnig. »Was hat er denn getan, der furchterregende Moderator im Rollstuhl?«

»Er hat einmal eine Veranstaltung gesprengt«, berichtet sie. »Aber darüber sollte ich nicht reden. Ich weiß es selbst nur aus zweiter Hand. Ich wollte Sie nur warnen. Er kann manchmal etwas ... etwas provokant sein. Sehr, sehr provokant.«

»Wunderbar. Hauptsache, das Publikum kommt auf seine Kosten. Ich habe auch einmal eine Veranstaltung gesprengt. Deshalb werde ich mit diesem Moderator bestimmt gut auskommen. Wir sprengen uns gegenseitig.«

Die junge Frau wirft mir einen verschüchterten Blick zu und wird plötzlich rot.

»Keine Angst, Frau Golautschnig, egal, wie es ausgeht, es wird unterhaltsam.«

»Wann, bitte sehr, hast du jemals eine Veranstaltung gesprengt?«, mischt sich meine Frau ein. »Was erzählst du denn für Märchen?«

Die junge Frau wendet sich wieder dem Büchertisch zu. Bis zum Beginn der Lesung sind es noch mindestens zwanzig Minuten. Ich bin wie immer zu früh gekommen. Der Saal ist fast leer. Nur zwei ältere Damen sitzen in der letzten Reihe und blättern in der hebräischen Übersetzung meiner Texte.

Tikva Birnbaum, die meine Lesungen in Tel Aviv organisiert hat, werde etwas später kommen, wurde mir gesagt. Sie habe zuvor noch zwei andere Termine.

»Hör auf wie ein Tiger im Käfig auf und ab zu laufen«, sagt meine Frau. »Und mach auf! Wenn du die Arme hinten hältst, siehst du aus wie ein kleiner Schuljunge, der etwas angestellt hat.«

Ich bin nervös wie seit fünfzehn Jahren nicht mehr.

»Lass uns nach draußen gehen«, sagt meine Frau.

Bis zum Strand sind es fünf Minuten zu Fuß, aber ich habe keine Lust, den Sonnenuntergang zu betrachten oder den jungen Leuten beim Beachvolleyball zuzuschauen, also entscheide ich mich für die andere Richtung, wir überqueren die Ben-Yehuda-Straße und gehen weiter bis zur Dizengoff mit ihren Designerläden, Kaffeehäusern und Restaurants. Im Abendlicht wirkt die Straße mondäner als sie ist. »Möchtest du, dass wir irgendwo hineingehen?«, fragt meine Frau. »Ein schneller Kaffee an der Bar? Wir haben noch Zeit.« Ich schüttle den Kopf, bleibe an einer Ecke stehen, lehne mich gegen eine Hausmauer, schließe die Augen. Wir schweigen. Ich höre Gesprächsfetzen von Passanten, Motorengeräusche, quietschende Bremsen, mehrmaliges Hupen, eine Sirene in der Ferne. Das passt zu dem Text, den ich heute vorlesen möchte. Ich versuche zu erkennen, aus welcher Richtung die Sirene kommt, aber es gelingt mir nicht. Schließlich öffne ich die Augen wieder und schaue auf die Uhr. »Okay, wir müssen«, sage ich.

Der Lesungsort sei früher der Zuschauerraum eines kleinen Theaters gewesen, erfahre ich von Frau Golautschnig. Heute werde er sowohl für Tanz- als auch für Musik- und Literaturveranstaltungen genützt. Jener Teil des Gebäudes, wo sich einst die Bühne und die Umkleideräume für die Schauspieler befunden haben, sei vor etlichen Jahren abgetragen und neu gebaut worden. Dort sei jetzt ein Modegeschäft untergebracht.

Dass ich mich in einem ehemaligen Theater befinde, ist mir gleich aufgefallen. Stühle, Tische, der Bodenbelag und die Beleuchtung sind modern, aber an den Wänden hängen noch die alten Plakate und Fotografien: die Ankündigung einer Premiere aus dem Jahre 1961, drei Komiker auf der Bühne, die gestenreich ein Gespräch miteinander führen, ein mit Tennisbällen jonglierender Clown, ein Schauspieler in einem Katzenkostüm, der flach auf dem Boden liegt.

»Ich habe schöne Erinnerungen an diesen Ort«, sagt mir der Moderator. »Hier habe ich meine erste *Hamlet*-Aufführung gesehen, eine für Kinder adaptierte Kurzfassung.«

Der Moderator macht auf mich keineswegs den Eindruck eines cholerischen Menschen. Seine zierliche Figur wirkt zerbrechlich, der buschige Oberlippenbart und das permanente Lächeln lassen ihn auf den ersten Blick gemütlich erscheinen, und die Baritonstimme hat etwas Beruhigendes. Ich würde ihn auf fünfzig schätzen, aber er könnte auch in meinem Alter, also ein paar Jahre jünger sein. Sein Deutsch ist fehlerfrei. Der Akzent lässt vermuten, dass er tatsächlich lange in Berlin gelebt hat. Er wechselt ein paar freundliche Sätze mit Frau Golautschnig, die er mit »liebe Paula« anredet, fährt mit dem Rollstuhl durch den Mittelgang zwischen den Sitzreihen, schüttelt ein paar Leuten die Hand, winkt oder nickt anderen zu, fährt anschließend zum Büchertisch, wirft einen Blick darauf, erkundigt sich nach Frau Birnbaum, schüttelt den Kopf, als er erfährt, dass sie wahrscheinlich nicht rechtzeitig zum Beginn der Lesung kommen wird, fährt noch einmal hinaus auf die Straße, um zu rauchen.

»Ständig auf Achse«, bemerkt Frau Golautschnig. »Gut, dass er den Elektromotor hat.«

Ich folge ihm, um ebenfalls eine Zigarette zu rauchen.

»Wie gefällt Ihnen Tel Aviv?«, fragt er mich.

Ich erzähle, was wir in den eineinhalb Tagen besichtigt haben – das Tel-Aviv-Museum, das Nationaltheater, die Strandpromenade, den Karmelmarkt, das alte Neve-Tzedek-Viertel mit seinen engen Gassen und Gärten, die Altstadt von Jaffa …

»Und da haben Sie noch Kraft, um vorzulesen?«, fragt er, macht ein betont erstauntes Gesicht, zieht die Augenbrauen hoch.

»Lassen Sie sich überraschen.«

»Wo hat man Sie eigentlich untergebracht?«

»Im Hotel Cinema.«

»Ach, das alte Kino am Dizengoff-Platz. Dort haben sich meine Eltern das erste Mal geküsst. Es war eine gute Idee, daraus ein Hotel zu machen, statt einer Bankfiliale oder einem Einkaufszentrum. So geht das schöne Bauhausgebäude wenigstens nicht ganz vor die Hunde.«

»Eine glückliche Fügung.«

»Nein, mit Glück hat das nichts zu tun. Eher mit unseren Denkmalschutzbestimmungen und mit dem Immobilienmarkt natürlich. Eine glückliche Fügung ist etwas anderes, zum Beispiel, dass Sie im Kino wohnen und im Theater lesen. Wenn das keine treffende Symbolik ist! Sie sind doch Schauspieler.«

»Eigentlich nicht.«

»Wirklich? Das glaube ich Ihnen nicht. Ich habe Ihre Biographie gelesen.«

»Vielleicht Lebenskünstler.«

»Das meine ich nicht«, sagt er, wirft die Zigarette im weiten Bogen über den Gehsteigrand und fährt zurück ins Haus.

»Meine Damen und Herren, herzlich willkommen! Eigentlich sollte ja die von mir sehr geschätzte Dozentin Tikva Birnbaum die Begrüßung machen, aber sie ist leider noch nicht gekommen, also übernehme ich auch diese Rolle. Mal sehen, ob ich dafür ein zusätzliches Honorar bekomme.« Kurzes, verhaltenes Lachen im Publikum, so schal, dass es einen anderen irritiert hätte, aber nicht meinen Moderator. »Wie Sie sicherlich bemerkt haben, findet die heutige Veranstaltung auf Deutsch statt, weil sie vom Germanistikinstitut der Universtität organisiert und als Teil des Lehrplans konzipiert worden ist. Der Grund, warum sie nicht gleich auf der Uni, sondern hier abgehalten wird, liegt darin, dass sie, wenn ich mich nicht irre, vom Österreichischen Kulturforum und einigen anderen, nicht minder wichtigen Kultureinrichtungen gesponsert wird und deshalb in einen öffentlichen Raum verlegt wurde. Habe ich recht, Paula?«

»Ja, ja«, murmelt Frau Golautschnig. Sie sitzt in der ersten Reihe neben meiner Frau und zwingt sich ein schiefes Lächeln ab, das augenblicklich aus ihrem Gesicht verschwindet, wenn sie sich unbeobachtet glaubt.

»Genaueres könnte Ihnen Dozentin Birnbaum sagen, aber die ist, wie erwähnt, noch nicht da. Ich hoffe, sie kommt überhaupt, und wenn nicht, werden wir – davon bin ich überzeugt – den Abend auch ohne sie zu unser aller Zufriedenheit über die Runden bringen. Nicht wahr? Ich stelle fest, dass vom Österreichischen Kulturforum ebenfalls niemand anwesend ist. Schade. Allerdings hat das die angenehme Nebenwirkung, dass ich mir die namentliche Erwähnung sowie die Begrüßung von abwesenden Funktionären ersparen werde. Ich kann mir nicht vorstellen, dass irgendwer aus dem Publikum diesen Programmpunkt vermissen wird. Oder?« Schweigen. »Oder???«

»Nein, nein, sicher nicht«, kommen vereinzelte Rufe aus dem Publikum.

»Na also. Wunderbar. Wir haben heute Interessanteres geplant. Ich stelle unseren Gast vor und führe mit ihm ein kurzes Gespräch, an dem sich später auch das Publikum beteiligen darf, wenn es sich noch traut. Ich wurde gebeten, diesen Teil auf Deutsch zu machen. Die Diskussion nach der Lesung soll auf Englisch erfolgen. Wer Probleme mit der Sprache haben sollte, findet die hebräische Übersetzung der Texte des Autors fotokopiert und zusammengeheftet auf seinem Sitz. War jemand von Ihnen so ungeschickt, diese zu übersehen oder mit der Sitzpolsterung zu verwechseln? Geradeheraus gefragt: Versucht jemand von Ihnen, die Texte mit dem Popo statt mit den Augen zu lesen? Nein? Gut. Kann jemand nicht Deutsch?« Er wiederholt die Frage auf Hebräisch.

Ein paar Leute im Publikum zeigen auf.

»Okay, eine Minderheit.« Er sagt wieder ein paar Sätze auf Hebräisch und fügt auf Englisch hinzu: »So let's continue.«

Kulturveranstaltungen werden in erster Linie von Frauen besucht. Darin unterscheidet sich Israel offensichtlich nicht von anderen Ländern. Es sind trotzdem mehr Männer im Saal als üblicherweise bei meinen Lesungen in Österreich, Deutschland oder anderswo. Zahlreiche Studenten senken den Altersschnitt erheblich. Einige sind betont leger gekleidet – Männer in T-Shirts, kurzen Hosen und Sandalen, eine junge Frau mit bauchfreiem Top. So ein Publikum ist zwar ungewöhnlich für mich, doch nach 583 Lesungen habe ich fast alles gesehen und erlebt, was ich nie erwartet hätte.

Warum also, frage ich mich, bin ich derart nervös? Am besten, ich stelle mir einfach vor, ich sei nicht in Tel Aviv, sondern in Timelkam. Publikum ist Publikum. Es hat bestimmte Rechte. Es möchte unterhalten werden. Dafür bin ich zuständig. Das ist es, wofür ich bezahlt werde. Ich bin ein Profi, verdammt noch einmal!

»Unser heutiger Gast ist österreichischer Autor, Jude, in Russland geboren. Er hat Bücher zum Thema Migration und jüdische Identität geschrieben und ein paar weitere mehr. Das allein wäre noch nicht spektakulär. Aber ich lese Ihnen mal die Kurzbiographie dieses Autors vor.« Der Moderator holt ein Blatt aus der Innentasche seines Sakkos, faltet es auseinander. »1966 in Leningrad, heute Sankt Petersburg, geboren. 1971 Emigration der Familie nach Israel. 1972 Übersiedlung nach Wien, kurz darauf nach Rom, vier Monate später wieder zurück nach Wien, 1975 in die Niederlande, drei Monate später, nach kurzen Zwischenhalten in Paris und Genf, ein zweites Mal nach Israel, 1976 nach Zwischenstation in Rom wieder nach Österreich, 1980 in die USA, zuerst nach New York, dann nach Boston, und schließlich, 1981, nach kurzer Abschiebehaft und Abschiebung, endgültig nach Österreich. 1984 bis 1989 Studium der Volkswirtschaftslehre in Wien. Drei Jahre Arbeit im erlernten Beruf als Volkswirt in einer Versicherung und einer Bank. Seit 1993 freiberuflicher Schriftsteller und Journalist in Wien und Salzburg. Hmmm.« Er steckt den Zettel wieder ein, schaut mich an, grinst, zwinkert mir zu und fragt: »Sagen Sie mal, sind Sie eigentlich noch normal?« Ein Raunen geht durch den Saal. »Ich meine, nach alledem, haben Sie überhaupt noch alle Tassen im Schrank?

Frau Golautschnig starrt den Moderator mit offenem Mund an, meine Frau lächelt, eine alte Dame hustet mehrmals hintereinander, immer wieder, sie kann nicht aufhören, in den hinteren Reihen beginnen ein paar junge Leute zu lachen, und genau in diesem Moment öffnet sich die Tür, und eine verschwitzte Frau um die vierzig in einem dunkelblauen Kostüm, auf Stöckelschuhen, mit einem Laptop unter dem Arm und einem Aktenkoffer in der Hand stürzt in den Raum und ruft: »Slicha! Slicha! Sorry! Entschuldigung! Ich konnte nicht früher! Ich hatte nämlich …« Der Moderator macht eine abwehrende Geste, indem er den Arm mit der Handfläche nach außen in ihre Richtung ausstreckt, ohne sie dabei anzuschauen. »Liebe Tikva«, sagt er, »wir sind über deine Gegenwart, mit der wir an diesem Abend nicht mehr gerechnet hatten, hocherfreut. Doch wer zu spät kommt, sollte schweigen. Wir sind mitten im Gespräch.« Er wendet sich wieder mir zu: »Also, wo waren wir stehengeblieben? Warten Sie mal … Ach so, ja, ich weiß wieder. Sind Sie noch normal? Oder längst übergeschnappt?«

Die alte Frau hat aufgehört zu husten. Die jungen Leute

lachen nicht mehr, und Frau Birnbaum steht weiterhin in der Tür.

Ich drehe mich zum Moderator und sage: »Sie kennen doch meine Bücher. Also, sagen Sie es mir. Bin ich Ihrer Ansicht nach normal?«

»Das ist wunderbar!«, schreit der Moderator und klatscht in die Hände. »Auch wenn Sie in Salzburg leben, sind Sie ein richtiger Jude geblieben. Sie beantworten eine Frage mit einer Gegenfrage.«

»Mit dreizehn habe ich die ersten Kurzgeschichten geschrieben, mit vierzehn Tagebuch geführt. Als ich fünfzehn war, wurde mein Tagebuch zu einem Roman. Das Schreiben hat mir geholfen, die Welt zu erkunden und mich selbst zu verstehen ...«

»Schön!«, unterbricht mich der Moderator. »Ich verstehe alles, was Sie sagen, aber Sie weichen meiner Frage aus. Ich weiß, dass Sie gut mit und in der Literatur leben können. Außerdem sind Sie gewiss kein Eigenbrötler. Sie sind verheiratet, haben bestimmt Familie, Freunde. Manche Ihrer Texte wirken abgeklärt, ironisch, distanziert, so als hätten Sie das Wichtigste mit sich selbst ausgekämpft. Ich hingegen glaube, Sie sind ein Schauspieler.«

»Ja, das haben Sie schon vorhin behauptet, und ich kann nur wiederholen: Nein, ich spiele nicht. Natürlich, manchmal lebe ich so, als würde ich spielen. Wer tut das nicht?«

»Oder umgekehrt. So wie Sie dasitzen, mit Ihrem schwarzen Sakko, dem hellblauen Hemd, der eleganten roten Krawatte und der gepflegten Frisur, machen Sie einen seriösen Eindruck. Sie lassen sich nicht provozieren. Sie lächeln. Ihre Stimme bleibt stets ruhig. Aber kann es nicht sein, dass Sie in Wirklichkeit zum Serienmörder mutieren, wenn es dunkel wird und andere Menschen schlafen gegangen sind?«

»Also Seev, jetzt reicht's aber!«, kreischt Frau Birnbaum, wendet sich mir zu und beginnt sich zu entschuldigen. Der Moderator sei für seine sarkastischen Kommentare berüchtigt.

»Ich weiß«, sage ich. »Ich habe schon gehört, dass er einmal eine Veranstaltung … platzen ließ.« Beinahe hätte ich doch tatsächlich »gesprengt hat« gesagt.

Das Gespräch bewegt sich ab diesem Zeitpunkt in konventionelleren Bahnen. Die provokante Frage über meinen Geisteszustand sei »ein Aufwärmtraining« gewesen, meint der Moderator. Er habe sichergehen wollen, dass ich und das Publikum wirklich bei der Sache sind.

Ich bin neugierig, doch die Fragen, die er mir jetzt stellt, sind für mich nicht neu.

Warum meine Eltern diese lange Emigration machen mussten? Ob die deutsche Literatur meine eigentliche Heimat sei? Welche Sprache mir emotional näher sei, die russische oder die deutsche?

»Nach einem Aufenthalt in Wanne-Eickel oder in Attnang-Puchheim würde ich gerne in die Welt einer Erzählung von Tschechow und in dessen Sprache eintauchen. Aber fahren Sie einmal mit einem Sankt Petersburger Vorortezug, eingepfercht zwischen Dutzenden von Leibern in einem schaukelnden Wagenzwischenraum, und hören Sie zu, was die Leute erzählen. Danach wird sogar die kleinformatige Klatschbeilage der *Salzburger Nachrichten*, die sich durch eine Verkettung von Zufällen immer noch in Ihrem Rucksack befindet, Heimatgefühle bei Ihnen wecken. *Neuer Kreisverkehr in Itzling. Welpe vor dem Erfrieren gerettet. Weihnachtspost mit Sonderstempel.* Sie werden diese Überschriften laut vorlesen und den Klang jedes einzelnen Wortes genießen.«

»Das ist albern«, meint der Moderator.

»Wer nicht albern sein kann, hat keinen Verstand.«

Nach einigen vorhersehbaren Detailfragen zu meiner Biographie und weiteren Fragen, die sich im engeren Sinn auf mein Schreiben beziehen, darf sich endlich auch das Publikum am Gespräch beteiligen.

Wie ich mein Judentum definiere? »Ich bin ein undefinierter Jude.« Ob ich an Gott glaube? »Glaubt ER an mich?« Was fremd sein für mich bedeutet? »Lesen Sie meine Bücher.« Ob meine Frau ebenfalls aus Russland stamme? »Nein, aus Tirol.« Was ich zu den politischen Verhältnissen in Österreich sage? Was mich in Österreich mehr störe, der Antisemitismus oder die Ausländerfeindlichkeit? Ob ich unter der Wirtschaftskrise leide? Warum ich Volkswirtschaft studiert habe? Die üblichen Fragen.

Die Frage, vor der ich mich am meisten fürchte, kommt nicht.

Ob ich angenehme Erinnerungen an Israel habe?

»Meine Eltern und ich haben in einem kleinen Ort namens Beer Yaakov gelebt. In unserem Neubauviertel waren Zuwanderer aus der Sowjetunion und aus Rumänien. Die anderen, sehr viel älteren Teile des Dorfes waren größtenteils von Misrahim besiedelt. Die meisten von ihnen waren in den fünfziger und sechziger Jahren aus Marokko und Algerien nach Israel gekommen. In der Schule, ich war damals neun, waren wir, die Russen, in der Minderheit, und die Misrahim haben uns ständig verprügelt. Sie haben uns gehasst. Besser gesagt, ihre Eltern haben uns gehasst und diesen Hass an ihre Kinder weitergegeben. Die Misrahim warfen uns vor, privilegiert zu sein. Sie selbst hätten als Zuwanderer in Zelten und Baracken leben müssen. Wir hingegen erhielten finanzielle Zuwendungen vom Staat und günstige Wohnungen.

Die Europäer waren in Israel in der damaligen Zeit immer noch privilegiert. Dafür mussten wir büßen. Ich kam täglich mit blauen Flecken nach Hause. Ein Misrahi hat mir auf der Toilette mit einem Messer aufgelauert. Ich konnte ihm gerade noch entkommen.«

»Und die Lehrer?«, werde ich gefragt.

»Die Lehrer waren überfordert und froh, wenn wir uns nicht gegenseitig umbrachten oder die Schule abfackelten. Ich erinnere mich, wie ein Zehnjähriger auf den Direktor eingeprügelt hat, weil dieser ihm ein Klappmesser und ein Pornoheft weggenommen hatte. Die Russen verließen einer nach dem anderen unsere Schule und wechselten in eine religiöse Privatschule, liefen mit Kippa und Schläfenlocken herum und konnten bald Teile der Thora und des Talmud auswendig aufsagen. Mit achtzehn, gleich am ersten Tag nach dem Abitur, würden sie Kippa, Gebetsschal, Zizit und alle heilige Bücher ins Feuer werfen, sich die Schläfenlocken abschneiden und nach Tel Aviv fahren, um Schinkenbrote zu essen und dazu Milchkaffee zu trinken, erzählten sie mir. Das wussten sie schon mit zehn. Die religiöse Schule war viel besser als die staatliche, doch meinen Eltern kam es nicht in den Sinn, mich dorthin zu schicken. Mein Vater hasste die Orthodoxen.«

»Das kann ich verstehen«, meint der Moderator. »Ich selbst könnte nicht sagen, was besser ist, ein koscherer Unterricht oder eine Tracht Prügel.«

»Eines Tages bin ich in der großen Pause zwischen der dritten und vierten Stunde im Schulhof auf einem Treppenabsatz gesessen. Ein Schüler aus der Kita Hei, der Klasse über mir, ein kräftiger Misrahi, mindestens einen Kopf größer als ich, kam auf mich zu, blieb vor mir stehen, schaute auf mich hinunter, spuckte mir ins Gesicht und ging weiter. Ich hatte viel zu viel Angst, um mich mit ihm zu prügeln. Niemand war auf meiner Seite. Ich war der letzte Russe in der Schule. Also blieb ich sitzen und schaute ihm nach.«

Betretenes Schweigen im Publikum.

Der Moderator lacht und sagt: »Oh, dieser Typ ist heute bestimmt ein großer General in unserer Armee. Ich kenne diesen Menschenschlag.«

»Damit Sie mich nicht falsch verstehen: Ich habe nichts gegen Juden aus Nordafrika. Jahrelang wurden sie in ihren Heimatländern verfolgt. Man denke an die Pogrome während des Zweiten Weltkrieges. Als sie endlich frei waren und nach Israel auswandern durften, behandelte man sie wie Menschen zweiter Klasse, schob sie in Entwicklungsstädte ab, verhinderte, dass sie ...«

»Ja, ja, ja, schon gut, das wissen wir alles.«

»Damit wollte ich nur ausdrücken ...«

»Dass Sie gerne den netten Menschen spielen. Immer fair, immer verständnisvoll. Das verstehen wir alle. Nicht wahr?« Er mustert das Publikum, dreht den Kopf nach links, dann nach rechts und wieder nach links. Die Leute weichen seinen Blicken aus. »Seev«, seuft Frau Birnbaum, die inzwischen in der ersten Reihe Platz genommen hat. »Ata lo ...« Aber sie bricht mitten im Satz ab, verdreht die Augen und hebt beide Arme demonstrativ in die Höhe, so als würde sie den Allmächtigen um Gnade für ihren hoffnungslos verdorbenen Freund Seev anflehen.

»Oder sitzen Sie immer noch voller Angst auf der Stufe im Schulhof, ohne sich zu rühren, und blicken dem zukünftigen großen General nach, der Ihnen ins Gesicht gespuckt hat?«, fragt Seev.

Alles im grünen Bereich. Die Frage, vor der ich mich am meisten fürchte, ist nicht gekommen.

»Sagen Sie es mir. Mir scheint, Sie sind überzeugt, mich besser zu kennen als ich selbst. Ich bin gespannt auf Ihre Antwort. Sie haben meine Bücher und Artikel gelesen, nicht wahr?«

»Bücher! Das ist das Stichwort!«, mischt sich Frau Birnbaum schnell ein, bevor mir Seev antworten kann. »Wir sind alle sehr gespannt auf die Lesung! Das Gespräch können wir nach dem Leseteil fortsetzen. Nicht wahr, Seev? Ich will ja nicht in die Moderation eingreifen ...«

»Und tust es trotzdem«, unterbricht sie Seev. »Aber du hast recht, liebe Tikva. Es folgt also, meine Damen und Herren, der Höhepunkt des Abends. Der Autor liest! Ich hoffe jedenfalls, dass dies der Höhepunkt sein wird. In spätestens fünfzig Minuten wissen wir es.«

Einige lachen, andere murmeln empört, und wieder andere rücken ihre Stühle zurecht, hüsteln, räuspern sich, blättern in den hebräischen Übersetzungen.

»Sie werden uns einige Passagen aus Ihren Büchern vorstellen und außerdem ... aufgepasst!« Seev streckt den Zeigefinger der rechten Hand in die Höhe und macht eine Pause. »Wir erleben heute eine Premiere. Der Autor liest aus einem Roman vor, an dem er gerade arbeitet. Er hat bis jetzt noch nie daraus vorgelesen. Nicht wahr?«

»So ist es.«

»Der Titel des Romans ist *Schimons Schweigen.*«

»Ja.«

»Sie werden uns sicherlich gleich erklären, warum er so heißt.«

»Nein.«

»Nein?«

»Nein.«

»Okay.«

»Fein.«

»Ein autobiographischer Roman jedenfalls, wenn ich es richtig verstanden habe.«

»Manchmal ist eine Erfindung autobiographischer als ein Tagebuch oder eine Chronik.«

»Verraten Sie uns wenigstens, wie das Kapitel heißt?«

»Bauchschmerzen.«

»Also dann. In diesem Sinne …«

Bauchschmerzen

Unschöne Augenblicke hatte es schon früher gegeben – als mir die Eltern im Flugzeug über dem Mittelmeer erklärten, wir würden nie mehr nach Israel zurückkehren, oder als ich einige Jahre später in einer billigen Absteige in Paris in einem Bett voller Kakerlaken übernachten musste und ob der Vorstellung, sie würden durch meine Nasenlöcher in mich hineinkriechen und in meinem Gehirn ihre Eier ablegen, nicht schlafen konnte. Das alles verblasste nach einer lauwarmen Sommernacht in Boston, die doch mein Einstieg ins Erwachsenenleben werden sollte. Die neue Lebensphase würde der ersten Rasur, dem ersten Glas Wein und der dritten Zigarette in meinem Leben folgen. Am Nachmittag hatte ich mit meinen Eltern meinen fünfzehnten Geburtstag gefeiert und dabei die von meiner Mutter gebackenen Pizzen und Zimtschnecken gegessen. Jede Zimtschnecke hatte beinahe die Größe einer Geburtstagstorte.

Der Pizzateig war so dick wie der erste Band von *Krieg und Frieden* gewesen. Nach einer halben Stunde im Rohr war er um den zweiten Band angewachsen. Außerdem stellte Mutter nicht nur eine, sondern mehrere Pizzen her – mit viel Tomatenmark, Käse und Pilzen, so wie ich es mochte. Ich aß fast alle auf. Schließlich hatte ich Geburtstag. Mein erstes Glas Rotwein schmeckte mir nicht. Da ich aber kein Kind mehr war, ließ ich mir den Ekel nicht anmerken und trank es leer.

Als meine Eltern schlafen gegangen waren, schlich ich aus der Wohnung und über eine Nebentreppe, die in den Keller und zum Müllraum führte, hinunter ins Erdgeschoß, holte aus einem Spalt in der mit Spinnweben überzogenen Wand eine Zigarettenschachtel heraus und lief die Treppe wieder hinauf, an unserem Stockwerk und den Stockwerken über uns vorbei, bis ich vor der Tür stand, die auf das Dach hinausführte. Die Türangeln waren eingerostet. Ich drehte und rüttelte am Griff und stemmte mich mit der Schulter, so fest ich konnte, gegen die rauhe Metalloberfläche; schließlich gelangte ich nach draußen. Der Blick, der sich mir in dieser sternenklaren Nacht darbot, war überwältigend. In den Fenstern der Wohnblöcke und Einfamilienhäuser sah man nur noch vereinzelt Licht, doch die Hochhäuser der etwa fünf Kilometer entfernten Innenstadt waren beleuchtet, und das Wasser im dahinter liegenden Hafen glitzerte im Mondlicht. Es schien, als würden sich mehrere gigantische Ozeandampfer auf mich zubewegen. Ich setzte mich auf den von der Tageshitze immer noch warmen Betonboden, lehnte mich gegen die Tür, streckte die Füße aus, zündete eine Zigarette an, paffte die ersten drei Züge, inhalierte den nächsten, hielt den Atem an … Vom Wein und dem vielen Essen war mir schon zuvor schwindlig und ein wenig übel gewesen. Nun benebelte das Nikotin mein Gehirn. Der Mond wurde größer und größer, so als würde er die Erde zu sich heranziehen. Das Dach schaukelte, der Ozean schwappte über die Ufer, ergoss sich über die Commonwealth Avenue, riss Cambridge und die altehrwürdige Harvard-Universität mit sich und rückte die Ozeanriesen in eine gefährliche Nähe. Es war beängstigend und großartig zugleich. Von einem Augenblick auf den anderen wurden Übelkeit und Euphorie stärker, und ich wusste nicht, ob ich euphorisch wurde, weil mir übel war, oder die Euphorie meine Übelkeit verursachte. Das Leben konnte so wunderbar sein. Die Kindheit war vorbei. Wie spannend und völlig anders als bisher würde alles sein, wenn ich meine Entscheidungen endlich allein treffen und den Ballast der tristen Emigrationsjahre ein für alle Mal abwerfen würde können! Ich bräuchte nur den richtigen Weg zu wählen und keine schweren Fehler zu machen.

Als ich die Zigarette bis zum Filter ausgeraucht hatte, war ich überzeugt, dass mir das gelingen werde. Ich dachte nicht mehr daran, dass meine Eltern und ich keine gültigen Papiere hatten, dass wir uns illegal im Land aufhielten, dass die Ersparnisse beinahe aufgebraucht waren. Es würde schon irgendwie weitergehen.

Wie oft war ich mit den Eltern in den zehn Wanderjahren unserer Emigration am Rande des Abgrunds gestanden und hatte doch kein einziges Mal hungern oder auf der Straße schlafen müssen. Wir würden uns auch diesmal am eigenen Schopf aus dem Sumpf ziehen. Ich schaute zum Mond hinauf und flüsterte: »Ich habe keine Angst.« Und weil ich mich in Amerika befand, wiederholte ich auf Englisch: »I am not scared. I have no fear. Not at all!«

Ich stand auf. Fast wären meine Knie eingeknickt. Mein Kopf dröhnte, und im Magen zog sich etwas zusammen. Aber ich wollte das Dach noch nicht verlassen, ging stattdessen zum Rand und schaute hinunter auf die Straße, wo sich winzig klein die Silhouetten der parkenden Autos abzeichneten. Im Zwielicht schienen sie allesamt grau oder schwarz zu sein. Weit unter mir leuchtete eine Straßenlaterne. In der Ferne heulte eine Sirene. Auf der anderen Straßenseite, wo sich die »Verbotene Zone«, das Viertel der Afroamerikaner, die man damals noch »Schwarze« nannte, befand, ging eine Flasche zu Bruch. Irgendwer schrie: »What the hell are you doin' man?«

Die drei Personen, die unter der Straßenlaterne herumlungerten, sahen wie Stecknadelköpfe aus. Zwei von ihnen hatten Haarbüschel, der Dritte glänzte haarlos fleischig im fahlen Licht. Wie seltsam, dachte ich. Wenn ich will, brauche ich nur einen Schritt zu machen, und alles ist zu Ende. Nach all den Ängsten, die ich durchgestanden habe, nach den vielen Hoffnungen und Plänen und den Mühen, die meine Eltern jahrelang – angeblich nur für mich – auf sich genommen hatten, trennte mich eine kleine Bewegung, nicht viel mehr als eine Muskelzuckung, vom Tod. Wie simpel wäre es doch, alles zunichtezumachen. Für den Bruchteil einer Sekunde spielte ich tatsächlich mit dem Gedanken, über den Rand in die Tiefe zu springen. Danach verließ ich rasch das Dach.

In der Wohnung schlich ich ins Badezimmer und putzte mir schnell die Zähne. Meine Eltern sollten nicht merken, dass ich geraucht hatte. Vater erzählte furchtbare Dinge über Schlaganfälle, über Lungen-, Zungen-, Magen-, Darm- und Kehlkopfkrebs, über Menschen, die für ihre Sucht mit einem qualvollen Tod bezahlen mussten, über meinen kettenrauchenden Großvater, der mit sechsundfünfzig an Herzinfarkt gestorben war, oder über komplizierte Operationen, bei denen Rippen gebrochen, Beine amputiert, Hälse aufgeschnitten oder Schädeldecken aufgestemmt werden mussten. Als Erwachsener solle ich mich lieber hin und wieder betrinken. Jeder richtige Mann müsse diese Erfahrung machen und »zumindest einmal im Leben besoffen durch die Gegend torkeln«. Aber ich solle ja nicht rauchen!

Sechsundfünfzig schien mir ein sehr hohes Alter zu sein. Trotzdem würde ich nach dieser Nacht in Boston zehn Jahre lang keine Zigarette mehr anrühren.

Ich wachte mit rasenden Bauchschmerzen auf. In der Ferne konnte ich immer noch die Sirene hören. Ich schaute auf den Wecker auf meinem Schreibtisch. Es war ein Uhr nachts. Ich versuchte mich aufzurichten, und fiel stöhnend aufs Bett zurück. Ich konnte mich nicht entscheiden, was stärker war – der Brechreiz oder der Schmerz, der sich wie eine kochende Lava vom Magen durch den Darm bis zum Unterleib ausbreitete. Am liebsten hätte ich mich sofort und aus allen Körperöffnungen direkt ins Bett entleert, bewältigte aber schließlich mit großer Mühe den Weg bis zur Toilette und zurück. Danach fühlte ich mich nicht besser. Die Schmerzen wurden noch stärker, auch wenn das Würgen im Hals etwas nachgelassen hatte. Ich verstand, dass es sich um mehr als eine einfache Magenverstimmung handelte. Ich betastete meinen Bauch. Er war aufgeblasen und hart, laut meiner Mutter ein sicheres Zeichen für eine Blinddarmentzündung. Vielleicht schon ein Blinddarmdurchbruch, schoss es mir durch den Kopf, oder etwas noch Schlimmeres, ein Darmverschluss, eine schwere Bauchhöhlenentzündung oder sogar Krebs. Ich wischte mir mit der Bettdecke den Schweiß aus dem Gesicht und drehte mich auf die rechte, dann auf die linke Seite und wieder auf den Rücken. Es half nichts. Ich sah mich im Krankenhaus, das lächelnde Gesicht einer Krankenschwester über mir, die auf meine entblößten Genitalien starrte, und einen Arzt mit einem Skalpell in der Hand, der sich, das Liedchen »Schnipp, schnapp, ritsch, ratsch, spritzig ist das Blut« auf den Lippen, grinsend zu mir herunterbeugte.

Welches Krankenhaus?

Auf keinen Fall wollte ich unter Vollnarkose operiert werden. Man hörte immer wieder von Menschen, die aus der Narkose nicht mehr erwacht waren. Sie haben ihren eigenen Tod verschlafen.

Ich sollte meine Eltern wecken.

Welches Krankenhaus? Was für ein Unsinn.

Der Wecker zeigte Viertel nach eins. Die Sirene hatte aufgehört. Plötzlich war es totenstill.

Welches Krankenhaus würde mich aufnehmen? Wir waren illegal im Land, hatten weder eine Krankenversicherung noch Geld. Wir müssten unsere letzten Ersparnisse für diese Operation ausgeben. Danach stünden wir auf der Straße.

Ich sollte wirklich meine Eltern wecken!

Ich wusste von einigen staatlichen Krankenhäusern, in denen Menschen ohne Krankenversicherung in akuten Fällen operiert werden. In den Zeitungen las man Schauergeschichten über Patienten, die in Wartezimmern starben, über Ärzte mit schwindligen Diplomen aus der Dominikanischen Republik, Papua-Neuguinea oder der Volksrepublik Kongo, die eigentlich gar keine Operationen vornehmen durften, weil sie das Wort »Nostrifizierung« nicht einmal buchstabieren konnten. Die russischsprachige Tageszeitung *Nowoje Russkoje Slowo* hatte von einem Mann berichtet, der nach einer Blinddarmoperation so schnell aus dem Krankenhaus entlassen worden war, dass seine Nähte nach wenigen Schritten wieder aufgegangen waren. Er hatte es nicht einmal über den Vorhof der Klinik bis zur Straße geschafft.

Ich wusste, dass ich sterben würde. Warum also sollte ich meine Eltern wecken? Vater würde ohnehin nur hysterisch auf und ab laufen und Mutter anschreien. Wenn ich die Nacht überleben sollte, war es am Morgen noch früh genug, sie über meinen Zustand zu unterrichten.

Das viele Essen, der Wein, ein Liter Cola, die Zigarette. Ich hätte die Folgen voraussehen müssen. Schließlich war ich kein Kind mehr. Nie und nimmer würde mich Mutter in ein Armenkrankenhaus bringen. Eher würde sie in der Jüdischen Gemeinde um Almosen betteln oder auf den Strich gehen.

Ich sah mich schon mit frischer Bauchnarbe auf einer löchrigen alten Matratze liegen, rechts und links von mir Brückenpfeiler. Zwischen meiner Matratze und jener der Eltern lodert ein Feuerchen. Auf einer rostigen Eisenstange hängt ein Kessel. Zum Abendessen gibt es nur Nudeln. Das Wasser stammt aus dem Fluss. Von der Vorstellung, etwas zu essen, wurde mir sofort wieder schlecht.

Wahrscheinlich wird Mutter das Geld nicht rechtzeitig aufbringen. In einigen Stunden werde ich tot sein. Ein entsetzliches Gefühl der Angst erfasste mich, Todesangst, ein Gefühl, das mit nichts anderem vergleichbar ist, das weder beschrieben noch umschrieben werden kann. Alles war real, keine Phantasie und kein Albtraum mehr – die kaum erträglichen Schmerzen, der Trommelbauch mit der gespannten Bauchdecke, die abgelaufenen österreichischen Fremdenpässe, die fehlende Krankenversicherung. Ich würde sterben, und das »in echt«. Zu diesem Zeitpunkt wusste ich schon, dass Angstzustände für gewöhnlich den Puls erhöhen, den Schweiß auf die Stirn treiben und den ganzen Körper zum Zittern bringen. *Danach*, stand in einem meiner Schulbücher, *sinkt die periphäre Durchblutung, Hände und Füße werden kalt, und man muss sofort die Toilette aufsuchen, wenn man sich nicht ohnehin schon beschmutzt hat.*

Ich hatte mich nicht beschmutzt. Der Schweiß war weggewischt, und auf die Temperatur meiner Hände und Füße achtete ich nicht. Vielmehr ließ mich die Angst erstarren. Ich lag auf dem Rücken und konnte mich nicht rühren. Das Fenster am Fußende meines Bettes verschwand aus meinem Blickfeld, die Wände rückten zusammen, und die Decke senkte sich. Jemand zerrte und zog an meinen Gedärmen, zerriss sie oder band sie zu Knoten.

Ich weiß nicht, wie lange ich in diesem Zustand verharrte.

Es kam mir vor, als würde die Zeit hin und her pendeln. Einmal schaute ich auf die Uhr, und es war zwei Uhr nachts, einige Minuten später war es zehn vor zwei und dann auf einmal – nur wenige Augenblicke später – kurz vor drei.

Es darf nicht sein! Der erste klare Gedanke, den ich wieder fassen konnte. Es darf nicht sein. Nicht hier! Nicht jetzt! Es fiel mir wieder ein, was ich kürzlich, damals, in euphorischer Stimmung, vor einer Ewigkeit, in der märchenhaften, glückseligen Zeit »vor dem Schmerz« beiläufig gedacht und fast wieder vergessen hatte, so als hätte ich es nur flüchtig gestreift, als hätte ich daran vorbeigedacht, wie man an einem bunten Werbeplakat vorbeifährt, kurz hinschaut und die Aufmerksamkeit anderen, wichtigeren Dingen zuwendet. Irgendwie, irgendwie muss, irgendwie werde ich mich selbst am Schopf aus dem Sumpf ziehen. Wie oft stand ich schon am Rande des Abgrunds und bin doch jedes Mal davongekommen.

Kaum hatte ich mit diesem Gedanken Freundschaft geschlossen, meldete sich eine unangenehme, brüchige Stimme in meinem Hinterkopf: Bis jetzt bist du davongekommen, aber nichts im Leben gibt's umsonst.

Da war sie also wieder, meine unleichte Begleiterin, meine hinterhältige Lebensretterin und Lebenszerstörerin, die sich nie und nimmer abschütteln oder austreiben ließ.

Es war nicht umsonst, widersprach ich.

Fünfzehn Jahre hattest du Glück, jetzt kommt die Abrechnung, feixte sie. Die Abrechnung, hi, hi, hi, die Abrechnung, der Preis, ja, ja, der Preis, der Preis. Für alles, was man bestellt hat, muss man irgendwann bezahlen. Und für alles andere auch.

Wie hast du es bis jetzt geschafft?, krächzte die andere Stimme in meinem Hinterkopf. Sobald ich die Augen schloss, sah ich das schiefe, einäugige Gesicht, den schiefen Mund, die schiefen Zähne.

Bitte, bitte, hilf mir, du hässliches Ungeheuer, du einäugiges Monster. Ich bringe dir jedes Opfer dar, ich mache alles, was du willst, ich unterschreibe jeden Wechsel, übernehme jede Schuld, nur bitte, verrat mir, wo der Fluchtweg ist.

Sie kicherte und klopfte mir kräftig auf den Bauch, sodass ich vor Schmerz aufheulte.

Sei nicht so wehleidig, sondern denk nach, du Trottel: Was ist dein Vorteil gegenüber anderen?

Die Schiefe zwinkerte mir zu.

Worin warst du immer besser als die anderen? Wo waren deine großen Tugenden? Haben dich die anderen Kinder jemals gemocht oder gar respektiert? Nein. Wer soll dich schon mögen. Schau dich an! Hör dich doch selbst einmal reden! Hattest du jemals gute Freunde? Nein. Warst du jemals mutig, verwegen, geistreich, interessant? Die Frage allein ist ein Witz. Hat sich jemals ein Mädchen für einen wie dich interessiert? Nein, nein und nochmals nein. Warum also hast du all die Kapriolen deines Lebens überstanden, die vielen Schulwechsel, die neuen Sprachen, die du lernen musstest, die Mitschüler, die dich beschimpften, oder die Lehrer, die meinten, du gehörtest nicht ins Gymnasium? Warum bist du – trotz allem – weitergekommen, während andere gescheitert sind? War es deine Intelligenz? Quatsch! Verarsch dich doch nicht selbst!

Was dann?, flüsterte ich. Was?

Hartnäckigkeit, mein Freund. Durch die Macht deines Willens und deiner Logik, durch Sitzfleisch und Biss hast du die großen Herausforderungen gemeistert. Solltest du nicht auf diese Stärken zurückgreifen?

Aber was hat das alles mit einer Blinddarmentzündung

zu tun?, meckerte die Unleichte und drückte meine Gefühle zurück in die Tiefe. Es ist eine Sache, den Spickzettel für die Mathematikschularbeit so geschickt zu verstecken, dass der Lehrer es nicht merkt, die Nächte über Bücher gebeugt zu verbringen oder den Heimweg so zu wählen, dass man den Schlägern aus der Parallelklasse ausweicht, eine andere Sache ist es aber, mit stechenden Schmerzen im Bauch, ohne Krankenversicherung und ohne Papiere im Bett zu liegen und auf den Tod zu warten. Weck deine Eltern, bevor es endgültig zu spät ist! Es gibt keinen anderen Weg.

Hör nicht auf die Fette, beschwor mich die Schiefe. Fett am Tag, fett in der Nacht, fett schon am Morgen, und das Gehirn löchrig wie ein Schweizer Käse, aber nichts von dem, was sie sagt, hat Gewicht. Natürlich ist alles verloren, wenn die Blinddarmentzündung so weit fortgeschritten ist, dass ein Durchbruch schon erfolgt ist oder unmittelbar bevorsteht. Wenn sich die Krankheit aber erst in ihrem Anfangsstadium befindet, was hindert dich daran, sie mit Willenskraft und Konzentration abzuwenden? Glaub einfach daran! Es wird schon gehen. Irgendwie.

Ich bin unleicht, aber nicht fett, protestierte die Unleichte, aber ich hörte ihr nicht mehr zu. Ich dachte an den Großen Wagen, von dem ich überzeugt war, dass er mich beschützte, und der in dieser wolkenlosen Nacht seine heilende Wirkung uneingeschränkt entfalten konnte, ich dachte an meine Kräfte, jene »großen Tugenden«, die mich von den anderen unterschieden. Die anderen, die Eingeborenen aller Länder, die Nichtmigranten mit ihrer behüteten Kindheit im schützenden Rudel der Mehrheitsbevölkerung und ihrem kindischen Lebensoptimismus, waren nach jedem Rückschlag nervlich am Ende, während ich alle Stolpersteine in Kauf nahm, weil die Schicksalshexen mir ohnehin den steinigen

Weg vorgeschrieben hatten und jeglichen Versuch, die Hindernisse zu umgehen, sofort bestraften. Doch nach jedem Sturz war ich wieder aufgestanden, auch dort, wo andere für immer liegen geblieben wären. Irgendwann, spätestens, wenn ich erwachsen bin, werden die Schmerzen dieser Schotterwüste hinter mir liegen, dachte ich. Ich werde sie durchschritten und durchlitten haben und dafür belohnt werden. Dann kann ich die Hexen in die Hölle zurückschicken und erhobenen Hauptes auf der asphaltierten Geraden dahinschreiten, ohne jemals zurückblicken zu müssen.

Ich schloss die Augen und konzentrierte mich auf den Schmerz, wollte ihn greifen, umarmen, drücken, durch meine Liebkosungen umbringen und begraben, ihm und mir selbst ein Denkmal setzen. Ich war stärker als die Krankheit, denn ich hatte den Schicksalshexen den höchsten Kredit gewährt, den ich zu vergeben hatte – mein Leben. Nun ließ ich ihn mir in Raten zurückzahlen.

Als ich am Morgen aufwachte, waren die Schmerzen verschwunden. Ich hatte einen schweren Kopf, fühlte mich schwach und rührte das Frühstück nicht an, aber es ging mir besser.

»Und? Bist du zufrieden mit deinem Geburtstagsfest?«, fragte mich Mutter. »Wie hast du geschlafen?«

»Wunderbar!«, sagte ich. »Es war alles großartig.«

»Es ist noch eine Zimtschnecke da.«

»Die esse ich später. Morgen ist der 4. Juli, also wieder ein Feiertag.«

Auf die Abschiebehaft folgte die Rückkehr nach Österreich. Ich holte in einem halben Jahr den Stoff von eineinhalb Schuljahren nach. War ich in den ersten Monaten noch einer der schwächsten Schüler, so konnte ich drei Jahre später als Einziger meiner Klasse mit ausgezeichnetem Erfolg maturieren. Wann immer ich das Gefühl hatte, ich komme nicht weiter, dachte ich an meine »großen Tugenden« und an jene Nacht in Boston. Ich arbeitete mich vom belächelten Außenseiter zum geachteten Mitschüler empor, hatte meine erste Freundin mit siebzehn, nahm zehn Kilo ab, joggte einmal in der Woche vom Praterstern zum Lusthaus und zurück und bewältigte ein paar Jahre später den ersten Abschnitt meines Volkswirtschaftsstudiums in der Mindestzeit von drei Semestern. Danach funktionierte das alte System plötzlich nicht mehr. Die alten Tugenden versagten, und die begehrte Asphalttrasse blieb weiterhin unerreichbar, immer einen Schritt entfernt, ein Hohn …

Ich lege die Manuskriptblätter zurück in die Flügelmappe, trinke das Wasserglas leer, bedanke mich für die Aufmerksamkeit. »Wenn Sie noch Fragen haben oder etwas dazu sagen möchten, stehe ich Ihnen gerne für eine Diskussion …« Eine zierliche alte Frau in der ersten Reihe unterbricht mich. »Yes«, sagt sie laut. »Yes, please, I have a question.« Ich nicke. Der Moderator grinst. Im Saal herrscht von einem Augenblick auf den anderen wieder absolute Stille. »Just give me an honest answer …«

Sie ist mir schon vor der Lesung aufgefallen. Von einer weißhaarigen Frau, wahrscheinlich ihrer Tochter, gestützt, war sie in den Saal gekommen. Den Weg von der Tür bis zu ihrem Sitzplatz hatte sie nur mit großer Mühe bewältigt.

»I know, it's a very personal question.« Das Atmen fällt ihr schwer. Sie beugt sich vor, hustet, murmelt »Sorry«, holt noch einmal tief Luft: »Could you please tell me, and this time seriously: Are you still sane?«

Beer Yaakov

Früher wuchsen hier Zitrusfrüchte, vor allem Orangen, vereinzelt aber auch Zitronen, Mandarinen und Grapefruits. Zwischen den Plantagen standen ein paar geduckte, eingeschoßige Häuser, halb verfallen, leergeräumt – Notunterkünfte einer früheren Generation von Einwanderern, die ihre ersten Jahre im Land nicht mehr in Zelten verbringen mussten wie jene, die vor ihnen kamen, aber auch nicht gleich in Wohnblöcken untergebracht wurden, wie jene, die ihnen folgen sollten. Als Kind liebte ich es, über Glasscherben und alte Fliesen zu steigen und mit einer Mischung aus Faszination und Schaudern in die Dunkelheit einzutauchen. Das Rascheln in den Rissen der Innenwände ängstigte mich, Spinnweben klebten am ganzen Körper, doch ich fand Schulbücher aus den fünfziger Jahren, zerbrochenes Geschirr, kaputte Waschbecken und ganze Stapel alter Zeitungen. Nach einiger Zeit war das nicht mehr aufregend, aber ich suchte die alten Häuser trotzdem auf, bis ich jedes einzelne in Beer Yaakov besichtigt hatte.

Mehr als alles andere aber liebte ich die Orangenbäume, ihre weißen Blüten im Frühjahr, die grellen Farben der reifen Früchte und vor allem den intensiven, süßlichen Geruch, der sich im Chamsin zu materialisieren schien, so als würden alle Zitrusbäume der Umgebung auf einmal die fahle, gelbliche Luft des Wüstenwindes aussondern und als Duftsand auf Haare und Autodächer verteilen. Jede Jahreszeit, nein, jeder Monat hatte einen eigenen Duft, er war feiner und nuancierter als der Geschmack der Frucht selbst. Nach einiger Zeit konnte ich keine Orangen mehr essen.

Den Duft jedoch, diesen Geschmack der Luft, genoss ich jeden Tag.

Heute sind alle Orangenplantagen verschwunden. Man hat dem Land seine Aura genommen. Zwar erkenne ich die Landschaft wieder, doch kommt sie mir wie ein Meer vor, dessen Wasser farb- und geruchlos geworden ist.

In meiner Kindheit dauerte eine Busfahrt von Tel Aviv nach Beer Yaakov mehr als eine halbe Stunde. Wenn man aussteigen wollte, musste man an einer Schnur ziehen, die ein Klingeln und ein Lichtsignal auslöste. Einige Busse stammten noch aus der britischen Mandatszeit, hieß es, auch wenn ich das nicht recht glauben konnte. Die Schiebefenster waren fast immer offen, denn nur der Fahrtwind vermochte die drückende Hitze ein wenig zu dämpfen. Heute ist das ganze Land klimatisiert. In Bussen und Zügen muss ich einen Pullover anziehen und einen Schal umbinden. Bürohäuser und Einkaufspassagen, Buchhandlungen und Museen gleichen begehbaren Kühlschränken, und wenn ich einen Israeli bitte, die Klimaanlage zurückzudrehen, schaut er mich verständnislos an.

Mit Natascha habe ich Glück. Ihr Wagen steht kurz vor der Verschrottung. Es lohnt sich nicht mehr, die Klimaanlage reparieren zu lassen.

»Ljobotschka«, sagt Natascha zu ihrer Tochter, die am Steuer sitzt. »Glaubst du denn nicht, dass wir hier vielleicht links abbiegen sollten, mein Sonnenschein? … Ljubotschka? Hmmm?«

»Ach ja?«, murmelt Ljuba und fährt weiter.

»Links! Links habe ich gesagt! Duuu! Gleich!«, zischt Natascha, unterdrückt aber einen noch leidenschaftlicheren Gefühlsausbruch, wahrscheinlich, weil meine Frau und ich anwesend sind. Es ist offensichtlich, dass sie auch anders kann.

Ljuba seufzt und wendet den Wagen. Sie wirkt gelangweilt, spricht kaum, versteht wohl nicht, warum sie an ihrem freien Tag von Tel Aviv zu einem so uninteressanten Ort wie Beer Yaakov hinausfahren muss. In Ljubas Gegenwart brauche ich keine Klimaanlage. Sie ist so kühl, wie sie blond ist, und auffallend großzügig geschminkt.

Ich selbst weiß längst, dass wir angekommen sind. Das Militärlager rechts von uns befindet sich noch an derselben Stelle wie früher. Nur die Mauer und der Stacheldrahtzaun sind höher geworden, und auch den Schrottplatz mit ausrangierten Panzern, Lastwagen und verrosteten Helmen aus dem Sechstagekrieg kann ich nirgendwo ausmachen. Wo wir abbiegen müssen, um in den Ort zu kommen, weiß ich aber auch nicht mehr.

Natascha ist die Cousine meiner Mutter. Sie lebt seit zwanzig Jahren in Israel, wäre aber lieber nach Deutschland oder in die USA ausgewandert. Unglücklicherweise verließ sie die Sowjetunion drei Monate, bevor Deutschland die Grenzen für jüdische Kontingentflüchtlinge öffnete, und ein halbes Jahr, nachdem die USA ihre Grenzen für eben diese Flüchtlinge geschlossen hatten. So blieb nur Israel übrig. Nun wohnt Natascha in Aschdod. In der Sowjetunion hat sie Chemie studiert, hat jahrelang ein Planungsteam geleitet, das für den Bau von Fabrikanlagen zuständig war, wurde nach Ostsibirien, ins Baltikum, in den Hohen Norden oder nach Mittelasien geschickt. In Israel arbeitet sie für 3000 Schekel im Monat als Altenpflegerin. Das sind etwa 600 Euro.

»Zweiundsiebzig Stunden in der Woche«, erzählt sie, während Ljuba abermals wenden muss. »Noch eineinhalb Jahre bis zur Rente, aber ich darf mich nicht beklagen. Wer sich gehenlässt und mit dem Schicksal hadert, ist morgen tot. Mit dieser Einstellung bin ich durchs Leben gekommen. Die

Männer haben mich respektiert, wenn ich ihnen als Chefin Befehle erteilt habe. Und im Vergleich zu den Verhältnissen in Russland ist das orientalische Chaos in Israel immer noch besser. Die Disziplin habe ich von meinem Vater, das war ein feiner Mensch … Sag, Ljubotschka, wollen wir nach Ramla oder vielleicht nach Jerusalem? Du bist heute wieder einmal nicht ganz auf der Höhe, mein Sonnenschein. Nicht wahr, mein Schatz?«

Ljuba schweigt.

»Du solltest jedenfalls …«

»Ich weiß, Mama, ich weiß.«

Endlich finden wir die richtige Abzweigung. Meine Frau merkt, wie nervös ich bin. Sie drückt meine Hand. Ihre Gegenwart gibt mir Kraft. Ohne sie könnte ich diese Reise nicht machen.

Die Straße war früher viel enger. Oder war das eine andere Straße? Die Palmenallee ist auf jeden Fall neu. Irgendwie passt hier nichts zusammen, und der Duft ist so neutral, so schmerzvoll inexistent, dass nichts von dem, was ich sehe, die Bilder in meiner Erinnerung überlagern kann, sondern im Gegenteil diese übermächtig in den Vordergrund rückt, bis mir das Atmen schwerfällt.

Natascha greift ein zuvor unterbrochenes Gespräch wieder auf. Wenn es nach ihr ginge, würden »die Araber keinen Quadratmeter Land zurückbekommen«, erklärt sie. Wie soll es in diesem Land Frieden geben, wenn sogar die Juden kaum miteinander auskommen?

Die alte Siedlung – einstöckige Häuser mit Gärten – ist bis auf ein paar restaurierte Gebäude verschwunden. Die Sanddünen, in denen ich als Kind gespielt hatte, wurden eingeebnet und begrünt. Es gibt neue Viertel, ein Allerweltseinkaufszentrum, recht adrett, eine moderne Tankstelle, schöne Gehsteige mit abgeschrägten Rändern, Ampeln, einen großen Kreisverkehr mit Grünfläche in der Mitte. Früher waren hier Einkaufsbuden mit Dächern aus Wellblech, eine brüchige Asphaltpiste, eine Bushaltestelle, viele Militärfahrzeuge und Uniformierte.

Eine Gruppe Soldaten kommt aus dem Supermarkt. Früher standen sie vor den Lebensmittelbuden Schlange. Heute – so wie vor fünfunddreißig Jahren – haben sie ihre Gewehre geschultert, die Magazine am Gürtel befestigt, die jugendlichen Gesichter keck, oftmals bemüht erwachsen, noch öfter mit einem Hauch konzentrierter Melancholie: heute genauso wie vor fünf Kriegen.

Die Ultraorthodoxen lehnen den Staat Israel ab, lamentiert Natascha, sie gehen nicht zum Militär und lassen die anderen für sich sterben. Für die fundamentalistischen Siedler zähle die Ideologie mehr als das Leben von Menschen, und die »Marokkaner«, die nordafrikanischen Juden, seien faul und kulturlos. Kaum rühren sie einen Finger, wollen sie schon eine Kaffeepause machen, und wenn du etwas dagegen sagst, pöbeln sie dich an. »Sie sind gestern von den Bäumen gestiegen und haben gerade erst ihre Affenschwänze verloren«, erklärt sie. »Da sind mir sogar die Araber lieber.«

In Beer Yaakov haben schon vor drei Jahrzehnten nur noch ein paar Araber gelebt. Der Ort gehört zu einer der ältesten jüdischen Siedlungsgegenden in Israel. Wenige Kilometer entfernt liegt die Stadt Rischon le Zion, die »Erste in Zion«, von den allerersten Einwanderern aus Osteuropa schon in den achtziger Jahren des 19. Jahrhunderts gegründet.

»In den ersten Jahren habe ich in Jerusalem gelebt«, erzählt Natascha. »Ich habe als Hilfsarbeiterin in einer Chemiefabrik gearbeitet. Ich war froh, überhaupt einen Job zu haben. Die meisten meiner Kollegen waren Araber. Ich kam gut mit ihnen aus. Sie haben mich geschätzt. Ich habe ihnen dringend geraten, Schutzanzüge und Schutzmasken zu tragen. Zuerst wollten sie nicht auf mich hören, doch dann habe ich ihnen erklärt, die giftigen Dämpfe würden sie unfruchtbar machen. Das hat sie überzeugt. In ihrer Gesellschaft ist ein Mann, der keine Kinder hat, nichts wert. Eines Tages bin ich zum Besitzer der Fabrik gegangen, einem orthodoxen Juden, so einem mit langen Pejes, schwarzem Kaftan und Hut und einem entrückten Blick, und habe mich wegen der unerträglichen Bedingungen am Arbeitsplatz beschwert. Das Dach war leck, die sanitären Anlagen eine Zumutung, die Sicherheitsvorschriften nichts als ein Fetzen Papier. Das geht doch nicht!, habe ich zu ihm gesagt. Hier arbeiten doch Menschen! Menschen?, hat er mich gefragt. Wo siehst du hier Menschen? … Aber zwei Stunden am Tag hat er gebetet und mit Gott geredet.«

»Wie soll ich jetzt fahren?«, fragt Ljuba.

»Die Nächste rechts«, sage ich. »Es könnten die Wohnblöcke sein, die dort auf dem Hügel im Halbkreis stehen. Wenn ich den Weg erkenne, den ich als Kind so oft gegangen bin …«

»Ach, entschuldige«, sagt Natascha. »Ich rede und rede und rede. Soll ich lieber schweigen? Möchtest du vielleicht allein hinaufgehen? Wir können inzwischen beim Auto bleiben.«

»Nein, wir gehen gemeinsam«, sage ich.

Ljuba trägt Stöckelschuhe, hat aber weder die nötige Routine noch die Ausdauer, um damit längere Strecken zu Fuß zurückzulegen. Hundert, vielleicht hundertfünfzig Meter weit bemüht sie sich um einen eleganten Gang. Dann gibt sie auf und watschelt wie eine Ente auf Stelzen. Ich frage mich, warum sie für ein Treffen mit einem entfernten Verwandten, der doppelt so alt ist wie sie, und für einen Ausflug in einen gesichtslosen Tel Aviver Vorort nicht einfach Turnschuhe oder Sandalen angezogen hat. Warum muss sie sich mit einer Hülle hart an der Grenze zur Warschauer oder Moskauer Rotlichtästhetik schützen, und das in einem Land, in dem das betont Legere bei den meisten säkularen Menschen zur Norm gehört?

»Sollen wir etwas langsamer gehen?«, frage ich Ljuba.

»Nicht nötig.« Der Tonfall ihrer Stimme schafft sofort Distanz. Wenn sie mit mir spricht, schaut sie knapp an meinem Gesicht vorbei, so als befände sich jemand hinter meinem Rücken, den sie mit einer Mischung aus Misstrauen und Widerwillen beobachtet. Ich weiß, dass Natascha sich von Ljubas Vater bald nach der Geburt des Kindes getrennt hat. Sie redet nicht gern über ihn. »Er ist nicht wichtig, wir brauchen ihn nicht«, sagt sie. Ob Ljuba Kontakt zu ihrem Vater habe? »Sonst noch was! Ich will nicht, dass sie leidet.«

Den Militärdienst hat Ljuba schon hinter sich. Als Einzelkind hatte sie das Privileg, diesen nicht bei der Truppe, sondern bei einer Polizeieinheit im Negev zu absolvieren. Außerdem durfte sie weiterhin zu Hause bei der Mutter wohnen. »Ich habe trotzdem Todesängste durchgestanden«, erzählt Natascha. »Einmal war sie die ganze Nacht im Einsatz und rief an, um mir zu sagen, sie und ihre Kollegen würden gerade eine Beduinenbande jagen, quer durch die Negevwüste. Sie komme erst am Morgen heim. Wo sind wir nur gelandet? Der reinste Orient. Und jetzt kommen auch noch die vielen afrikanischen Flüchtlinge aus Ägypten zu uns.«

Ich versuche mir Ljuba in Polizeiuniform, schweren Stiefeln und mit einer Pistole in der Hand vorzustellen.

»Haben sie die Bande gestellt?«, frage ich.

»Nein, natürlich nicht. Wie soll man diese Banditen mitten in der Nacht in der Wüste fangen? Sie kennen dort jedes Sandkorn.«

Während wir vom Parkplatz in einer leichten Linkskurve an einer Parkanlage vorbeigehen, in dessen Mitte eine abstrakte Skulptur steht – vier aufeinandergeschichtete Quader, darüber ein schräger Balken aus Bronze –, erzählt Natascha von Ljubas Freund, einem Zuwanderer aus Machatschkala. Mit einem »Nichtrussen« würde sie keine Beziehung eingehen. »Warum nicht?«, frage ich und wende mich dabei Ljuba zu. »So habe ich sie erzogen«, erklärt die Mutter. »Sie ist ein Mensch mit einem großen Interesse für Kunst und Kultur.« Ich schaue immer noch Ljuba an. »Ich bin anders«, sagt diese schließlich.

»Die männlichen Israelis, die Kinder von Nichtrussen, sind zu abgeschmackt. Kein Niveau. Meine Ljubotschka ist nun einmal anspruchsvoll.«

Ich übersetze alles meiner Frau, die nicht Russisch kann. »Ärgere dich nicht«, sagt sie halblaut zu mir. »Versuche dich darauf zu konzentrieren, weswegen du jetzt hier bist. Wann kommst du das nächste Mal nach Beer Yaakov?« Sie hat recht. Trotzdem erwähne ich beiläufig, dass Machatschkala in Dagestan liegt.

Beer Yaakov wurde von Zuwanderern aus Dagestan gegründet. Das war vor hundert Jahren. In meiner Kindheit gab es hier viele Zuwanderer aus der Sowjetunion und aus Rumänien. Sie alle wohnten in den fünfstöckigen Wohnblöcken, die Mitte der siebziger Jahre im Halbkreis um einen Sandhügel herum errichtet worden waren. Auf dem Hügel befanden sich ein paar verfallene Hütten, die Reste einer Baracke, eine Steintreppe, die nirgendwo mehr hinführte, ein Gebüsch voller Disteln: ein wunderbarer Spielplatz für einen

Neunjährigen, und das direkt vor der Haustür. Die Straße, die zu den Häusern führte, war noch nicht asphaltiert. Demnächst, versprach man uns damals. »Demnächst« zog sich über mehrere Monate hin.

Staubpiste und Sandhügel sind verschwunden, waren zugebaut, asphaltiert und mit Straßenlaternen versehen, die wie milchige Lollis am Stiel aussehen. Die Stelle der Hütten und der Baracke haben weitere Wohnblöcke eingenommen, drei oder vier sind es, inzwischen ebenfalls schon in die Jahre gekommen, grau und brüchig, abgewohnt, mit braunen Schmutzstreifen, notdürftig angebrachten Satellitenantennen neben den Fenstern, schief hängenden Rollläden, einem bedrohlich wirkenden Kabelsalat unter der Antenne auf einem der Dächer. Die Häuser ducken sich unter der Last der Jahre, behäbig und schmuddelig, erinnern sie mich, der ich noch ihren frischen Mörtel gerochen habe, an mein eigenes Alter. Einzig der Straßenbelag der Gehsteige vermittelt den Eindruck jener adretten, sauberen Ästhetik, die für das erste Jahrzehnt des neuen Jahrtausends typisch ist: kleine, zierliche Platten, ein Schachbrettmuster in Weinrot und Weiß.

Die Bewohner des Viertels sind Zuwanderer aus Äthiopien. Vom Parkplatz bis zum Wohnblock, in dem meine Eltern und ich einst zu Hause waren, sehen wir kein einziges weißes Gesicht. Die Menschen sind ärmlich gekleidet. Die meisten sind streng religiös – Männer mit Kopfbedeckungen und Pejes, Frauen in bunten Kleidern, die Schultern und Knie verbergen. Die am Straßenrand geparkten Fahrzeuge haben Kratzer oder zerbrochene Rücklichter.

Auf den Flächen zwischen oder hinter den Häusern ist nichts als hartgestampfte Erde, heute wie damals. Sie ist von Unrat übersät: Papierfetzen, Glasscherben, Zigarettenkippen, Verpackungsmaterial, alte Möbel, alte Spielsachen,

Reste von Fahrrädern, brüchige Autoreifen. Drei Kinder, zehn, elf Jahre alt, werfen aus etwa zwei Metern Entfernung mit leeren Cola-Flaschen auf einen Müllcontainer, verfehlen die enge Öffnung, lachen und klatschen in die Hände, wenn die Flaschen zersplittern.

»Schweine«, murmelt Natascha. »Was sind das nur für unzivilisierte Leute!«

»Jede neue Zuwanderergeneration geht durch diese Viertel«, sage ich. »Zuerst waren es Rumänen, Russen, Dagestaner, Georgier, Bucharen, heute sind es die Äthiopier.«

»Wir waren nie so wie sie«, sagt Natascha.

»Anders, aber nicht besser.«

»Mir selbst bedeutet es sehr viel, kultiviert zu sein«, plaudert Natascha weiter. »Ich lese nur russische Bücher. Die hebräische Sprache, weißt du, ist ganz simpel, es fehlt ihr an Tiefe, an Differenziertheit. Für jeden Gegenstand, jedes Gefühl, jeden Gedanken und jede Abstraktion gibt es nur einen einzigen Begriff. Vergleiche das mit dem Russischen. Wie viele Ausdrücke gibt es dort für Verzweiflung oder Reue? Unzählige! Wer von den hebräischen Autoren kommt schon an Dostojewski, Tschechow oder Tolstoi heran?«

»Bialik, Amichai, Grossman, Oz ...«, beginne ich aufzuzählen. Natascha zuckt mit den Schultern und schüttelt den Kopf. »Sollte ich die kennen? Gut, Bialik habe ich in russischer Übersetzung gelesen, aber die anderen ...«

»Die Bibel!«

»Die Bibel? Red mit mir nicht über Religion. Wenn's nach mir ginge, wäre Gott ein Fall für den Staatsanwalt ... Mein Vater hatte eine große Bibliothek, noch aus früheren Zeiten, ein ganzes Zimmer mit Regalen bis hinauf zur Decke. In den Schränken, hinter Jacken und Hemden, in allen Zwischenräumen und sogar oben auf der Küchenkredenz lagen

Bücher. Kein toter Winkel war staubig genug, um ihn nicht der Literatur zu weihen. Mein Vater stammte aus dem russischen Hochadel, wie du weißt, und hat eine Jüdin aus dem Schtetl geheiratet, meine Mutter, deine Großtante. Eine typische sowjetische Ehe. Übrigens war Papa mit Leo Tolstoi verwandt, auch wenn dieser nur ein angeheirateter Verwandter war. Tolstoi hat den Gutshof meiner Großeltern ein paar Mal besucht. Ich selbst habe das Gästebuch mit seiner Unterschrift gesehen. Insofern bist auch du indirekt mit dem größten russischen Schriftsteller ein bisschen verschwägert.«

»Ich werde daran denken, wenn ich mein nächstes Buch schreibe«, unterbreche ich sie. »Vielleicht wird mich das inspirieren.«

Ich beschleunige den Schritt. Natascha deutet dies richtig und verstummt. Leo Tolstoi passt nicht zu den äthiopischen Juden und zu diesen Wohnblöcken.

Hinter dem Haus befindet sich eine freie Fläche, die in ein Feld übergeht, ein Areal mit nichts als roter Erde, das von einem Maschendrahtzaun umgeben ist. Ich weiß nicht, ob gerade gesät oder geerntet wurde, ob hier überhaupt etwas wächst oder ob es sich um einen Baugrund handelt, der auf seine Bestimmung wartet. Für mich spielt das keine Rolle, denn hier war einst die Orangenplantage, auf die ich durch das Fenster unseres Wohnzimmers schauen konnte, wo ich mit Freunden spielte, Orangen stahl und dabei immer auf der Hut sein musste, um vom Aufseher, einem alten Araber, nicht gesehen zu werden. Nach dem Terroranschlag auf einen Bus wurde er von einer Gruppe von Schülern, der auch ich angehörte, mit Steinen beworfen. Ich sehe, wie mich ein Polizist am Kragen packt und auf die Polizeistation bringt …

Ich hatte gehofft, ich würde mich an die schönen Augenblicke erinnern. Doch ich finde die Bilder nicht, nach denen ich suche. Liegt das daran, dass es hinter dem Haus wie in einem Slum aussieht? Ein Hinterhof ohne Hof, in dem zwei junge Menschen auf einem neben dem Müllcontainer abgestellten Sofa sitzen, aus dessen Löchern die schmutzigen Reste der gelblichen Schaumstoffpolsterung hervorquellen, und in die Ferne starren – auf Industrieanlagen, Schnellstraßen, Hochspannungsleitungen und weitere Wohnblöcke. Und ich hatte gedacht, dieser Ort sei in meiner Kindheit schon trist genug gewesen.

»Hier habt ihr also gewohnt?«, fragt Natascha ungläubig.

»Ich bin neugierig, wer nach den Äthiopiern kommen wird«, sage ich.

»Na, wer schon! Die Afrikaner aus Darfour, aus Somalia und von anderswo. Dass die alle ausgerechnet hierher flüchten müssen.«

»Das haben unsere Vorfahren auch einmal getan«, sage ich.

Wir werden beobachtet, doch niemand spricht uns an. Das überrascht mich. Ich stelle mir vor, was passieren würde, wenn ich in bestimmten Vierteln von Harlem oder im Süden von Chicago einen Hinterhof besichtigen würde. In Amerika kenne ich die Regeln, aber ich weiß nicht, was bei äthiopischen Juden zum guten Ton gehört oder eine Grenzüberschreitung bedeutet. Es ist mir recht, dass sie mich in Ruhe lassen, und doch gibt es Momente, in denen sie mir näher sind als die Einwohner von Wien oder Salzburg. Ich muss daran denken, wie ich vor fünf Jahren in Oberösterreich irgendwo umsteigen musste. Ich hatte eine Stunde Zeit und ging ins Bahnhofsrestaurant, eines jener Etablissements, das von Reisenden gemieden und nur von Stammkunden aus dem Ort aufgesucht wird. Auf einem Regal hinter der Bar stand ein Fernsehgerät. Bilder des Krieges zwischen Israel und der Hisbollah liefen über den Bildschirm – Flüchtlingsströme im Libanon und in Israel, Tote, Tränen in den Gesichtern von Frauen, zerstörte Häuser und eine Gruppe israelischer Soldaten vor einem Panzer, bereit zum Einsatz, die Gesichter verwegen und ängstlich zugleich, einer davon, ein Äthiopier mit Rastafarilocken, der ein Gebet murmelte und dieses mit schnellen, rhythmischen Bewegungen des Oberkörpers bekräftigte. Ein Mann an der Bar amüsierte sich über den »jüdischen Neger«, ein anderer meinte, Bosnien und Serbien seien bestraft worden, während Israel mit jedem Verbrechen davonkomme. Die amerikanische Politik sei heuchlerisch. Wir Österreicher müssten uns ständig Vorwürfe über unsere Vergangenheit anhören, meinte ein Dritter. Dabei seien die Juden um nichts besser. In seinen Augen blitzten Selbstzufriedenheit und Triumph auf. Es war wie immer in solchen Momenten, diesmal genauso wie vor zehn, zwanzig oder dreißig Jahren: je stärker die Empörung, desto größer die Erleichterung, so als bedeutete jedes Kriegsverbrechen der israelischen Armee, jeder Nahost-Krieg und jeder tote arabische Zivilist eine weitere Absolution für den eigenen Großvater oder den netten älteren Nachbarn von nebenan. Ich dachte an meine Cousine in Haifa, die mit ihrer Tochter in einem Luftschutzbunker saß, und fühlte mich dem betenden äthiopischen Soldaten sehr nahe.

Ich kann die Fenster unserer alten Wohnung nicht finden. Zwar weiß ich noch genau, wie es in der Wohnung ausgesehen hat, die Etage habe ich jedoch vergessen. Ich beschließe, ins Innere des Hauses zu gehen. Das ist natürlich eine Grenzüberschreitung. Ich kann keinerlei Rechte auf die Stiege dieses Hauses geltend machen. Ein Wohnblock ist kein Dorf.

Er ist keine Heimat auf Abruf. Wer einmal gegangen ist, hat für immer alle Rechte verwirkt. Doch dieses Haus hat keine Gegensprechanlage, und das Tor ist offen. Damit steht es auf der untersten Stufe aller Wohnblöcke. Es ist bescheiden.

Natascha und Tanja bleiben draußen. Meine Frau folgt mir. Im Flur brennt kein Licht. Es dauert einige Zeit, bis sich meine Augen an die Dunkelheit gewöhnt haben. Es ist alles wie früher, bis hin zur braunen Farbe der Wohnungstüren, der blauen Farbe des Geländers, den falschen Marmorplatten, mit denen der Boden ausgelegt ist, den engen Flurfenstern mit dem Milchglas unter dem Querbalken. Neu ist, dass neben allen Türen *Mesusot* angebracht sind. Die Äthiopier sind gläubige Menschen. Für sie gehört sogar dieser Ort zum Gelobten Land.

Ich hoffe, die Sehnsucht meiner Kindheit möge wiederaufleben, jener begierige Drang, zur Normalität vorzustoßen, die mir ständig verwehrt wurde, eine Sehnsucht nach der Sinnlichkeit des Alltags anstelle der nicht enden wollenden Suche, nach der Leidenschaft des Augenblicks, die ich erst Jahre nach der Emigration zulassen und ausleben konnte. Die Sehnsucht stand wie eine Mauer zwischen mir und der Realität, ein farbiger Filter, gnädig, milde und erbarmungslos zugleich, einmal rosa, dann wieder grau, meist undurchsichtig, aber stets erahnbar. Wenn ich zurückblicke, sehe ich meine Eltern streiten. Kaum waren wir in Beer Yaakov angekommen, hatte Vater schon den Entschluss gefasst, wieder abzureisen. Während meine Mutter nach Tel Aviv zur Arbeit fuhr, verbrachte er die Tage zu Hause, schimpfte über unsere usbekischen Nachbarn, die oft Feste feierten, Hühner und Lämmer im Stiegenhaus schlachteten und bis in die Morgenstunden die Trommel schlugen.

Das Gefühl der Sehnsucht kommt nicht wieder, es kommt

nur ihre Schwester, die Angst. Damals begleitete sie mich jeden Morgen, wenn ich zur Schule ging, zog sich an den Nachmittagen zurück und gab mich an den Abenden frei, wenn ich mich in meine Bücher vertiefte oder mir Szenen an anderen Orten ausmalte.

Das Schulgebäude steht noch. Dem alten zweigeschossigen Betonquader wurde ein weiterer angefügt, und dort, wo sich früher der Gemüsegarten befand, in dem ich oft zum Ärger der Lehrerin die Setzlinge statt des Unkrauts ausriss, befindet sich heute ein Basketballfeld. Der Innenhof war nun asphaltiert, ansonsten ist er unverändert geblieben. Ich erkenne sogar den Mauervorsprung, auf dem ich gesessen bin, als mir ein älterer Schüler ins Gesicht spuckte und weiterging, während ich ihm zornig, aber gelähmt vor Angst nachschaute. Neu ist der Zaun – hohe, spitze Eisenpfähle –, der das gesamte Schulareal umgibt.

Von der Siedlung bis zur Schule war ein Fußweg von etwa einer Viertelstunde zurückzulegen. Er führte vom Ortskern über eine von Orangenplantagen gesäumte Hauptstraße einen sanften Hügel hinauf. Direkt vor der Schule, die auf dem höchsten Punkt des Hügels stand, bog die Straße in einer scharfen Kurve nach rechts ab. Heute ist die Straße vierspurig, das Gelände ist fast zur Gänze verbaut, anstelle der Rechtskurve ist eine belebte Kreuzung mit Kreisverkehr, und dort, wo sich die größte Orangenplantage befunden hatte, entsteht ein Viertel mit zehnstöckigen Häusern. Einige Rohbauten stehen schon, andere sind zur Hälfte fertig. Ich erinnere mich, dass hier der alte arabische Plantagenwächter morgens mit seinem Eselskarren unterwegs war.

Dreieinhalb Millionen Einwohner hatte Israel Mitte der siebziger Jahre, heute sind es siebeneinhalb. In einigen Jahren wird Beer Yaakov mit der viel größeren Nachbarstadt Rischon le Zion verschmolzen sein und diese wiederum mit Tel Aviv.

Ich betrachte meine alte Schule, und das Kind, das ich einmal war, möchte sich wieder in mein Innerstes verkriechen. Es schüttelt an meinen Händen und lässt der Hitze zum Trotz Finger und Zehenspitzen eiskalt erstarren. Beer Yaakov ist für mich zum Murphy's Law der Erinnerung geworden. Was mir lieb und teuer war, ist verschwunden, und was ich schon damals am liebsten zerstört und vergessen hätte, reizt immer noch mein Auge.

Ich bin den anderen vorausgegangen. Ljubas Stöckelschuhe fordern ihren Tribut. Natascha und meine Frau passen sich ihrem Tempo an. Doch ich möchte ohnehin eine Minute allein neben der Schule verbringen. Die Kinder betrachten mich neugierig, kaum dass ich am Zaun stehen geblieben bin. Sie kommen auf mich zu, stellen Fragen auf Hebräisch, die ich nicht verstehe. Ihrem Aussehen nach bilden sie einen Querschnitt der israelischen Bevölkerung: Aschkenasim, Misrahim, Äthiopier. »Kann von euch jemand Russisch?«, frage ich. »Ja, ich«, sagt ein Mädchen. »Was machst du hier?« »Ich bin hier einmal zur Schule gegangen.« »Ach so …« Sie wirkt enttäuscht. »Das ist sehr lange her.« »Vor hundert Jahren?«, fragt sie. »So ungefähr«, sage ich. Eine Lehrerin schaut besorgt in meine Richtung. Erst als meine Frau und ihre Begleiterinnen an meiner Seite sind, beruhigt sie sich wieder.

»Jetzt machen wir ein paar Fotos«, beschließt Natascha.

Ich habe nicht die Kraft zu protestieren. Und warum soll ich ihr die Freude nicht machen? Wer sagt, dass man nur schöne Augenblicke festhalten soll? Also lassen wir uns vor meiner alten Schule ablichten. Meine Frau und ich. Ljuba, meine Frau und ich. Ich und Ljuba. Meine Frau, Natascha und ich. Natascha und ich. Gut, dass kein Passant vorbeikommt, den Natascha bitten könnte, uns alle gemeinsam zu fotografieren. Einige Kinder hinter dem Zaun möchten ebenfalls fotografiert werden, ein Wunsch, den ihnen Natascha bereitwillig erfüllt. Ljuba verspricht, mir die Fotos zu mailen.

Wenn es nach mir ginge, könnten wir nach Tel Aviv zurückfahren. Ich möchte Natascha und ihre Tochter auf der Dizengoff-Straße oder der Strandpromenade zum Essen einladen, doch mein Angebot wird höflich, aber bestimmt zurückgewiesen. Wozu sollen wir Geld ausgeben, das wir sinnvoller verwenden könnten? In einem Kaffeehaus koste ein Cappuccino so viel wie eine ganze Kaffeepackung im Supermarkt. Zu Hause könne sie mir zwanzig Tassen servieren, und es wäre immer noch billiger, erklärt Natascha. Die Einladung zu ihr nach Hause lehne ich ebenfalls höflich und bestimmt ab. Dies würde einen großen Umweg bedeuten und zu viel Zeit in Anspruch nehmen. Am Abend habe ich an der Universität von Tel Aviv eine Lesung. Davor möchte ich mich erholen, duschen und mich umziehen. Das habe sie vorausgesehen, sagt Natascha, und deshalb das Essen von zu Hause mitgenommen. In der Nähe des Parkplatzes habe sie Picknicktische gesehen. Zu den wenigen Vorzügen dieses Landes gehöre das stabile Wetter. Die letzten Regentropfen der Wintersaison fallen im März, der nächste Regen komme meist erst im Oktober. Was ich denn am Abend vorlesen werde, möchte sie wissen. Ein Kapitel aus meinem neuen Roman, sage ich. Es spiele im Herbst 1985 in Wien. Der Erzähler sei ein russisch-jüdischer Emigrant, neunzehn Jahre alt, Student. Ob denn diese Geschichte zu meiner Stimmung passe, fragt sie. Nach einem solchen Ausflug. Es wäre schlimm, wenn meine Stimmung immer zu allen Texten passen würde, die ich vorlese, sage ich.

Für einen Augenblick bereue ich es, dass ich Nataschas Angebot in Anspruch genommen habe, uns mit dem Auto nach Beer Yaakov zu bringen. Andererseits hätte ich keinen anderen freien Tag gehabt, um sie zu treffen, und meine Mutter hat mir eine lange Liste von Verwandten und Freunden in Israel mitgegeben, die mich kennenlernen möchten. Jemanden auf der Liste auszulassen, würde einen schlechten Eindruck hinterlassen. Also bemühe ich mich, meinen Zeitplan so zu gestalten, dass zumindest eine kurze Zusammenkunft mit allen möglich ist. Die Hälfte unseres Gepäcks nehmen Geschenke ein. Bei der Rückreise wird es nicht anders sein. Natascha schenkt mir einen Wandteller mit einer stilisierten Darstellung der Klagemauer und des Felsendoms. Von mir bekommt sie eine Schachtel Mozartkugeln und eine CD mit einer Aufnahme der *Zauberflöte*, eine Aufführung der Salzburger Festspiele aus den achtziger Jahren. Ich bin nicht sicher, ob Natascha gerne Opern hört. Laut meiner Mutter brauche ich mir über solche Feinheiten nicht den Kopf zu zerbrechen: »Wenn's ihr nicht gefällt, schenkt sie es eben weiter.«

Ich überlege mir, welche Ecke unserer Wohnung finster genug ist für den Wandteller.

Ich hatte belegte Brote und Tee in einer Thermoskanne erwartet, doch ich habe Nataschas Gastfreundschaft unterschätzt. Nachdem sie den Kofferraum ihres Wagens geöffnet hat, weiß ich, dass wir so bald nicht aus Beer Yaakov wegkommen werden. Kühl- und Transportboxen, Besteck, Geschirr, Servietten und Gläser werden ausgepackt, der Picknicktisch wird mit einem weißen Tischtuch bedeckt, und als alles aufgestellt, drapiert und geschmückt ist, wird es fotografiert: geräucherter Fisch, Salat und Gemüse, Vinaigrette, verschiedene Pasteten, Eiaufstrich, Weißbrot, Schwarzbrot, ein selbstgebackener Schokoladekuchen, Tee, Kaffee, Apfel- und Orangensaft, Mineralwasser, sogar Kwas, das alkoholfreie russische Nationalgetränk, das wie eine Mischung aus Bier und Cola schmeckt und inzwischen auch in Israel zu kaufen ist, und eine kleine Wodkaflasche. Ein Verwandtentreffen soll immer einen würdigen Rahmen haben. Ein alter Äthiopier ist bereit, uns alle gemeinsam zu fotografieren, allerdings unter der Bedingung, dass er sich danach selbst grinsend zu uns gesellen darf, um abgelichtet zu werden. Nur ich kann mir kein Lächeln mehr abringen.

»Komm, es ist ein Foto, das ich deiner Mutter schicken möchte«, sagt Natascha, »und du machst ein Gesicht wie ein Krokodil, das eine Schaufensterpuppe anstatt eines lebenden Menschen verschluckt hat.«

Ich bemühe mich, aber es ist vergeblich. Natascha zeigt mir das Bild auf dem Display der Kamera. Der Vergleich mit dem Krokodil ist nicht ganz falsch. Ich wende mich ab und schenke mir etwas Orangensaft ein, den ich mit Mineralwasser verdünne.

»Bitte entschuldige«, sagt Natascha. »Ich verstehe. Mein Gott, ich verstehe. Den ganzen Nachmittag habe ich nur Unsinn geredet. Keine einzige Minute konnte ich still sein. Eine geschwätzige Alte. Aber was soll ich machen? Wann kommt schon ein Verwandter aus dem Ausland, um mich zu besuchen? Ich bin oft einsam in diesem Land, und wenn ich es plötzlich nicht mehr bin, sprudelt es aus mir heraus wie …« Sie bricht ab, füllt ihr Wodkaglas, möchte auch meiner Frau einschenken, doch diese lehnt ab. Ljuba trinkt nicht, sie muss Auto fahren.

»Willst du denn keinen einzigen Schluck Wodka?«, fragt Natascha. »Nur zum Anstoßen? Ich selbst trinke auch nicht viel. Aber nach so langer Zeit! Als ich dich das letzte Mal gesehen habe, warst du keine fünf Jahre alt. Ich habe dich hochgehoben, auf meine Schultern gesetzt und bin mit dir durchs Zimmer gehopst. Du hast gelacht und Lauf, mein Pferdchen, lauf, lauf! geschrien. Das war zwei Tage vor eurer Abreise aus Leningrad. Geweint habe ich erst, als ihr gegangen wart. Deine Mutter und ich waren wie Schwestern. Heute ist für mich ein Feiertag!«

Normalerweise trinke ich vor einer Lesung keinen Alkohol, und an diesem Ort würde ich ohnehin lieber nüchtern bleiben, so nüchtern wie möglich, nüchtern und klar, wie ich es als Neunjähriger niemals sein konnte. Aber ich möchte Natascha nicht enttäuschen und lasse mir etwas Wodka in meinen verdünnten Orangensaft gießen.

Der magische Tisch

Der Tisch trennt mich von den anderen, ein Tisch, der zueignet und wegschiebt. Ein magischer Tisch. Fünfzehn meiner neunzehn Lebensjahre wurde ich von Tisch zu Tisch gezogen. Mit der Zeit wuchs ich über die Tischkanten hinaus, und als ich groß genug war, kroch die Finsternis auf der anderen Seite des Tisches zu mir herüber und in mich hinein, wo ihre Triebe dunkle Früchte trugen. Nun aber habe ich auf die andere Seite des Tisches gewechselt. Ein kleiner Handgriff, ein Sticker mit dem Logo der Hochschülerschaft, den ich auf meinen fuchsroten Pullover klebe, ein selbst gefertigtes Kartonschild mit der Aufschrift *Inskriptionsberatung Volkswirtschaft*, ein Stapel mit Formularen, ein Inskriptionsverzeichnis, eine Aktenmappe und – das schönste Utensil von allen – ein großer Stempel mit rotem Griff. Erst dieser aufrechte Gegenstand verleiht dem alten, zerkratzten Holztisch Würde.

»Was willst du denn mit dem Stempel?«, fragt Karli, der die Studienrichtungsberatung für Wirtschaftsinformatiker und Statistiker machen soll. »Willst du ihnen Zeugnisse dafür ausstellen, dass sie dir brav zugehört haben?«

»Hast du nie etwas von der sich materialisierenden Ästhetik des Daseinszustands gehört?«, frage ich.

»Nein«, sagt er. »Ess-was? Ich kenne nur Essstörungen, und die materialisieren sich anders.«

Fünf vor acht, und sie rütteln schon an der Tür. Wenn es nach Karli ginge, könnten wir sie hereinlassen. Ich aber bestehe darauf, die wenigen Minuten noch abzuwarten. Ich kann mich nicht erinnern, dass die Türen der Fremdenpolizei, der Einwanderungsämter und der zahlreichen Konsulate, die ich mit meinen Eltern aufsuchen musste, jemals vorzeitig geöffnet worden wären.

Ich habe mich gut vorbereitet, das Lehrveranstaltungsangebot geprüft, über Assistenten und Professoren, die ich nicht kenne, Erkundigungen eingeholt und kleine Dossiers angelegt, Musterstudienpläne erstellt und alles über die neue Studienordnung, die mit dem Beginn des Semesters eingeführt wird, in Erfahrung gebracht. Um seriöser zu wirken, habe ich mir in den letzten Wochen einen Vollbart wachsen lassen. Er ist dunkelbraun, borstig, fühlt sich unangenehm an und lässt mich mindestens zehn Jahre älter aussehen.

Eine Minute vor acht öffnet Karli die Tür. Sofort bildet sich eine Menschentraube vor meinem Tisch. Alle reden durcheinander, stellen Fragen, blättern in Vorlesungsverzeichnissen, öffnen Flügelmappen, in denen Zeugnisse und Formulare liegen. Es sind Studienanfänger, gerade erst immatrikuliert – registriert, mit einer Nummer und einem Ausweis versehen, also bürokratisch vermenschlicht und in die Existenz gestoßen.

Ich lehne mich zurück, bis mir die Stuhllehne schmerzvoll in den Rücken schneidet, verschränke die Arme hinter dem Kopf, hole tief Luft und sage laut, sodass es jeder im Raum hören kann: »Einer nach dem anderen, liebe Kolleginnen und Kollegen! Sonst kann ich nicht arbeiten. Ich würde euch bitten, eine Warteschlange zu bilden und ein bisschen Abstand zu halten. Sonst hat es keinen Sinn. Wir sind hier nicht am Markt oder …« Ich mache eine rhetorische Pause, genieße den Augenblick. »Oder bei den Schweinderln am Futtertrog.«

Die »Kolleginnen und Kollegen« empören sich nicht, sondern bilden nach einigem Geschiebe und Gezerre eine ordentliche Schlange, die bald bis auf den Gang hinaus reicht. Na bitte! Es funktioniert!, denke ich. Die Österreicher sind ein diszipliniertes Völkchen.

»Danke! So haben wir es alle leichter«, sage ich und lächle.

Zu meinem Erstaunen lächelt das Mädchen, das direkt vor mir steht, zurück. Ihr Augenaufschlag ist kokett. Sie neigt den Kopf zur Seite, beugt sich zu mir herunter. Auf der anderen Seite des magischen Tisches hätte sie mich wahrscheinlich nicht einmal eines Blickes gewürdigt. Ich bemühe mich sehr, ihr nicht ins Dekolletee zu schauen.

»Na, wie wollen wir's denn angehen?«, frage ich sie.

»Angehen?«

»Worauf möchtest du den Schwerpunkt deiner ersten beiden Semester setzen?«

»Ich weiß nicht, eigentlich …«

»Was für ein Typ bist du? Nein, lass mich raten. Du kommst nicht aus Wien, nicht wahr?«

»Aus Ybbs. Ybbs an der Donau. Ich habe die Matura in einer Akademie für wirtschaftliche Frauenberufe gemacht, in der Knödelakademie, es ist mir eh peinlich, aber meine Mama hat, als ich vierzehn war, gemeint …«

»Alles klar, ich weiß alles!«, unterbreche ich sie und beginne in meinen Unterlagen zu blättern, nicht zu schnell, aber auch nicht zu langsam. Ernsthaft soll es wirken, gewichtig und feierlich. Sie wird diesen wichtigen Augenblick nie vergessen, ein Schlüsselmoment ihres Lebens: das Erstellen ihres ersten Studienplans.

»Soll ich Ihnen mein Maturazeugnis zeigen?«, fragt sie.

»Du kannst ruhig du zu mir sagen.«

»Ich weiß nicht. Das ist mir ein bisschen peinlich.«

»Braucht es nicht. Das Erste, was du auf der Uni lernen

solltest, ist, wen du duzen kannst und wen nicht. Das ist wichtig. Die Professoren, Streissler, Van der Bellen, Bruckmann oder Loitlsberger, solltest du nicht duzen, außer … Na ja, egal. Aber zu den anderen Studenten kannst du ruhig du sagen. Das tun alle.«

»Ich dachte, Sie seien Professor oder so was«, bemerkt sie schüchtern. »Wegen dem Bart und so.«

»Tjaaa«, sage ich mit sonorer Stimme, zupfe selbstzufrieden an meinem Bart und frage: »Was bist du eigentlich für ein Sternzeichen?«

Die beiden Burschen, die hinter dem Mädchen anstehen, beginnen zu lachen. Karli dreht den Kopf in meine Richtung. »Du hast echt einen Schuss«, sagt er. Doch das Mädchen zögert nicht, sondern reagiert so, als hätte ich ihr die selbstverständlichste Frage der Welt gestellt.

»Krebs. Mitte Juli bin ich achtzehn geworden.«

»Ooooh! Ich bin auch Krebs. Wenn das kein Zufall ist, dann ist es auch bestimmt keiner.« Ich nehme ihr das Inskriptionsblatt aus der Hand. »Das rückt die Sache ins rechte Lot.« Es ist mir nicht ganz klar, was davor nicht im Lot gewesen sein soll, aber ich liebe diesen und ähnliche Ausdrücke. Was gibt es Schöneres, als etwas, das aus dem Ruder gelaufen ist, wieder ins rechte Lot zu rücken?

»Ich denke, wir beginnen mit ein paar Vorlesungen, die dich behutsam dem Thema nahebringen, ohne dass es dir zu nahe geht und es dich somit vorzeitig aus der Fassung bringt. Ein prekäres Gleichgewicht. Es zu finden, ist gar nicht so einfach.«

»Ja, ja«, sagt sie.

»Das Leben ist schwer genug, und gerade Krebse sind äußerst sensible Wesen. Atmosphäre ist wichtiger als alles andere. Du willst doch dein Studium erfolgreich abschließen und keine Zeit verlieren. Nicht wahr? Atmosphäre und Wohlbefinden. Du verstehst sicher, was ich meine.«

»Sie haben bestimmt recht«, murmelt sie.

»Professor Van der Bellens Vorlesung zur Finanzpolitik. Genau das Richtige für einen Krebs im ersten Semester. Insgesamt ein bisschen fad, aber gut und anschaulich vorgetragen. Weckt das Interesse am Thema, zeigt auch die Grenzen auf. Wo die Mystik aufhört, beginnt die Volkswirtschaftslehre, bemerkte John Maynard Keynes einmal in einem Gespräch mit Friedrich Nietzsche. Solltest du nachlesen. Aber lassen wir die Kirche im Dorf. Van der Bellen ist nett. Ein bisserl fad halt. Wie schon erwähnt. Fadnett. Oder nettfad. Jedenfalls ist seine Vorlesung um einiges besser als das langweilige Zeug, das die anderen produzieren, und auf jeden Fall besser als Statistik und Mathematik oder Verfassungs- und Verwaltungsrecht. Wenn du mit so etwas anfängst, bist du schon am Ende des ersten Semesters frustriert. Kein guter Einstieg. Und mit der Knödelakademie hast du kein stabiles Fundament. Du bist mir doch nicht böse, wenn ich das sage, oder?«

»Nein, nein, Sie haben ja vollkommen recht«, beteuert sie.

Beiläufig, so als wäre es ein Zufall, schiebe ich mit dem Ellbogen ein paar Faltblätter über die Tischkante. Sie bückt sich, hebt sie auf. »Danke«, sage ich trocken.

»Okay, schauen wir weiter. Volkswirtschaftstheorie. Lässt sich leider nicht vermeiden. Ist zwar reine Metaphysik, hilft aber dabei, das Leben richtig zu genießen, wenn man den Hörsaal wieder verlassen hat. Ein Soziologieproseminar. Mach die Prüfung, die ist nicht schwer, und vergiss alles wieder. Warte, ich finde gleich etwas Passendes für dich. Englisch. Versteht sich von selbst.«

Ich trage die Titel der Lehrveranstaltungen und deren

Nummern in das Inskriptionsblatt ein. Das Mädchen ist sichtlich froh darüber, dass sie das nicht selber machen muss. Die Burschen hinter ihr lachen nicht mehr, sondern verfolgen meine Tätigkeit mit einem gewissen Respekt. Einer von ihnen, klein, schmächtig, hellblond, macht sich Notizen, der andere, ebenfalls blond, nur eine Spur dunkler, trägt Hemd, Sakko, aber keine Krawatte, und kaut an seinen Fingernägeln.

Am Ende des Gesprächs braucht das Mädchen den Zettel nur mehr zu unterschreiben. »Okay, den gibst du jetzt an der Inskriptionsstelle ab. Schau aber vorher auf jeden Fall nochmal, ob du deine Matrikelnummer richtig eingetragen hast. Sonst gibt's eine bürokratische Massenkarambolage.«

Schon möchte ich mich dem hellblonden Burschen zuwenden, als das Mädchen mir die Frage stellt, die vorhersehbar war, die ich aber seltsamerweise trotzdem nicht erwartet habe: »Müssen Sie das Ganze denn nicht abstempeln?«

»Nein.«

»Und wozu ist dann der Stempel?«

»Hmmm … tja …« Ich zupfe wieder an meinem Bart, diesmal nervös. »Der Stempel … Der Stempel ist in deinem Fall nicht notwendig. Außerdem bist du noch nicht volljährig.«

Etwa ein Dutzend neugieriger Augenpaare sind auf den Griff des alten Stempels, den ich gestern für zwanzig Schilling auf dem Flohmarkt gekauft habe, gerichtet. Warum habe ich mir gerade für das schönste Utensil keine passende Geschichte zurechtgelegt? Hinter meinem Rücken höre ich Karli feixen und gleich danach seinen höhnischen Kommentar: »Der ist für die Essgestörten. Sie werden mit seiner Hilfe materialisiert.«

»Was?«

»Hört nicht auf ihn!«, sage ich. »Er ist ein Statistiker.«

»Wozu ist der Stempel wirklich gut?«, fragt der nägelbeißende Blonde.

Kurz habe ich den Eindruck, mir würde alles entgleiten.

»Was ist jetzt mit dem Stempel?«, fragt der Nägelbeißer noch einmal.

»Okay! Wollt ihr eine Studienberatung, oder wollt ihr über die Feinheiten der bürokratischen Abläufe diskutieren? Wir wollen ja schließlich das Kind nicht mit dem Bade ausschütten, sonst beißt sich die Katze noch in den eigenen Schwanz. Der Nächste bitte!«

»Ich bin Sternzeichen Löwe«, sagt der Hellblonde.

Eineinhalb Stunden später übt der magische Tisch keine Faszination mehr auf mich aus. Sternzeichen und Sprichwörter interessieren mich nicht mehr. Ich versuche, meine Aufgabe gewissenhaft zu erledigen, frage nach Schwerpunkten und Interessen und fülle die Inskriptionsblätter wie am Fließband aus. Ich erinnere mich, wie enttäuschend meine eigene Studienberatung vor einem Jahr verlaufen ist. Ein langhaariger Student mit einer selbstgedrehten Zigarette im Mundwinkel hatte etwas vor sich hingemurmelt. Er war Tiroler oder Vorarlberger, vielleicht auch ein Südtiroler. Ich konnte den Dialekt nicht genau zuordnen, was keine Rolle spielte, denn ich verstand ihn so oder so nicht.

Die Studienberatungsstelle ist bis Mittag geöffnet, doch ich brauche schon kurz vor zehn eine Pause. Nun kommt der Augenblick, auf den ich mich besonders gefreut habe. In der Kiste unter dem Tisch liegt neben anderen Unterlagen ein Kartonschild, auf das ich mit einem schwarzen Stift die wunderschönen Worte *Komme gleich* geschrieben habe. Mit diesem Schild vor der Nase lasse ich einen schmächtigen Achtzehnjährigen mit hängendem Kopf und einem zur Hälfte ausgefüllten Inskriptionsblatt zurück. Dass ich »kurz austreten« müsse, wird von der Warteschlange mit einem leisen Murren, aber ohne großen Protest zur Kenntnis genommen, und der magische Tisch hat mit dem Schild eine würdige Krone erhalten.

Ein Kaffee wäre jetzt nicht schlecht, denke ich, nachdem ich auf der Toilette gewesen bin. Ich gehe hinauf in das kleine, schmuddelige Uni-Bistro, bestelle mir einen Großen Braunen und ein Butterkipferl und merke erst jetzt, wie schlecht es mir geht. Am liebsten würde ich heulen oder die Inneneinrichtung des Bistros zertrümmern oder sofort nach Hause fahren, ins Bett kriechen und die Decke über den Kopf ziehen. Mir ist nicht ganz klar, warum ich so unglaublich müde und gleichzeitig überdreht bin. Vielleicht sollte ich regelmäßiger joggen oder schwimmen. Ich darf mich nicht gehenlassen, denke ich.

Als ich wieder unten bin, ist die Warteschlange nicht kleiner geworden. Sie wendet ihre vielen Köpfe erwartungsvoll in meine Richtung und schweigt. Wenn sie wenigstens zischen und klappern würde, die Schlange! Aber sie windet sich nicht einmal, sondern bleibt starr und zahm und freundlich wie eine harmlose Zeichentrickfigur.

Ich atme tief durch und gehe hinter den magischen Tisch.

Piss will come!

In der arabischen Altstadt von Nazareth gibt es viele Aufschriften auf Russisch. Die Russen wohnen in Nazareth Ilit, der jüdischen Oberstadt. In die Innenstadt kommen sie, um einzukaufen, weil die Waren in den arabischen Geschäften billiger sind als im jüdischen Viertel. Viele Juden haben Angst, arabische Wohngebiete aufzusuchen. Die Einwanderer aus Russland fürchten sich offenbar nicht.

»Im Alltag kommen die Russen mit den Arabern gut aus«, erklärt mir Khalil, ein christlicher Palästinenser aus einem Dorf in Galiläa. »Die meisten Russen haben wenig Geld. Sie nehmen die Jobs, die sie kriegen können. In den Fabriken oder auf den Baustellen arbeiten sie mit den Arabern zusammen. So lernt man sich eben kennen.«

»Was nicht immer ein Vorteil ist«, bemerkt Mosche.

Mosche, der in Russland noch Mischa hieß, hat zwei Jahre lang in einem Straßenbautrupp in Haifa gearbeitet. Er habe immer noch den Presslufthammer im Ohr und den kochenden Asphalt in der Nase, erinnert er sich. Der Leiter des Personalbüros war Araber, der Bauleiter war Araber, der Vorarbeiter war Araber. Alle anderen waren ebenfalls Araber. Mosche war der einzige Jude. »Seit dieser Zeit«, erzählt Galja, »hat Mischenjka eine etwas ambivalente Einstellung zu Arabern. Das heißt nicht, dass er ein Rassist ist. Sonst könnten wir mit Khalil und seiner Familie nicht befreundet sein.«

Galja ist meine Cousine. Sie ist mit ihrem Mann Mosche und der Tochter Aviva, früher Anja, vor fünfzehn Jahren nach Israel gekommen. Mosche ist Ingenieur, Galja Sachbearbeiterin in der Kreditabteilung einer Bank. Khalil ist ihr

Arbeitskollege. Vor kurzem ist er zum Filialleiter befördert worden. »Er jammert ständig, dass er benachteiligt wird«, erzählt Mosche. »Aber er hat Karriere gemacht. Du wirst staunen, wenn du das Haus seiner Familie siehst. Er ist Mitglied im Rotary Club, hat überall Verwandte, in London, Stockholm, New York, Buenos Aires, bei denen er wohnen kann, wenn er ins Ausland fährt. Es geht ihm gut. Die Araber haben bei uns mehr Rechte als in irgendeinem anderen Land des Nahen Ostens, auch wenn sie eine Minderheit sind. Wir sind nun einmal das demokratischste Land der Region.«

»Vor ein paar Monaten hätte das noch gestimmt, aber heute nicht mehr!«, empört sich Khalil. »Siehst du nicht, was in der arabischen Welt los ist?«

»Na und? Von einer Revolution zur Demokratie ist es ein weiter Weg.«

»Du verstehst überhaupt nichts! Wer nicht hinschauen will, bleibt sehend blind.«

Khalil und Mosche streiten viel, doch in manchen Dingen sind sie derselben Meinung.

»Die Moslems«, erklärt Khalil, »handeln zuerst und denken erst dann nach über das, was sie getan haben. Natürlich sind nicht alle so. Aber Moslems, orthodoxe Juden und radikale Siedler sind sich sehr ähnlich. Ich denke, die christlichen Araber und die russischen Juden sollten sich gegen die religiösen Fanatiker verbünden und gemeinsam gegen sie vorgehen.«

»Es wird von Jahr zu Jahr schlimmer«, pflichtet ihm Mosche bei. »Es gibt ultraorthodoxe Chassiden, die mit den Islamisten gemeinsame Sache machen. Die einen wie die anderen lehnen Israel ab und wollen es zerstören.«

»Sie vermehren sich wie die Ratten«, bemerkt Khalil.

»Ja, das Land geht vor die Hunde«, sagt Mosche.

Wir sitzen auf der Terrasse eines Restaurants, das sich auf einer Anhöhe befindet. Der Besitzer, ein Schwager von Khalils Onkel, hat uns den besten Tisch gegeben. Von hier aus haben wir eine gute Sicht auf die Innenstadt von Nazareth – auf Flachdächer und verwinkelte Gassen, auf das Minarett der Weißen Moschee und die kegelförmige, mit einem Türmchen geschmückte Kuppel der Verkündigungskirche. Khalil hat die Verkündigungskirche, ein in den sechziger Jahren errichtetes Bauwerk aus Kalk- und Sandstein, dessen klobige Abscheulichkeit nur durch einige kitschige Elemente des Interieurs gemildert wird, als architektonisches Meisterwerk angepriesen. Ich nickte stets höflich und ließ mich schließlich von Khalils Begeisterung anstecken. Seine ausführlichen Erklärungen waren der schönste Teil der Besichtigungstour. Khalils Englisch ist nicht besonders gut, doch was ihm an Vokabular und Ausdruckskraft fehlt, kompensiert er durch Gesten und wortreiche Umschreibungen.

Mosche und Galja können nicht Englisch. Khalil spricht neben Arabisch und Englisch natürlich Hebräisch. Deutsch spricht oder versteht außer meiner Frau und mir niemand. Das macht die gemeinsame Unterhaltung etwas umständlich. Das Gespräch bleibt aber trotzdem anregend.

»Die Araber verhalten sich wie dumme, unerzogene Kinder, aber Kinder, die Waffen mit scharfer Munition zum Spielen haben«, schimpft Mosche auf Russisch, als wir auf die zweite Intifada zu sprechen kommen.

Ich übersetze, doch Mosche wiederholt den Satz auf Hebräisch, woraufhin Khalil zuerst schimpft, dann lacht und schließlich etwas auf Hebräisch zu erklären beginnt.

»What are you talking about?«, frage ich.

»Oh, we're just having a small dispute about infantility in the Middle East«, erklärt Khalil. »Nothing new.«

Seit wir am frühen Morgen alle zusammen in Khalils Wagen in Haifa aufgebrochen sind, reden wir über Politik. Als wir gefrühstückt hatten, erwähnte ich beiläufig, dass ich über meinen Aufenthalt in Israel einen Artikel für eine österreichische Tageszeitung schreiben wolle. Nun erklären mir Mosche und Khalil den Nahostkonflikt und die Welt, und das seit mehr als fünf Stunden.

Wir haben Tiberias besichtigt und den See Genezareth umrundet. Das gemeinsame Mittagessen in Nazareth war nicht eingeplant. Ursprünglich wollten wir in Khalils Dorf fahren, bis dieser plötzlich beschlossen hatte, unseren Besuch auf den nächsten Tag zu verschieben.

»Was passiert denn, wenn wir die Siedlungen räumen?«, ereifert sich Mosche. »Die Araber werden uns weiterhin mit Raketen beschießen und Selbstmordattentäter losschicken. Es geht nicht um die Siedlungen, es geht nicht um Grenzen, es geht um die heiligen Stätten, aber in Wirklichkeit geht es nicht einmal darum, sondern um die Zerstörung Israels. Das ist es, was sie eigentlich wollen. Wenn wir ihnen entgegenkommen, werden sie das als Schwäche auslegen und uns das Leben noch schwerer machen. Treten wir stark auf und behalten die Oberhand, dann hassen sie uns, weil wir sie beschämt haben.«

»Die Israelis sind wie die Nazis«, empört sich Khalil. »Sie fällen jahrhundertealte Olivenbäume, sie sprengen Häuser in die Luft, sie erniedrigen uns. Sie stehlen unser Land. Sie töten Kinder. Die Juden sind keine Pragmatiker, sie hassen uns. Der Hass bestimmt ihr Handeln.«

Beide Männer sind in den Fünfzigern. Beide sind korpulent, haben runde Gesichter und kurzgeschnittenes, weißes Haar. Sie tragen Sonnenbrillen und rauchen *Parliament*, Mosche die stärkere, Khalil die etwas leichtere Variante. Khalil ist eleganter gekleidet als Mosche. Er trägt ein rot-weiß gestreiftes Hemd und ein Sakko. Die Ästhetik von Mosches Hose und Hemd in der Kombination mit seinem Pullover weist auf die sowjetische Herkunft des Trägers hin.

»Ich glaube, es geht in erster Linie um den Tempelberg und die Klagemauer«, mischt sich Galja ein.

»Ich würde alles in die Luft jagen oder, noch besser, abtragen, nach Amerika verschiffen und in Disneyland wiederaufbauen, wenn ich damit nur ein einziges Menschenleben retten könnte«, sage ich. »Kein Stein, keine Mauer und keine Moschee ist heilig genug, um dafür auch nur ein einziges Menschenleben zu opfern.« Ich mache eine kurze Pause.

»Disneyland prowdly presents: The Temple Mount! You can entertain yourself by disguising as an orthodox Jew and praying at the Wailing Wall. You can pray with the Muslims inside the Al-Aqsa Mosque, if you prefer to do that. You can meddle in the crowd of young Muslims who throw stones down on the praying Jews, or you can take side with the IDF-soldiers who storm the Temple Mount to prevent the Muslims from throwing stones by beating them up or shooting them ...«

Khalil findet meine kleine Geschichte amüsant. Mosche hingegen erklärt: »Das ist nicht witzig. Ich bin kein religiöser Mensch. Ich mag diese schwarzen Vogelscheuchen mit Hüten und Schläfenlocken nicht. Die Frauen ziehen zehn Kinder auf und gehen nebenher noch arbeiten, damit ihre Ehemänner den ganzen Tag beten und den Talmud studieren können. Ihre Kinder gehen nicht zum Militär. Aber ihre Schulen werden aus Steuergeldern finanziert. Sie lehnen den Staat Israel ab, bilden aber politische Parteien, schicken Abgeordnete in die Knesset und sind bei Abstimmungen und Koalitionen das Zünglein an der Waage. Mit einigen arabischen Abgeordneten ist es dasselbe. Sie wollen uns vernichten, sitzen aber in unserem Parlament. Zeig mir ein anderes Land, wo so etwas möglich wäre …«

»As I've already told you, they breed like rats«, sagt Khalil.

»Trotzdem ist die Klagemauer ein besonderer Ort«, meint Mosche. »Sie ist ein Symbol für unsere schmerzvolle Geschichte. Sogar ich war ergriffen, als ich das erste Mal in meinem Leben diese Steine berührte.«

»Let's give the old city of Jerusalem to Austria«, bemerkt Khalil schmunzelnd. »Isn't that a good idea? What do you think?«

»Bloß nicht!«, sagt meine Frau.

»Deshalb bin ich dagegen, die gesamte Altstadt von Jerusalem den Palästinensern zu geben«, erklärt Mosche. »Nicht, weil es für mich einen großen Unterschied macht, ob die Klagemauer und der jüdische Teil der Altstadt in Israel liegen oder nicht, sondern, weil es bedeuten würde, dass kein Jude mehr, egal ob aus Israel, Frankreich, Australien oder Amerika, an der Klagemauer beten kann. Oder glaubst du, ein Herr Abu Masen und die palästinensische Polizei sorgen für unsere Sicherheit? Von 1948 bis 1967, unter jordanischer Herrschaft, durfte kein Jude die Altstadt betreten. Die Jordanier haben alle Synagogen zerstört und das jüdische Viertel dem Erdboden gleichgemacht. Glaubst du, dass es nach einem Friedensvertrag mit den Palästinensern anders sein wird? Wir hingegen schützen die heiligen Stätten des Islam in Jerusalem. Es sind die Moslems selbst, die das Gebiet auf dem Tempelberg verwalten, nicht wir.«

»Was hältst du von einer Internationalisierung?«, frage ich, während Galja das Gesagte für Khalil auf Hebräisch zusammenfasst.

»Wir haben in Srebrenica gesehen, welchen Schutz internationale Friedenstruppen bieten«, höhnt Mosche. »Mein Gott, ein paar Juden weniger, werden die Polizisten aus Nepal, Irland, Honduras oder Österreich sagen. Sie werden dasselbe auch über die Araber sagen. Lieber zehn tote Araber und zehn tote Juden als ein toter österreichischer Polizist. Jeder sorgt sich in erster Linie um die eigenen Leute.« Er lässt sich von Khalil Feuer geben, weil sein eigenes Feuerzeug leer ist. »Nein, nur Israel kann uns Juden wirklich schützen. Wir sind wegen Gilad Schalit in den Krieg gezogen. Welches andere Land zieht in den Krieg, um einen einzigen gefangen genommenen Soldaten zu befreien? Für uns ist jedes Menschenleben heilig.«

»But if it means peace«, meint Khalil. »What is more important? Peace or Jerusalem? The Zionists are criminals, they never care how other peoples feel.«

»Ja, warum sollen wir immer die Angeschmierten sein? Zweitausend Jahre hat man uns verfolgt, in Ghettos gesperrt, massakriert, erniedrigt, wie Ungeziefer vergast, und jetzt gönnt man uns nicht einmal eine alte Steinmauer und ein paar Straßenzüge. Sag doch einem gläubigen Moslem, er solle auf die Kaaba in Mekka verzichten, um ein paar Menschenleben zu retten, und schau, wie er reagiert.«

Während Mosche seine Ausführungen auf Hebräisch wiederholt, übersetze ich sie für meine Frau ins Deutsche. Schon setzt Khalil mit einem »Well, listen friends …« zu einer Replik auf Englisch an, als sein Handy läutet. Er schaut auf das Display und verzieht das Gesicht. »It's Nahla, my oldest sister«, murmelt er.

»Nahla? Oh, das kann lange dauern«, sagt meine Cousine.

Die Unterbrechung ist mir recht. Nach der mehrstündigen politischen Debatte habe ich Kopfschmerzen. Der Tisch ist gedeckt, aber das Essen wurde noch nicht aufgetragen. Während ich eine Zigarette rauche und meine Frau auf die Toilette geht, nützen Galja und Mosche die Gelegenheit, mit mir Russisch zu sprechen, ohne die Übersetzungen abwarten zu müssen.

Ich solle Khalil nicht böse sein, wenn er behaupte, die Juden seien wie die Nazis. Das sage er nur, weil ich einen Artikel über den Nahen Osten schreiben möchte. Sobald es um eine öffentliche Stellungnahme gehe, ordne er sich auf »seiner Seite der Front« ein. Die »Unsrigen« täten genau dasselbe.

Khalil versucht währenddessen schon zum vierten Mal denselben arabischen Satz zu vollenden. Ich kann nicht Arabisch, aber auch mir entgeht nicht, dass Nahla ihn nicht ausreden lässt. Der Besitzer des Lokals, ein phlegmatischer Mittsechziger, steht mit verschränkten Armen vor dem Eingang zur Küche und schaut seinen entfernten Verwandten mit einer Mischung aus Mitleid und Belustigung zu.

Es sei Khalil gewesen, der im Sommer 2006, während des Libanonkrieges, Galja und Aviva in den Süden des Landes gebracht habe, berichtet währenddessen Mosche. Er selbst habe arbeiten müssen. Mit Stahlhelm und Schutzweste ausgestattet, habe er keinen einzigen Arbeitstag in der Ölraffinerie versäumt. Er könne uns die Schrotkugeln und Nägel zeigen, die in den Sprengkörpern der Hisbollah-Raketen versteckt waren. In der Ölraffinerie seien einige eingeschlagen, in den Wohngebieten der Stadt noch mehr. Khalil habe alles organisiert, die Unterbringung der Familie, den Transport.

Khalil hält das Mikrofon des Mobiltelefons mit der Handfläche zu und sagt mit gepresster Stimme: »Sorry, sorry, just another minute! Nahla, you know.«

»Ken, ken, beseder, ani mewin«, beruhigt Mosche. »Wenn doch endlich das Essen käme!«, flüstert er mir ins Ohr. »Dann hätte er einen guten Grund, das Gespräch zu beenden. Nahla ist unglaublich. In jeglicher Hinsicht. Du solltest sie kennenlernen.«

Ich bin müde und wäre gerne eine Zeitlang allein. Wenn ich könnte, würde ich für ein paar Minuten auf den weiträumigen, begrünten Platz vor dem Restaurant hinausgehen. Ich würde mich auf eine Parkbank setzen und die Augen schließen. Aber ich kann nicht aufstehen und gehen, während Galja über den Libanonkrieg spricht. »Die Menschen hatten sechzig Sekunden Zeit, um in die Schutzräume zu flüchten. Eines Tages, ich war im Büro, gab es Alarm, aber ich habe mich geweigert, in den Luftschutzkeller zu gehen, weil ich Aviva am Handy nicht erreicht hatte. Ich hoffte, dass sie zu Hause war. Das Bankgebäude befindet sich neben dem Bahnhof Haifa Merkaz. Ganz in der Nähe schlug genau in diesem Augenblick eine Rakete ein.«

Mosche unterbricht sie. »Darüber solltest du in deinem Artikel schreiben«, sagt er mir.

»Ja, klar.«

»Die Leute sollen das wissen, sie sollen verstehen.«

»Und was war dann?«, frage ich Galja.

»Mein Chef versuchte mich zu überreden, in den Schutzraum zu gehen. Wenn ich mich weigere, werde ich entlassen. Das sei mir egal, habe ich ihm gesagt. Ich wollte bei meiner Tochter sein. Schließlich gab er nach und rief mir ein Taxi. Entlassen wurde ich natürlich nicht. Es war erstaunlich, dass während des Angriffs Taxis fuhren. Der Fahrer blieb gelassen. Als die nächste Rakete einschlug, meinte er, es werde uns bestimmt nichts passieren. Er sei bis jetzt, also seit vierzig Jahren, unfallfrei geblieben. Den Führerschein habe er noch vor dem Sechstagekrieg gemacht. Er sei ein sehr umsichtiger und geschickter Fahrer und werde den Geschossen bestimmt rechtzeitig ausweichen können, zumal in seinem Kfz-Versicherungsvertrag Schäden durch feindliche Raketentreffer nicht berücksichtigt seien. Und wenn wirklich etwas passiert, werde er die Rechnung an Hisbollah-Chef Hassan Nasrallah persönlich schicken. Gott sei Dank war Aviva zu Hause. Es ging ihr gut. Eine wichtige Prüfung auf der Uni, die sie an diesem Tag haben sollte, war abgesagt worden. Wir sind an diesem Nachmittag zusammen in den Luftschutzraum unseres Hauses gegangen. Er liegt nicht im Keller, sondern ist von einem der mittleren Stockwerke in den Steilhang des Berges gegraben worden. Wir haben uns dort sicher gefühlt. Die Stimmung war gut. Die Kinder sind herumgelaufen und haben gespielt. Die alten Leute haben Witze erzählt. Wir haben alle versucht, unsere Angst zu verbergen. Zwei Tage später brachte uns Khalil nach Lod zu seinen Freunden. Dort blieben wir ein paar Nächte und zogen dann weiter zu unseren Verwandten in Aschdod.«

Während Galja spricht, denke ich an die Luftschutzübungen in Beer Yaakov zurück, erinnere mich, wie damals, vor fünfunddreißig Jahren, während des Unterrichts plötzlich die Sirene heulte und wir alle in den schummrig beleuchteten Bunker im Keller laufen mussten. Als alle Kinder und Erwachsenen dicht nebeneinander, Schulter an Schulter, auf den Holzbänken Platz genommen hatten, wurden die Stahltüren hermetisch verschlossen und erst wieder geöffnet, als Entwarnung gegeben wurde. Da ich die Sprache kaum verstand, wusste ich beim ersten Mal nicht, was um mich herum geschah, aber ich hatte eine dunkle Ahnung, die mir Angst machte.

Ich denke an die Patronenhülsen und die alten Helme, die

in der Nähe des Militärlagers in Beer Yaakov herumlagen und die mir als Spielzeug dienten. Ich erinnere mich an den alten Mann, der die Orangenplantage bewachte und vor dem ich mich fürchtete, weil er Araber war. Die größeren Kinder hatten mir erklärt, er gehöre zu »unseren Feinden«. Sie erzählten Witze über Araber, berichteten von arabischen Panzern, die angeblich nur einen Vorwärts-, dafür aber drei Rückwärtsgänge hätten. Wenn sie Väter, Onkel oder ältere Brüder erwähnten, die im letzten Krieg oder in den Kriegen davor gefallen waren, konnte ich die Geschichte von den drei Rückwärtsgängen nicht recht glauben.

Meine Mutter hatte eine Arbeitskollegin namens Rivka, deren Sohn Arie den Jom-Kippur-Krieg auf den Golanhöhen bei einer Panzereinheit mitgemacht hat. Zwei Wochen lang hat er seine Mutter kein einziges Mal angerufen. Nichts war schlimmer als das Warten auf die Nachricht, vor der sie sich am meisten fürchtete. Als Arie wieder zu Hause war, schwieg er monatelang, bevor er zu erzählen begann. Was Rivka von ihm erfuhr, erzählte sie später meiner Mutter, und meine Mutter erzählte es Vater und mir. Heute weiß ich nicht mehr, wie Aries Kameraden getötet oder verletzt wurden und wie sein bester Freund starb, ich weiß nichts mehr über die Panzerschlachten, die Lazarettszenen und Begräbniszeremonien. Ein Detail konnte ich aber weder damals noch später verdrängen: Als eine der verlustreichsten Schlachten geschlagen war und eine noch verlustreichere bevorstand, hatte die israelische Armee plötzlich zu wenige Panzer zur Verfügung. Neue waren noch nicht geliefert worden, also wurden die beschädigten notdürftig instand gesetzt und für den Kampf bereitgemacht. Arie und seine Mannschaft erhielten einen dieser reparierten Panzer als Ersatz für ihren alten, der nach dem vorangegangenen

Gefecht nicht mehr einsatzfähig war. »Die Soldaten, die zuvor in diesem Panzer gesessen waren, sind alle umgekommen«, erzählte Arie seiner Mutter, und diese erzählte es meiner Mutter, und meine Mutter erzählte es Vater und mir. »Als wir einstiegen, konnten wir ihr Blut riechen. Man hatte die beschädigten Teile ausgetauscht, die Kabine aber nicht richtig gesäubert. Dafür war keine Zeit gewesen.«

Tagelang kam es mir vor, als hätte ich den Blutgeruch der getöteten Soldaten selbst in der Nase. Aber das kann ich Mosche und Galja nicht erzählen. Nicht jetzt. Was sind schon meine Erinnerungen im Vergleich zu ihren Erlebnissen.

»Wie ich dich beneide.« Galjas Stimme reißt mich aus meinen Gedanken. »Als wir euch in Salzburg besucht haben, war ich überwältigt. Diese Kulisse. Die Berge. Die Seen. So grün. So viel Wasser. Jeden Winter Schnee. Diese Ruhe. Und alles so sauber. Was gäbe ich nicht alles für ein Jahr friedlicher Ereignislosigkeit inmitten von Menschen mit ganz normalen Alltagsproblemen.«

»Irgendwann werden wir für ein Jahr die Wohnungen tauschen«, sage ich und lache. »Ich ziehe nach Haifa, und du nach Salzburg.«

Galja geht auf meinen scherzhaften Ton nicht ein. »Ich hoffe, du bist dankbar«, sagt sie. »Manchmal verteilt das Schicksal Geschenke.«

»Man soll sich vom Geschenkpapier nicht täuschen lassen.«

»Warum nicht? Ich bin alt genug, um zu wissen, dass ich nicht in jedes Päckchen hineinschauen muss.«

Nach dem Essen beschließen wir, ein paar Stunden am Meer zu verbringen und danach die Besichtigungstour in Akko abzuschließen. Akko sei für den Orient dasselbe wie Salzburg für den Alpenraum, erklärt Galja. Nicht einmal Jerusalem eigne sich besser als Fotomotiv.

Während der Fahrt zählt Khalil alle Verwandten und Freunde seiner Eltern auf, die 1948 vertrieben wurden oder geflüchtet sind. Das sollte ich in meinem Artikel unbedingt erwähnen. Ich sei zwar Jude, doch noch mehr als das sei ich Österreicher. Der Außenblick erlaube es mir, ausgewogen und differenziert zu berichten. Und gerade jemand mit meinem Schicksal müsse den Schmerz jener verstehen, die ins Exil gezwungen worden seien: »Wir sind die Juden der Juden, du bist der Jude der anderen, also musst du nachvollziehen können, wie wir uns fühlen, wenn uns die Juden behandeln, als wären wir Fremde im eigenen Land. Die israelischen Juden sind nur die Juden ihrer selbst. Schreib das auf!«

»Okay«, sage ich. »Nur ein Diaspora-Jude mit Migrationshintergrund, der in einem Land wie Österreich lebt, kann einen Palästinenser wirklich verstehen. Eine interessante Überlegung.«

Die Straße führt in leichten Serpentinen bergab, hinunter zum Meer. Am liebsten wäre ich taub und stumm und würde einfach nur die Landschaft betrachten. Kein Monat ist hier so schön wie der April. Für die kurze Zeitspanne des südlichen Frühlings erstrahlt die Erde in leuchtenden Farben. Aber man gönnt mir keine Ruhepause.

»Unsinn! Auch die Juden, die in Israel leben, waren einmal die Juden der anderen«, sagt Mosche. »Deshalb leben sie ja heute in Israel. Die meisten Juden kamen nach Palästina, weil sie keine Wahl hatten. Sie haben ihre Erfahrungen nicht vergessen und ihre Erinnerungen an Kinder und

Enkel weitergereicht ... Was wäre aus uns Juden geworden, wenn es den Zionismus nicht gegeben hätte? Wie ginge es heute den österreichischen Juden, wenn es Israel nicht gäbe? Würden sie gemütlich in Wien und Salzburg herumsitzen und Bücher schreiben, ohne sich fürchten zu müssen? Warum machst du dir eigentlich keine Notizen?«

Was soll ich ihm darauf antworten? Dass wir vor mehr als zwanzig Jahren im *Jüdischen Club* in Wien schon mit genau denselben Argumenten jongliert haben? Dass ich solche Sätze von jüdischen Freunden in Wien und an anderen Orten dutzendfach gehört habe, dass ich nichts zu notieren brauche, weil ich sie auswendig kenne? Was hatte ich eigentlich erwartet? Dass Menschen im Zentrum des Geschehens alles besser verstehen? Dass man einen Mehrwert an Erkenntnis gewinnt, wenn man einen Raketenbeschuss überlebt hat?

»Wir hatten keine andere Wahl«, schreit Mosche.

»Wir aber auch nicht«, bemerkt Khalil. »Ich bitte um Entschuldigung, dass wir nicht einfach Massenselbstmord begangen haben, damit ihr Juden nicht leiden müsst. Schreib das auf.«

»Ich schreibe alles auf«, versichere ich. »Aber ich fürchte, mein Gedächtnisspeicher ist voll. Wir sollten ...«

»Nur noch eine Kleinigkeit ...«, fällt mir Mosche ins Wort.

»Gnade!«, stöhne ich. »Bitte ein anderes Thema.«

»Of course, of course, I understand«, sagt Khalil und fragt nach einer halben Minute erholsamer Stille: »Do you enjoy your stay in Israel?«

»Alles sehr aufschlussreich«, sagt meine Frau.

Ich beginne aufzuzählen, was wir in den letzten Tagen gesehen haben: Tel Aviv, Haifa, Beer Yaakov, Verwandtenbesuche in Ramat Gan und Hod Hasharon. Das Nachtleben. Die Bars. Die tollen Gespräche. Die Lesungen. Die anderen Autorinnen und Autoren. Die Musikläden. »Wenn ich nicht an meine Kindheit denke, genieße ich jeden Augenblick.«

»Fine«, sagt Khalil mit bitterer Stimme. »Enjoy it! It's your country.«

Als wir am späten Abend wieder in Haifa sind und auf den Karmel hinauffahren, läutet Khalils Handy. Er wirft einen Blick auf das Display, seufzt und klappt das Gerät zu. »Es ist meine Schwester. Diesmal gehe ich nicht ran.« Doch eine Minute später läutet es wieder und eine weitere Minute später ein drittes Mal. Khalil murmelt etwas Unfreundliches auf Arabisch und nimmt das Gespräch an.

Nahlas Gegenwart ist für alle spürbar. Khalils genervte Stimme, die von Minute zu Minute lauter wird, weckt Mitleid. »Der arme Mensch. Ich weiß, wie er sich fühlt. Ich habe selbst zwei ältere Schwestern«, bemerkt meine Frau leise.

»Sie möchte mit dir reden«, sagt Khalil plötzlich und reicht mir das Mobiltelefon.

»Mit mir?«, frage ich erstaunt. »Wieso mit mir?«

»Ich habe ihr erzählt, dass du über uns und unsere Probleme einen Artikel schreibst, und sie möchte jetzt auch etwas dazu sagen.«

Hinter meinem Rücken höre ich ein leises Kichern.

Na gut, die Suppe habe ich mir selbst eingebrockt, denke ich.

»Hallo.«

»Guten Abend, hier ist Nahla. Ich bin Khalils Schwester. Mein Bruder hat mir viel von dir erzählt. Du scheinst ein vernünftiger Mensch zu sein.«

»Danke, sehr nett.«

»Wie gerne hätte ich dich und deine Frau kennengelernt, aber leider sind heute meine Enkelkinder bei mir, sie sind sechs, neun und elf Jahre alt, und deshalb komme ich von zu Hause nicht weg. Vielleicht sehen wir uns das nächste Mal, wenn du in Israel bist.«

»Gewiss.«

»Ich hoffe, ihr hattet einen schönen Ausflug.«

»Ja, wir haben viel gesehen, Tiberias, den See, Nazareth, Akko. Eine wunderschöne Stadt ...«

»Lass dir eines sagen«, unterbricht sie mich, »etwas, was du unbedingt schreiben musst ...« Sie spricht besser Englisch als ihr Bruder, hat aber einen schweren Akzent. Ich muss mich konzentrieren, um alles zu verstehen.

»Es wird Frieden geben!«, schreit sie. »Hallo?! Hörst du mich? Die Verbindung ist schlecht.«

»Ja, ich höre dich. Wir sind gerade in Haifa mit dem Auto unterwegs und fahren den Berg hinauf.«

»Du kannst mir glauben. Ich arbeite in einem Friedenszentrum, ich kenne Politiker und andere wichtige Leute auf beiden Seiten, in Israel, in den Autonomiegebieten, in Jordanien, in Europa. Es wird bald, sehr bald sogar, einen umfassenden Frieden in unserer Region geben. Spätestens 2015. Es wird keine Kriege mehr geben, keine Gewalt. Es wird zwar noch lange dauern, bis wir einander wirklich vertrauen können, aber wir werden einander respektieren.«

Nahla wird von Minute zu Minute aufgeregter. Ihre Stimme überschlägt sich. Ihr arabischer Akzent wird stärker, sie macht Fehler, betont falsch, macht aus »th« einen stimmhaften, sonoren Laut, rollt das »r« und verkürzt das lange »i« im Wort »peace«. »Piss will come!«, höre ich sie schreien. »We'll have piss! Piss for all, piss for everyone!«

»That's for sure«, sage ich.

»Piss in 2015. Believe me!«

Sie redet weitere zehn Minuten auf mich ein. Die Bevölkerung auf beiden Seiten sei der Kriege und des Terrors überdrüssig, schreit sie. Sie wolle nicht, dass ihre Enkel dasselbe durchmachen müssen wie ihre Eltern und Großeltern und deren Eltern und Großeltern. »We have enough, we have enough, we are fed up.« Die meisten Menschen, ob Araber oder Juden, wollen weder Netanjahu und den Rassisten Liberman noch die Hamas oder die korrupten Politiker und Bürokraten der Autonomiebehörde. Die Menschen hassen aus Gewohnheit, aus Tradition, oder weil sie zu träge seien, nach neuen Gedanken zu suchen. Aber innerhalb kürzester Zeit, davon sei sie überzeugt und wisse es aus einer sicheren Quelle, die sie leider nicht preisgeben dürfe, werde sich alles ändern. »Everyone is longing for piss! Everyone knows, there's no other way than piss.« Das eine werde aus dem anderen folgen. Eine Revolution im Gaza-Streifen, ein Regierungswechsel in Israel, ein neues Regime im Westjordanland, ein neues Camp-David-Abkommen, ein Friedensvertrag mit Syrien. Vor ein paar Monaten habe niemand geglaubt, dass es in Ägypten zu einer Revolution kommen könnte. Doch wenn so etwas in Ägypten oder Tunesien möglich gewesen sei, warum nicht auch hier? Und es werde passieren! Das ist es, was ich schreiben soll. »Write, write, write it down!« Alles andere sei nebensächlich. All die nichtigen Gespräche, die wir führen, die Dogmen und selbstgefälligen Behauptungen, die wir einander an den Kopf werfen, die kleinen und großen Eitelkeiten, die Banalität des Augenblicks, der uns größer erscheint als die Ewigkeit. Das Leben kommt und verglimmt langsam wie die großen Hoffnungen unserer Jugend, wie die Vorstellung, es stünden uns alle Türen und Wege offen, während sie längst zugemauert, verschlossen und versiegelt oder überwuchert sind, doch immer noch fallen am selben Stacheldrahtzaun Schüsse wie vor siebzig Jahren, als unsere Großeltern noch jung waren. Es könnte aufhören. Es ist so einfach. »Just piss, piss now.«

Ich versichere Nahla, dass ich alles, was sie mir erzählt hat, aufschreiben werde. Als ich das Handy zuklappe, dröhnt es in meinen Ohren. Von Khalils sportlicher Fahrweise durch die kurvigen Straßen von Haifa ist mir übel geworden, aber ich lasse mir nichts anmerken und berichte den anderen von meinem Gespräch.

»2015. Hmmm«, höre ich Mosches Stimme. »Bis dahin kann noch viel passieren. Das iranische Nuklearprogramm soll sehr gefährlich sein.«

»Ich tippe eher auf 2115«, meint Galja. »Oder 2200.«

Rechter Hand tauchen die Lichter der Ölraffinerie auf, wo Mosche als Ingenieur arbeitet. Nach einer weiteren Kurve sehe ich die steil abfallenden Gärten der Bahai-Tempelanlage. Im künstlichen Licht strahlt die Ordnung und Symmetrie des Parks eine beängstigende Sicherheit aus. Erst jetzt wird mir klar, was mich die ganze Zeit gestört hat, als wir die Bahai-Gärten am Vortag besichtigt hatten. Es ist diese Strenge, die unerbittliche Ausrichtung, der jeglicher Kontrapunkt oder Bruch fehlt. Die zwanghafte Sauberkeit der Alleen, die Ruhe und Vorhersehbarkeit, mit der jede Pflanze und jede Skulptur genau an dem Platz zu finden ist, an dem man sie vermutet, lassen mich an die längst verschlossenen Türen denken, von denen Nahla gesprochen hat.

»Vielleicht hat sie ja recht«, sage ich. »Warum nicht 2015, warum nicht schon früher?«

»Nahla hat ein gutes Herz«, erklärt Khalil. »Sie nervt unglaublich, aber in Wirklichkeit ist sie die Beste von uns allen. Hilfsbereit. Selbstlos. Wie vielen Menschen sie schon geholfen hat! Habe ich dir eigentlich erzählt, dass ihr im Sommer eine Schilddrüsenoperation bevorsteht? Sie hat seit einiger Zeit eine starke Schilddrüsenüberfunktion. Deshalb ist sie so aufgedreht, hat Stimmungsschwankungen, schläft schlecht und wird in diesem Zustand rasch sehr emotional, will plötzlich alles selber machen, die Welt verändern, die Juden mit den Arabern versöhnen, Israel umgestalten. Sie redet von Gerechtigkeit, von Revolution und vom Frieden, so als wäre sie immer noch die blutjunge, leidenschaftliche Studentin, die sie Ende der sechziger Jahre gewesen ist. Ihren Kindern ist das peinlich. Frieden im Jahre 2015. Nun gut, ich denke, nach der Operation wird sie wieder normal.«

Das Fest

Noch am Nachmittag war ich unschlüssig, ob ich hingehen soll. Ich selbst hätte mich nicht eingeladen, aber Erich hatte gemeint, das Frühlingsfest seiner Eltern sei ein zwangloses Beisammensein, eine Gartenparty. Er würde sich sehr freuen, wenn ich käme. Nach einigem Zögern sagte ich zu. Ich war fast zwanzig, aber ich ging selten auf Partys. Es gibt nichts Einsameres, als in einem Raum mit hundert Leuten allein zu bleiben. Aber ich wollte Erich nicht enttäuschen. Er war einer der wenigen Freunde, die ich hatte.

Während der Vorlesung starrte ich aus dem Fenster. Ein Gartenfest im Nobelbezirk Hietzing! Erichs Vater war Unternehmensberater. Neben der Hietzinger Villa, die Erich »das Häuschen meiner Eltern« nannte, besaß er eine Wohnung in der Innenstadt, fünf Gehminuten vom Stephansdom entfernt, die er seinem Sohn überließ. Was sollte ich auf dem Gartenfest solcher Leute? Ich würde mich furchtbar blamieren.

Das Mitschreiben hatte ich an diesem Tag schon nach zehn Minuten aufgegeben. Die Gastdozentin, eine Deutsche, erzählte etwas über Herbert Marcuse, über den Zusammenhang zwischen Subjekt und Sozietät, den Neomarxismus und die Verfestigung patriarchaler Strukturen im Spätkapitalismus. Wie in den früheren Vorlesungen verstand ich auch diesmal die Struktur der Sätze und fast alle Wörter, aber ich verstand deren Sinn nicht. Dabei hatte ich mich ursprünglich auf Soziologie, ein Pflichtfach im Rahmen meines Volkswirtschaftsstudiums, gefreut. Soziologie sei anders, »alternativ«, hatte man mir erklärt. Das einzig Alternative bestand darin, dass die Studenten Frau Doktor Gisela von Steinberg duzen durften. »Wir wollen mal nicht so professoral sein«, hatte sie verkündet. Und dann wurde es trotzdem sehr akademisch.

Was ich nicht verstand, übte eine seltsame Wirkung auf mich aus. Wortgruppen oder ganze Sätze verschmolzen mit der Referentin, gingen eine Verbindung mit ihren einzelnen Körperteilen oder ihrer Kleidung ein, wurden plastischer, veränderten die Klangfarbe. Ich konnte zwar nicht entschlüsseln, was der Satzteil »in einem Zustand des ängstigenden und geängstigten Agglomerats zu verbleiben« bedeutete, doch wenn mir diese Worte einfielen, musste ich daran denken, wie Gisela immer, wenn sie ins Stocken geriet oder über eine Frage nachdachte, mit dem Zeige- und Mittelfinger ihrer rechten Hand das Kinn oder die Unterlippe berührte und danach ihre unlackierten Nägel betrachtete.

Seit ich Tagebuch führte, wusste ich, dass die Realität der Welt vielschichtiger war als die Realität der Fakten. In meinem Tagebuch erschien mir die Wirklichkeit als karge Oberfläche dessen, was ich als eigentliche Wahrheit zu erkennen glaubte. Deshalb erfand ich gerne Geschichten, ohne dabei dem Wunsch nachzugeben, die Ereignisse so niederzuschreiben, wie ich sie gerne erlebt hätte. Mogeln wollte ich nicht. Hier aber arbeitete die Vortragende ständig mit Taschenspielertricks und ging auch noch ihrer eigenen Show auf den Leim. Also verwandelte ich Giselas Realität von Zuschreibungen und Begriffen – Zahnräder im luftleeren Raum, ein wortreiches Perpetuum mobile –, um sie selbst damit neu zu erschaffen. Ihre Brüste wogten »dialektisch«, es strahlte »symbolischer Interaktionismus« aus ihren Augen, und ihr Mund bewegte sich im Rhythmus der »repressiven Toleranz der Entfremdung«.

Erich würde mich nach der Vorlesung um fünfzehn Uhr abholen. Giselas Lehrveranstaltung hatte er schon vor Wochen den Rücken gekehrt. Ich sollte vor dem Haupteingang der Uni auf ihn warten. Diesmal würde er sogar mit dem Mercedes vorfahren. Einundzwanzig Jahre alt und schon mit zwei Autos unterwegs – das beeindruckte mich. Den 2CV dürfe er zu Schrott fahren, hatten seine Eltern erklärt. Papas Mercedes bekam er nur zu besonderen Anlässen. Einen solchen Anlass hatte ich noch nie erlebt und kannte den Mercedes deshalb bis dahin nur vom Hörensagen.

Gisela war eine schlanke, aschblonde Frau in den Vierzigern. Ihr glattes Haar bedeckte die Schultern und reichte ihr bis zur Brust hinunter. Die runde, bifokale Brille mit dünner, glänzender Fassung ließ die Augen schmal erscheinen. Rollkragenpullover, Jeans und Turnschuhe machten Gisela jünger, doch nicht jung genug, um die unangenehme Wirkung ihres kumpelhaften, aber dennoch etwas schroffen und distanzierten Auftretens wieder wettzumachen. Außerdem hatte sie wenig Ahnung von Didaktik, und wenn sie aus ihren Büchern zitierte, hatte ich den Eindruck, ein Volksschulkind lese einen schwierigen Text vom Blatt.

Ich hatte Erich bei Giselas Antrittsvorlesung kennengelernt. Zuerst saß er ruhig neben mir und schrieb mit, nach einer Viertelstunde begann er zu seufzen, nach einer halben Stunde knipste er mehrmals hintereinander mit dem Kugelschreiber, schaute auf die Uhr, rutschte nervös auf dem Stuhl hin und her und fragte mich plötzlich: »Bleibst du hier? Ich meine, das ganze Semester?« Ich nickte. »Du bist ein Held! Könntest du mir später deine Mitschrift geben?« Ich nickte wieder und schrieb ihm die Telefonnummer meiner Eltern auf ein Blatt, das ich aus meinem Notizblock herausgerissen hatte.

»Weißt du was«, sagte er. »In der ersten Stunde ist sowieso nur das übliche Blabla. Komm, lass uns gehen. Ich lade dich auf ein Bier ein.«

»Ich nehme Tee mit Milch.«

»Bist du Engländer?«

»Nein. Aber das hat mich noch niemand gefragt. Eigentlich wäre ich viel lieber Engländer als alles andere, was ich bin.«

»Gut, dann natürlich Tee mit Milch.«

Eine Viertelstunde noch, höchstens zwanzig Minuten, wenn Gisela überziehen sollte, was sehr selten vorkam. Ich zeichnete Kreise und Vierecke in mein Heft. Jede Minute war eine Qual, doch letztlich war es egal, ob ich die verbleibende Zeit hier, draußen im Hof oder in der Kantine verbrachte. *Gisela*, schrieb ich und schmückte das »G« mit Schnörkeln aus. *Gisela, Gisela, Gisela.* Der Name Gisela kam mir albern vor. Ich musste dabei an Mottenkugeln in einer Truhe voll mit alten Nachthemden und Pyjamahosen denken oder an das russische »Kisel'« – eine Art Kompott. Das adelige »von« fand ich hingegen anregend, insbesondere in der Kombination mit dem Rollkragenpullover, der feministischen Rhetorik und Giselas ungeschminktem Gesicht, das mir rauh und verwelkt vorkam. In ihrem tabellarischen Lebenslauf, den Gisela bei ihrer Antrittsvorlesung ausgeteilt hatte, stand: *Gisela von Steinberg, geb. 1941 in Allenstein (Ostpreußen).* Die nachfolgenden Jahre wurden übersprungen. In der zweiten Zeile hieß es: *1960 – Abitur in Krefeld.*

Gisela sprach über Marcuses Gesellschaftstheorien mit einer Begeisterung, die sich positiv auf ihren Vortrag auswirkte. Sie akzentuierte besser und verwendete das eine oder andere Mal unwissenschaftliche Ausdrücke wie »wunderbar«

oder »außergewöhnlich«. Doch die meisten meiner Kollegen interessierten sich nur für eine positive Note bei der Abschlussprüfung und hofften, sich bald wieder ernsthafteren Fächern wie Rechnungswesen oder Betriebswirtschaftslehre zu widmen.

Herbert Marcuse. Ein wenig erfüllte es mich schon mit Stolz, dass die Achtundsechziger in Deutschland und den USA ausgerechnet einen Juden zum Guru erwählt hatten. Mein Vater hatte wohl recht, wenn er behauptete, es gebe unter uns mehr Genies, aber auch mehr Verrückte, Lebensuntüchtige und Psychopathen als unter den Gojim. Vielleicht sei dies der Grund, dass Hitler ausgerechnet uns ausrotten wollte.

In ihrer zweiten oder dritten Vorlesung war Gisela in knappen Worten auf Marcuses Biographie eingegangen. Unter anderem erwähnte sie seine jüdische Herkunft. Sein Schicksal als Jude habe »naturgemäß« seine politische Haltung und moralische Festigkeit beeinflusst, meinte sie: »Die Leidenserfahrung als ein Leumundszeugnis der Aufrichtigkeit.« Nachdem Gisela diesen Satz formuliert hatte, unterbrach ich sie und fragte, ob sie denn wirklich meine, dass Menschen ohne Leidenserfahrung tendenziell unaufrichtiger seien als jene mit. Die anderen Studenten schauten mich verständnislos an. Gisela lächelte, fuhr mit dem Zeige- und Mittelfinger der rechten Hand vom Haaransatz an der Stirn über die rechte Wange bis hinunter zum Kinn, dachte einige Augenblicke nach, während sie ihre Fingernägel betrachtete, und sagte schließlich: »Im Prinzip ist das eine Frage, die eine Psychologin beantworten sollte, aber ich fürchte, du hast den Kontext nicht verstanden, in dem mein Satz steht.« Daraufhin folgte eine Erklärung, die derart abstrakt und komplex war, dass ich wiederum nichts verstand. Trotzdem schrieb ich – wie immer – brav mit. Schließlich hatte ich Erich ein lesbares Manuskript versprochen.

Bei Gisela erlebte ich Augenblicke schlimmster Langeweile, die fast jedes Mal in Sinnkrisen übergingen. Lag es vielleicht an mir? War ich zu dumm, um einem differenzierten akademischen Vortrag zu folgen? Ich war offensichtlich nicht klug genug, um mein Studium erfolgreich abzuschließen, und würde, so wie es mir die Eltern als Kind oft prophezeit hatten, als Dachdecker oder Straßenkehrer enden. Ich verdrängte diese Gedanken, indem ich versuchte, mir Gisela nackt vorzustellen, doch das gelang mir nie. Es schien, als seien Rollkragenpulli, Jeans, Brille, das schnoddrige Bundesdeutsch, das adelige von und die unverständliche Soziologensprache untrennbar miteinander verbunden. Brustwarzen, Pobacken und Marcuses »kritische Theorie« passten nicht zusammen. Es kam mir vor, als würde Gisela, sobald ich sie ausgezogen hätte, augenblicklich ins Wienerische wechseln und über Alltägliches reden.

Karin, meine erste und bis dahin einzige Freundin, hatte eine ähnliche Figur wie Gisela. Allerdings war sie dreiundzwanzig Jahre jünger. In meinen erotischen Phantasien sah ich Giselas Gesicht, aber Karins Körper. Das war nicht stimmig, eher amüsant. Wie wird Karin wohl als Frau mittleren Alters – mit Falten, Hängebusen und Cellulitis – aussehen?, fragte ich mich und beschloss sogleich, mir dieses Bild nicht auszumalen. Auch wenn sich Karin und ich im Unfrieden getrennt hatten, wollte ich ihr diese grauenvolle Phantasie nicht antun.

Erich war wie immer pünktlich, kam allerdings nicht mit dem Mercedes, sondern doch mit dem 2CV. Mit seinen ein Meter vierundneunzig schien er drei Viertel des Wagens auszufüllen. Ich hatte den Eindruck, als würde unter ihm der Boden des Fahrzeugs jeden Augenblick durchbrechen. Außerdem war er nicht allein. Auf dem Hintersitz saßen zwei Mädchen, die etwas jünger waren als ich, wahrscheinlich Mittelschülerinnen kurz vor der Matura. Erich stellte sie mir als seine Cousinen Ortrun und Ute vor. Er habe seiner Tante versprochen, sie auf dem Fest »abzuliefern«. Kaum hatte ich mich in das enge Wageninnere gezwängt, wurde mir klar, dass ich für die Party eindeutig falsch gekleidet war. Erich wirkte in Nadelstreifenanzug und hellblauer Krawatte sehr erwachsen. Die beiden Mädchen waren geschminkt, trugen Miniröcke, Stöckelschuhe, Blusen mit weiten Ausschnitten, Perlenketten, glänzende Ohrringe. Ich hingegen hatte einen schwarz-gelb gestreiften Pullover an, eine alte Cordhose und die schwarzen Schuhe mit der flachen Sohle ohne Profil, die ich deshalb so liebte, weil sie auf Steinböden oder U-Bahnsteigen bei jedem Schritt laut klapperten.

»Mach dir nichts draus«, meinte Erich, nachdem ich ihn verunsichert gefragt hatte, ob ich denn »in diesem Aufzug« in der Hietzinger Villa nicht völlig fehl am Platz sei. »Das ist doch ganz egal«, meinte er. »Die werden das alle als bewusstes Understatement auffassen. Oder als Provokation. Die wissen ja nicht, dass du dich jeden Tag so anziehst.« Er lachte laut, und die Mädchen hinter meinem Rücken kicherten noch lauter. Dann tuschelten sie. »Schau, der kriegt ganz rote Ohren«, sagte die eine. »Die Nasenspitze sicher auch«, meinte die andere. Was sie noch sagten, konnte ich aufgrund der lauten 2CV-Motorengeräusche nicht verstehen. Jedenfalls folgte bald eine weitere Lachsalve.

»Du darfst die beiden nicht ernst nehmen«, meinte Erich. »Als Kinder waren sie hässliche Entlein, und wir haben alle gehofft, sie werden irgendwann einmal zu Schwänen. Stattdessen sind sie zu dummen Gänsen herangewachsen.« Die Mädchen kicherten wieder, allerdings etwas verhaltener als zuvor.

»Nur für den Fall, dass du fragst, warum sie sich so ähnlich schauen und fast gleich angezogen sind ... Ja, richtig geraten, sie sind Zwillinge, allerdings zweieiige. Die mit dem schmaleren Gesicht, die etwas Hübschere, das ist Ute. Sie ist schon vergeben. Über ihren Freund kann ich dir einiges erzählen, aber das mache ich lieber später, unter vier Augen. Aber Ortrun – die ist noch zu haben.«

Diesmal lachten die Mädchen nicht mehr. »Erich, du bist ein Arschloch«, sagte Ortrun. Dieser grinste und zwinkerte mir zu. »Hab ich dir nicht gesagt, das wird ein lustiger Nachmittag?«

Ich nickte und starrte weiterhin auf die Straßenbahn, die frontal auf uns zukam. Von Erichs sportlicher Fahrweise wurde mir immer schlecht. Die »Ente« schaukelte wie ein Motorboot, das gegen die Wellen ankämpft, und schien in jeder Kurve abzuheben oder umzukippen.

Die Straßenbahn klingelte, spuckte Sand und legte eine Notbremsung hin. Erich gelang es, im letzten Augenblick auszuweichen. Für den Bruchteil einer Sekunde konnte ich das wütende Gesicht des Straßenbahnfahrers erkennen.

»Hab ich euch eigentlich schon erzählt, dass mein Freund ein russischer Jude ist?«, fragte Erich seine Cousinen. »Er ist in Leningrad geboren, hat in Israel gelebt, in Amerika, in Italien, in Holland und ich glaube noch an einigen anderen Orten, die ich aber nicht mehr im Kopf habe.«

»Dann sprichst du also Russisch?«, fragte Ute.

»Das ist meine Muttersprache.«

»Und auch Israelisch?«

»Hebräisch«, korrigierte sie Ortrun.

»Was passiert eigentlich in der Synagoge?«, fragte Ute. »Mein Vater sagt, es sei alles sehr geheimnisvoll, es dürfen nur Männer teilnehmen, und kein Außenstehender darf etwas davon erfahren.«

»Das sind die Freimaurer, die du meinst«, erklärte Ortrun. »Papi hat vom Freimaurertempel gesprochen, nicht von der Synagoge.«

»Ach ja, das mit der Synagoge, das war was anderes. Das war doch die Sache mit dem jüdischen Osterfest, nicht wahr? Mein Vater sagt, die Juden würden in dieser Zeit …«

»Jetzt halt den Mund!«, unterbrach sie Ortrun schnell. »Lass den Blödsinn! Frag ihn lieber, wie es ihm in Österreich gefällt, ob er Wien mag.«

»Okay. Wie gefällt's dir denn in Österreich?«, fragte Ute. »Ist es hier besser als in Russland?«

»Natürlich. Die Sowjetunion ist eine Diktatur.«

»Was passiert denn nun wirklich in der Synagoge?«, fragte Ute.

»Ich gehe nicht in die Synagoge.«

»Pass auf, als Nächstes fragt sie dich, ob du beschnitten bist«, sagte Erich.

Wie nicht anders zu erwarten, begannen die Mädchen wieder zu kichern.

»Und? Bist du beschnitten?«, fragte Ute.

»Find es doch heraus«, meinte Erich.

Ich begann schnell von Gisela und der Vorlesung zu erzählen. Dass ich nicht viel verstanden hatte, spielte keine Rolle. Ich brauchte nur ein paar Satzbrocken, die in meinem Gedächtnis haften geblieben waren, zu einer improvisierten Geschichte zu verbinden.

Erich bog in die Linke Wienzeile ein und beschleunigte. Offenbar hatte er den Ehrgeiz, unter den vielen Autofahrern, die auf dieser Rennstrecke die Geschwindigkeitsbeschränkung nicht einhalten, der Schnellste zu sein. Die beiden Mädchen waren plötzlich auffallend still.

»Pass auf, du zerlegst die Ente!« Um die Motorengeräusche zu übertönen, musste ich schreien.

»Keine Angst. Die anderen weichen schon rechtzeitig aus. Was wolltest du noch über diese Gisela von und zu Steinbruch erzählen?«

»Ich hätte mir erwartet, sie werde irgendwann einmal zugeben, dass sie etwas nicht weiß oder dass etwas uneindeutig, undefinierbar und letztlich unlösbar sei. Aber so was sagt sie natürlich nie. Keiner tut das. Niemals! Alle benehmen sich so, als wären sie sich ihrer Sache so verdammt sicher. Hast du jemals ein Mädchen aufgerissen, indem du zugegeben hast, dass du eigentlich von den meisten Dingen keine Ahnung hast? Die Mädchen behaupten ja nur, dass sie jemanden suchen, der nett und einfühlsam zu ihnen ist. Aber das ist nicht wahr. In Wirklichkeit fahren sie auf Typen ab, die völligen Schrott reden und wie Gockel auf dem Misthaufen herumstolzieren.«

»Red keinen Schrott«, sagte Erich. »Erzähl den Mädels lieber was Aufregendes. Schließlich hast du ja genug erlebt.«

Erich war der Einzige unter meinen Studienkollegen, der sich für meine Lebensgeschichte interessierte. Wenn ich von meinen Emigrationserfahrungen berichtete, fragte er nach, anstatt wie die anderen nur verlegen zu lächeln. Damals erzählte ich noch nicht viel. Ich deutete nur an. Das aber genügte, um Erich zu begeistern. Er empörte sich darüber, was »den Juden in den letzten zweitausend Jahren angetan wurde«, und betonte, Juden seien im Schnitt klüger als andere. Als ich widersprach, zählte er alle berühmten Juden auf, die ihm einfielen. Seine Liste begann mit Abraham und endete mit Simon Wiesenthal. Bei Isaac Newton und Bertolt Brecht musste ich ihn korrigieren. Erich war erstaunt. Er sei immer davon überzeugt gewesen, gerade diese beiden »Koryphäen« seien »typisch jüdisch« gewesen. Daraufhin stritten wir lange darüber, ob es typisch jüdische Eigenschaften gebe, bis mich Erich einen »antisemitischen Juden« nannte. Ich hätte keine Ahnung, welches Potenzial in mir stecke, solle aufhören, ein braver Langweiler zu sein, und endlich zu einem schlauen Juden mutieren. Dann klopfte er mir auf die Schulter und meinte, ich solle ihn »um Gottes willen« nicht ernst nehmen. »Du weißt doch, ich bin ein exzentrischer Snob. Ich schwöre beim Barte des Propheten, dass alles von Anfang bis zum Schluss nur ein dummer Scherz war.«

Ich glaubte ihm. Erich konnte mir nichts anhaben. Er stand »auf der anderen Seite«. Wie sein Vater war er Mitglied des CV, des »Cartellverbandes«, einer katholischen Studentenverbindung. Er gehörte zu jenen »Satten und Reichen«, denen, wie ich überzeugt war, im Leben alles zufiel. Sie hatten nichts mit »normalen« Menschen zu tun, die wie meine Mutter um halb sechs Uhr morgens in der Kälte an den Straßenbahnhaltestellen warteten und abends abgearbeitet ins Bett fielen. Wenn mir Österreich fremd war, so war mir Erichs Welt doppelt und dreifach fremd, auch wenn mir seine Freundschaft schmeichelte. Es bestätigte nur meine Vorurteile, als ich erfuhr, dass sein Vater gerne auf die Jagd ging, mit einer seiner Sekretärinnen jahrelang ein Verhältnis gehabt und seinem Sohn den Militärdienst erspart hatte. Laut Erich gab es kaum eine Branche in Österreich, in der nicht ein CV-ler auf einem verantwortungsvollen Posten zu finden war. »Besser eine Bananenrepublik als eine Volksrepublik«, kommentierte er diesen Umstand lapidar.

»Der Unterschied ist zwar nicht groß, wenn man die Spielregeln kennt, aber ein 2CV ist mir immer noch lieber als ein Trabi.«

Ich hatte Erich einige Male in seiner Innenstadtwohnung besucht, war aber noch nie im »Häuschen« seiner Eltern gewesen. Das Häuschen war ein zweistöckiges Jugendstilgebäude, dessen Fassade gerade nach alten Plänen und Fotografien restauriert worden war. Die Stuckdekorationen strahlten in Gelb und Blau, die restliche Fassade in Weiß. Die Holzveranda war ebenfalls erneuert worden. Nur die Gestaltung des Gartens war noch ausständig. Vorerst bestand er aus einem ordentlich gestutzten Rasen, drei Kastanienbäumen, einem Zaun und einer fast zwei Meter hohen Hecke, die das Grundstück abgrenzte. Wenn es nach ihm ginge, könne es bei diesem Minimalismus bleiben, doch seine Mutter sei schon mit zwei Gartenarchitekten im Gespräch und habe einen weiteren in England angeschrieben, erklärte Erich. »Hab ich dir eigentlich schon erzählt, dass das Häuschen vor dem Krieg einer jüdischen Familie gehört hat?«, fragte er.

»Arisierung?«

»Eben nicht! Doktor Feldmann hat im Februar 1938, also ein paar Wochen vor dem Anschluss, an meinen Großvater verkauft. Der hat gewusst, wie der Hase läuft, der Feldmann, und hat sich noch rechtzeitig abgesetzt, bevor die ganze Scheiße angefangen hat. Großvater hat das Haus trotzdem günstig erworben, und nach dem Krieg galt es natürlich nicht als arisiertes Vermögen. Glück gehabt.«

»Und der Feldmann?«

»Ist nach Amerika geflüchtet und kam nie mehr zurück.«

»Tante Sieglinde wohnt doch in einer arisierten Wohnung, oder?«, fragte Ute.

»Was redest du für einen Blödsinn!«, tobte Ortrun. »Das ist Tante Hilde, die du meinst. Du bringst immer alles durcheinander.«

»Ortrun ist die Ältere der beiden«, erklärte Erich. »Aber das hast du dir sicher eh schon gedacht. Sie kam zwanzig Minuten früher auf die Welt. Was so ein kleiner Unterschied ausmacht.«

Kaum hatte ich das Tor durchschritten, blieb ich stehen, um die beeindruckende Szene, die sich mir darbot, auf mich wirken zu lassen. Erich versicherte mir, dass viele Gäste noch gar nicht eingetroffen seien. Jene, die schon da waren, immerhin etwa zwei Dutzend an der Zahl, hielten sich allesamt im Bereich zwischen dem Gartentor und dem Hauseingang auf. Einige standen, andere hatten schon auf den bereitgestellten Klappstühlen Platz genommen. Zwei junge Frauen in blauen Kleidern und weißen Schürzen schenkten den Gästen Getränke ein. Im hinteren Teil des Gartens spielten Kinder. Rechts, zwischen einem der Kastanienbäume und der Hausmauer, war das Buffet aufgebaut. Die offizielle Eröffnung durch Erichs Mutter sollte erst in einer halben Stunde erfolgen. »Du wirst sehen, es ist wie bei der Raubtierfütterung«, flüsterte mir Erich zu. »Kaum entfernt man die Deckel von den Töpfen, stürzen sich alle drauf, als wäre es die letzte Mahlzeit ihres Lebens. Das wird lustig. Hast du einen Fotoapparat dabei? Ich selbst mache in solchen Augenblicken immer Fotos. Tanten, Onkel und deren besten Freunde im Nahkampf.«

Was mich am meisten verblüffte und für einige Augenblicke mit offenem Mund erstarren ließ, war ein Streichquartett mit richtigen lebenden Musikern, das auf einer improvisierten Bühne klassische Melodien spielte. Das ist ja echt steil!, dachte ich. Die geben für diesen Nachmittag sicherlich mehr Geld aus, als meine Mutter in einem halben Jahr verdient. Erich erriet meine Gedanken und flüsterte mir ins Ohr: »Die Musiker sind nicht so gut und nicht so teuer, wie sie aussehen. Sie können froh sein, dass sie hier überhaupt spielen dürfen. Aber das ist egal. Die meisten hier haben Schweinsohren und können Dur von Moll nicht unterscheiden.«

Meiner Ansicht nach spielten die Musiker sehr gut, doch ehe ich mir darüber weitere Gedanken machen konnte, hatte Erich begonnen, mich den Gästen vorzustellen.

»Tante Sieglinde – das ist mein Freund und Studienkollege, von dem ich dir erzählt hatte …«

»Sehr erfreut. Sieglinde Holubek …«

»Er ist russischer Jude. In Leningrad geboren.«

»Leningrad. Das soll ja eine wunderschöne Stadt sein. Ich muss unbedingt einmal hinfahren. Leider hatte ich bis jetzt noch keine Gelegenheit, eine Reise nach Russland zu machen. Aber ich bin einmal, vor vielen Jahren, in Karl-Marx-Stadt gewesen. Dort lebt eine Cousine meines Exmannes. Oder ist es seine Schwägerin? Wie auch immer. In Karl-Marx-Stadt steht ein riesengroßer gusseiserner Kopf von Karl Marx. Ich kann mir vorstellen, dass in Leningrad …«

»Ja, Tante, wir reden später …« Erich zog mich weiter.

»Onkel Peter, darf ich dir einen guten Freund von mir vorstellen. Er kommt aus Russland …«

»Dobri den', towarischtsch«, begrüßte mich Onkel Peter, ein stämmiger Mittfünfziger mit sonorer Stimme. »Kak schisn' molodaja?« Ich antwortete mit einer höflichen Phrase auf Russisch, woraufhin der Onkel lachend verkündete, seine Russischkenntnisse beschränkten sich auf zwanzig, höchstens dreißig Wörter. Er sei beruflich oft in der Sowjetunion und liebe die Russen, besonders die Frauen. Die Russen seien herzliche und großzügige Menschen, deren Seelentiefe von keinem anderen Volk übertroffen werde. Ich überlegte mir, ob eine Seelentiefe tatsächlich »übertroffen« oder nicht eher »unterboten« werde, und befand, dass beide Begriffe ungeeignet seien, das auszudrücken, was Onkel Peter meinte. »Aber der Alkoholkonsum ist natürlich ein Problem. Ich war einmal in Charkow mit meinen russischen Geschäftspartnern unterwegs …«

»Das ist das Stichwort«, unterbrach ihn Erich. »Was trinkst du?« Er schnipste eine der weißbeschürzten jungen Damen mit den Fingern herbei. »Sekt, Sekt Orange, Wein? Gin Tonic? Einen Sherry vielleicht? Oder einen Martini? Bier haben wir auch.«

»Orangensaft«, murmelte ich.

Erichs Mutter war eine gutaussehende Frau. Ich hätte sie auf vierzig geschätzt, wenn ich nicht gewusst hätte, dass sie fünfzig ist. Ich hatte noch nie eine so perfekt gekleidete und geschminkte Dame gesehen. Ich war tief beeindruckt, allerdings nur so lange, bis ich ihre Stimme hörte, hoch wie die eines jungen Mädchens, während ihr Tonfall stets sanft blieb. Außerdem hatte Erichs Mutter die Angewohnheit, Vokale zu dehnen und Wörter wie »ganz«, »sehr« oder »völlig« zwei- oder dreimal hintereinander zu sagen. Egal, worüber sie sprach, hörte sie sich an wie Daisy Duck, die eine rührselige Geschichte erzählt.

»Das ist aber ganz, ganz lieb, dass Sie heute bei uns sind«, säuselte sie und schüttelte mir die Hand. »Mein Sohn spricht sooo oft über Sie. Ihre Biographie, diese vielen, vielen Reisen. Später, wenn das Buffet eröffnet ist und der Trubel sich gelegt hat, müssen Sie einfach an unseren Tisch kommen. Es gibt bestimmt spannende Geschichten, die Sie uns erzählen können. Und ich habe sooo viele Fragen ... Aber nein, keine Angst, wir werden Sie nicht über die Maßen in Anspruch nehmen.«

»Gerne«, sagte ich, obwohl mir keineswegs danach war, irgendwelche Geschichten aus meinem Leben zu erzählen.

»Sie kommen ja gut voran im Studium und sind viel, viel weiter als Erich, obwohl er ein Jahr vor Ihnen begonnen hat.«

»Na ja, ich bemühe mich«, murmelte ich und senkte den Blick.

»Vielleicht könnten Sie auf Erich positiv einwirken, damit es bei ihm auch etwas rascher vorangeht.« Die Kinderstimme hatte nun einen scherzhaften Unterton, blieb aber weiterhin samtweich. »Sein Bruder war anders. Er war nach fünf Jahren fertig. In Kürze wird er ...«

»Mama, lass das!«, unterbrach sie Erich barsch, schob mich weiter und erklärte halblaut: »Immer dieselbe Leier. Die Tochter ihrer Kosmetikerin zum Beispiel ist genauso alt wie ich und schreibt schon ihre Diplomarbeit. Das ärgert Mama natürlich. Sie vergleicht immer alle Leute miteinander.«

Bevor das Buffet eröffnet wurde, hatte mich Erich mehr als der Hälfte der Gäste vorgestellt und dabei kein einziges Mal vergessen, auf meine russisch-jüdische Herkunft hinzuweisen. Ich ließ die Prozedur über mich ergehen. Der Gedanke, dass alles noch viel schlimmer sein könnte, beruhigte mich ein wenig. Was konnten mir diese Menschen außerdem anhaben? Standen sie denn nicht »auf der anderen Seite«? Was wussten sie schon vom richtigen Leben? Genieß es doch einfach!, versuchte ich mir einzureden. Was hier passiert, geht dich eigentlich nichts an. Schau einfach zu, merk dir alles, schreib es später auf und mach irgendwann eine Erzählung daraus. Geh auf Distanz!, sagte ich mir. Stell dir vor, es gäbe dich gar nicht, und alles ist nur ein Film, den du dir im Kino anschaust. Doch es gelang mir nicht, mich selbst zu vergessen.

Erichs Vater gehörte zu jenen Menschen, die mit den Jahren verwelken, aber nicht altern. Der Flaum um die Mundwinkel und am Kinn ist schütter und zart wie bei einem Jugendlichen kurz vor der ersten Rasur, die Konturen verändern sich kaum, die Haare bleiben dicht, manchmal glänzt an den Schläfen eine weiße Stelle, ein verlegener, zaghaft gesetzter Pinselstrich der Zeit. Das Alter kommt nicht von innen, es transformiert nicht, sondern arbeitet sich an der Oberfläche ab, gerbt die Haut, zieht Furchen, wölbt den Bauch und lässt den Glanz der Augen langsam verglühen. Bei entsprechendem Lebenswandel gleicht das Gesicht, wenn die Lebensmitte überschritten ist, immer mehr dem Bildnis von Dorian Gray.

»Wissen Sie«, erklärte mir Erichs Vater, »ich bin einer von den Leuten, die anderen erklären, wie sie Geld sparen, und die ersparte Differenz dann als Honorar verrechnen.« Er zwinkerte mir zu, befeuchtete seine Lippen mit der Zungenspitze und fragte, welchen Wirtschaftszweig ich anstrebte, wenn ich einmal mit dem Studium fertig sei.

»Wirtschaftsjournalist«, sagte ich.

»Oho! Ein ehrgeiziges Ziel. Da wird aber die Pyramide schnell sehr steil, wenn Sie hinaufwollen. Aber das schaffen Sie schon. Und Sie bleiben in der Tradition, nicht wahr?« Er klopfte mir jovial auf die Schulter.

Ich verstand nicht, was er meinte, sagte aber trotzdem »Ja, genau« und lächelte.

Ich brauchte nicht lange darüber nachzudenken, welche Tradition Erichs Vater gemeint hatte. »Unsere besten Journalisten waren Juden, vor achtunddreißig natürlich. Haben Sie gewusst, dass Theodor Herzl für die *Neue Freie Presse* gearbeitet hat?«

Das wusste ich. Aber ich tat so, als würde ich etwas Neues erfahren.

»Nun gut, mein Lieber, schön, dass Sie da sind«, sagte Erichs Vater. »Sie werden uns noch viel erzählen müssen, besonders über die Zustände in der Sowjetunion. Die müssen ja furchtbar sein. Trotz Perestrojka.«

»Besonders für Juden«, bemerkte Erich.

»Ja, ja. Aber jetzt sollte das Buffet eröffnet werden. Helga! Helga!! Es ist Zeit! Wir sterben vor Hunger.«

Das Gedränge am Buffet war so, wie Erich es angekündigt hatte. Nach der Szene, die sich mir darbot, verspürte ich keinen großen Appetit. Ich wartete, bis die Menschentraube sich aufgelöst hatte, holte mir dann aber nur zwei Brötchen mit Putenschinken und zog mich in eine Ecke des Gartens zurück, wo ich einen Tisch für mich allein hatte. Gerne hätte ich mich zu den drei hübschen jungen Frauen dazugesetzt, mit denen mich Erich kurz zuvor bekanntgemacht hatte, doch dazu fehlte mir der Mut. Eine von ihnen hatte mich spöttisch taxiert und war gegangen, noch bevor Erich seine Standardsätze über meine russisch-jüdische Herkunft von sich geben konnte. Die anderen beiden hatten sich nach einem kurzen, trockenen »Servus« sofort von mir abgewandt. Nun saßen sie am Nebentisch, die Köpfe dicht beieinander, tuschelten und lachten. Sie schauten nicht in meine Richtung, sonst wäre ich noch auf die Idee gekommen, sie lachten über mich. Ich bin ihnen nicht einmal gut genug, um ausgelacht zu werden, dachte ich. Am besten wäre es, wenn ich mich unbemerkt davonschleichen würde. Kaum hatte ich diesen Entschluss gefasst, kamen Erich, sein älterer Bruder und ein ehemaliger Schulkollege der beiden an meinen Tisch. Erichs Bruder, breitschultrig und athletisch wie Erich, nur kleiner, erzählte, dass er demnächst bei einer großen Bank in New York ein Praktikum beginnen werde. »In Amerika kann man wirklich Karriere machen«, erzählte er mir. »Weltweite Finanztransaktionen. Die Börsenkurse von Singapur, Tokyo und New York auf einem Bildschirm. In Amerika hat das Morgen schon heute angefangen. Das sind andere Dimensionen als bei uns. Ich lasse mich zum Financial Analyst ausbilden und würde dir den Rat geben, dasselbe zu tun. Wir sind junge, dynamische Leute, wir haben Mut und fürchten uns nicht vor Risiken und Veränderungen. Der Horizont der meisten Österreicher endet am Kahlenberg. Ich spreche natürlich von den Wienern. Alle anderen sind sowieso zum Vergessen. Bei uns ist alles so klein und bieder. Österreich ist ein Land für Faule. In Amerika bist du entweder fleißig und schaffst es nach oben, oder du bist ein Versager. Bei uns hingegen liebt man Versager. Wer nicht jammert, wird nicht ernst genommen. Wenn ich Amerikanern von Österreich erzähle, glauben sie, wir seien ein Ostblockland. Regeln überall, Staatsbanken, Sonntagsruhe, pragmatisierte Beamte, hohe Steuern, großzügige Sozialhilfen, Massenunis, die aus allen Nähten platzen, weil jede Absolventin einer Knödelakademie studieren darf.«

Ich wollte widersprechen, doch in diesem Moment stellte Erich zwei Schnaps- und eine Wodkaflasche auf den Tisch. »Hör auf, Reden zu schwingen, jetzt wird gefeiert«, erklärte er seinem Bruder. »Wir sollten dieser Party etwas mehr Leben einhauchen. Wer hat noch nicht, wer will nochmal?«

»Oh ja! Jaa!«, rief der ehemalige Schulkollege und fügte etwas leiser und mit verschwörerischem Unterton hinzu: »Und ich hab noch etwas viel Feineres für uns. Aber damit sollten wir lieber hinters Haus gehen.«

»Aber doch nicht auf dem Fest meiner Eltern!«, empörte sich Erichs Bruder. »Bist du blöd oder was?«

Ich stand auf und ging. Von den Brötchen hatte ich nur eines zur Hälfte gegessen.

An das, was in der nächsten halben oder Dreiviertelstunde geschah, kann ich mich nur mehr vage erinnern, weil ich ein Bier getrunken hatte. Davon wurde mir schwindlig. Ich verspürte ein seltsames, aber nicht unangenehmes Gefühl, eine Mischung aus Ekel und Leichtigkeit. Ich beobachtete die anderen Gäste, ich hörte ihnen zu, konnte ihren Gesprächen aber nicht folgen. Das war unangenehm und beglückend zugleich. Ich fühlte mich wie früher – in einem Land, dessen Sprache ich nicht verstehe. Mimik und Gestik der Leute lassen Interpretationsmöglichkeiten offen. Die Phantasie kann Räume durchschreiten, die sie selbst erschaffen hat. In meiner Kindheit war das ähnlich. Ich hörte zu und verstand nicht, und was ich selbst sagte, ergab für die anderen keinen Sinn. Für sie war es nur Kauderwelsch, weil ich das meiste falsch aussprach und sehr langsam redete. Kaum jemand hatte die Geduld, mir zuzuhören. Mit der Zeit lernte ich, den Tonfall und die Körpersprache der Einheimischen richtig zu deuten. Ich hatte Angst, mich zu blamieren. Im Zweifelsfall reagierte ich nicht oder zog mich zurück. Bei Schulausflügen hatte ich Angst, verlorenzugehen. Die Anweisungen der Lehrerin waren für mich nur leere Worte. Ich wusste nicht, wann wir aus der Stadtbahn aussteigen, welche Stiege wir hinauf- oder hinuntergehen sollten, ich wusste meist nicht, wohin wir fuhren und was wir uns anschauten, warum die anderen Kinder über etwas lachten oder aufgeregt waren. Ich brauchte nur den anderen zu folgen, hatte aber ständig das Gefühl, sie demnächst aus den Augen zu verlieren und plötzlich allein auf einem Bahnsteig oder in einer Unterführung zurückzubleiben. Aber ich erinnerte mich auch an das beglückende Gefühl, alles richtig gedeutet, ohne etwas verstanden zu haben …

Ich sah, wie Erichs Eltern leise, aber sehr aufgeregt aufeinander einredeten, aber ich begriff nicht, worüber sie sprachen. Wo waren eigentlich Ortrun und Ute? Ich schaute mich um, machte eine Runde durch den Garten, konnte sie aber nirgendwo finden. Schließlich hielt mich ein junger Bursche auf, der mir schon vorhin aufgefallen war. Er war sechzehn, höchstens siebzehn, trug ein schwarzes T-Shirt, schwarze Jeans und schwarze Turnschuhe. Sogar seine Haare dürften schwarz gefärbt gewesen sein. Sie passten nicht zu seinen blonden Wimpern und Augenbrauen.

Ob ich denn die Menschen um mich herum nicht auch zum Kotzen fände?, fragte er mich. Er jedenfalls finde sie zum Kotzen – die Familie, die Freunde, das Haus, den Garten, überhaupt alles.

»Ja, ja, es ist alles zum Speiben«, sagte ich. »Besonders das Bier.« Ich wollte mich mit ihm auf kein längeres Gespräch einlassen, aber er wollte offenbar unbedingt mit mir reden. Er habe gehört, ich sei Emigrant, sagte er. Ich sei bestimmt schon »ganz weit unten« gewesen. Er selbst wolle aussteigen und ebenfalls einmal ganz weit unten sein, die Brücken zu seiner Vergangenheit abbrechen und unter einer Brücke schlafen. »Ja, mach das«, erklärte ich und verspürte wieder ein starkes Gefühl von Resignation und Langeweile. »Hast du an eine bestimmte Brücke gedacht?« Er sah mich beleidigt an. »Am Donaukanal ist es wärmer als an der Donau. Der Wind ist nicht so stark und die Luftfeuchtigkeit nicht ganz so hoch. Die Schwedenbrücke würde ich sehr empfehlen. Was anderes: Weißt du eigentlich, wo hier das Klo ist?« Er gab mir keine Antwort. Ich ließ ihn stehen und ging ins Haus.

Ich habe fünfzig Minuten lang vorgelesen. Mehr möchte ich dem Publikum an diesem Abend nicht zumuten. »Wer wissen möchte, wie die Geschichte weitergeht, ist herzlich eingeladen, zu meiner morgigen Lesung ins Österreichische Kulturinstitut hier in Haifa zu kommen. Für Fragen bin ich natürlich schon heute offen.« Doch das Publikum ist für eine Diskussion entweder zu müde, oder es ist schon alles beantwortet. Es vergehen fünf Sekunden, zehn – eine endlos lange Zeit, wenn man auf einem Podium sitzt und höflich angeschwiegen wird. Schließlich meldet sich die Moderatorin, eine aus dem Irak stammende Historikerin und Germanistin, zu Wort und stellt mir jene Frage, die ich immer erwartet, vor der ich mich am meisten gefürchtet habe, die ich aber wundersamerweise bis jetzt nach keiner Lesung und in keinem persönlichen Gespräch gehört habe: »Sagen Sie, bereuen Sie es eigentlich nicht, dass Ihre Eltern Israel verlassen haben? Ich weiß, dass Sie inzwischen wohl ein richtiger Österreicher sind, dennoch: Wären Sie als Kind hier in Israel geblieben, wären Sie hier aufgewachsen, hätten Sie sich nach den ersten schwierigen Jahren als Zuwanderer vieles erspart – das Fremdsein, die vielen Ortswechsel, den Antisemitismus, die Auseinandersetzung mit Ariseuren und deren Kindern und Enkeln, die Ausländerfeindlichkeit, Waldheim, Haider und Strache, die Identitätsbrüche. Warum sind Sie nie nach Israel zurückgekommen?«

Ich trinke einen Schluck Wasser, rücke das Mikrofon wieder näher an mich heran, hole tief Luft. »Danke, das ist eine sehr gute Frage«, sage ich und … verstumme.

O Tannenbaum

Gerne hätte ich das Interieur des »Häuschens« einer genaueren Inspektion unterzogen, nicht aus Neugierde, wie ich mir einredete, sondern aus »soziologischen Gründen«. Ich wollte erfahren, wie die »Reichen und Schönen« – die »G'stopften« – wohnten, wie sie ihre Küchen und Schlafzimmer einrichteten und ob es noch wie in früheren Zeiten einen Rauchersalon für Männer und ein Teezimmer für Frauen gab. In einer satirischen Erzählung, die ich auf Russisch gelesen hatte (ich weiß nicht mehr, ob sie von Kuprin, Tschechow oder Leskow ist), treffen sich die handelnden Personen Ende des 19. Jahrhunderts im Landhaus der gutbürgerlichen deutschstämmigen, aber längst assimilierten Familie Baucherund. Nach dem Abendessen ziehen sich die Männer in den Rauchersalon und die Frauen ins Teezimmer zurück. Sobald die Männer unter sich sind, beginnt der Hausherr, Alexander Arkadjewitsch Baucherund, der trotz seiner deutschen Herkunft ein radikaler Slawophiler ist, von der besonderen Sendung Russlands in der Welt zu sprechen …

Ich war nicht verwegen genug, durch alle Zimmer der Villa zu gehen, aber einen Abstecher in das repräsentative Wohnzimmer im Erdgeschoß ließ ich mir nicht nehmen. Es hatte eine große Ähnlichkeit mit Baucherunds Rauchersalon. Hier wie dort gab es Kristallluster, Wandspiegel, eine Couch mit Samtbezug und eine bauchnabelhohe Kommode mit Marmorplatte, auf der zwei silberne Kandelaber und eine alte Tischuhr aus Mahagoni standen.

Auf der Toilette bewunderte ich den modernen Spülkasten. Er hatte zwei Hebel, von denen der eine einen kurzen, der andere einen längeren Spülgang auslöste. Ich brauchte einige Zeit, bis ich das System verstanden hatte. An der Innenseite der Toilettentür hingen mehrere Ansichtskarten. Eine davon zeigte das Kolosseum, eine andere den Schiefen Turm von Pisa, eine weitere den Canale Grande in Venedig. Auf einer Karte war das Goldene Dachl in Innsbruck mit einer Schneehaube abgebildet, darüber die Worte: *Frohe Weihnachten!* Auch die Reichen und Schönen konnten sich also zu Stillosigkeiten wie dem Verzieren von Klotüren hinreißen lassen.

Als ich wieder im Garten war, hatte das Fest seinen Höhepunkt erreicht. Ich war froh, dass mich niemand beachtete. Jeder hatte inzwischen zumindest einen Gesprächspartner gefunden, vor dem er sich in Szene setzen konnte. Plötzlich verspürte ich einen großen Hunger. Ich ging zum Buffet und füllte meinen Teller mit allen Speisen, die noch da waren: Wiener Schnitzel, Hirschbraten, Nudeln, gefüllte Paprika, Tomaten, grüne Bohnen, Artischoken, Bratkartoffeln. Wenn ich schon hier war und die spöttischen Blicke der Mädchen ertragen musste, konnte ich mich wenigstens auf Kosten der »G'stopften« vollstopfen.

Ich war gerade dabei, meinen leergegessenen Teller wieder mit Speisen zu füllen, als ich die säuselnde Stimme von Erichs Mutter hinter meinem Rücken hörte: »Da sind Sie ja, ich habe Sie schon überall gesucht. Ach, kommen Sie doch zu uns an den Tisch. Wir reden gerade über die Katastrophe von Tschernobyl und würden sooo gerne Ihre Meinung dazu hören.«

Ich seufzte und begleitete Erichs Mutter ans andere Ende des Gartens. Dort erwarteten mich eine größere Runde und die üblichen verdächtigen Phrasen. Man hatte drei Tische zusammengeschoben. Die meisten Gäste hatten schon gegessen und ließen sich Wein oder Bier nachschenken. Die Aschenbecher quollen über. Nur Ortrun und ich rauchten nicht. Damit mir nicht übel wurde, schnorrte ich von Erichs Vater ein Zigarillo und paffte ein paar Züge. Davon wurde mir schwindlig, aber die Rauchschwaden um mich herum konnten mir nichts mehr anhaben.

Zu Tschernobyl vermochte ich meinen Gastgebern nichts Neues mitzuteilen. Die Nachricht dieser Katastrophe hatte einen Monat zuvor die Welt erschüttert. Nun behauptete ein Mann mittleren Alters namens Gottfried, ein Freund der Familie, in den nächsten Jahren würden Babys mit zwei Köpfen und sechs Fingern, einer fehlenden Gehirnhälfte und anderen schweren Behinderungen auf die Welt kommen. Dies sei nicht nur eine menschliche Tragödie, sondern werde sich als zusätzliche schwere Belastung für unser überteuertes Gesundheitswesen und Sozialsystem erweisen, was zwangsläufig zu weiteren Steuererhöhungen und einer Schwächung der Wirtschaft führen müsse. Erichs Mutter fand das »überhaupt nicht lustig«, obwohl Gottfried seine Behauptung nicht als Scherz formuliert hatte, und Onkel Peter meinte, man könnte glauben, folgte man Gottfrieds Argumentation und führte diese konsequent zu Ende, die Sowjets hätten die Reaktorkatastrophe absichtlich inszeniert, um die Wirtschaft der westlichen Industrieländer zu schädigen. Gottfried protestierte. Eine solche Monstrosität habe er der neuen sowjetischen Führung nicht unterstellen wollen. Reinhard, ein weiterer Freund oder Verwandter, Chefbiologe in einem Pharmaunternehmen, erklärte mit beängstigender Selbstsicherheit, er als Biologe könne »garantieren«, dass die Katastrophe für Österreich »weitgehend, wenn nicht weitestgehend« folgenlos bleiben werde. »Die Tabakwolke über unseren Köpfen ist hundertmal gefährlicher für unsere Gesundheit als der gesamte Fallout der letzten Wochen«, verkündete er und drückte seine Zigarette im Aschenbecher aus. Die anderen lachten und atmeten erleichtert auf. Ich hörte ein Feuerzeug nach dem anderen klicken, während Reinhard etwas über die radioaktive Wolke erzählte, die an jenem 26. April nicht zu uns, sondern »Gott sei Dank« Richtung Norden, nach Weißrussland, ins Baltikum und nach Finnland, gezogen sei.

»Meine Großeltern kommen aus dem südlichen Weißrussland, aus jenem Gebiet, das am meisten kontaminiert wurde«, sagte ich. »Allerdings ist von meinen Verwandten niemand mehr dort. Die meisten wurden ja schon von den Nazis ermordet.« Ich genoss das plötzliche Schweigen, das sich schlagartig einstellte. Sogar Erichs Vater grinste nicht mehr. Ortrun, die mir gegenübersaß, schob mir ein Glas Bier über den Tisch. Die anderen versuchten meinen Blicken auszuweichen. »Ja, ich weiß, das war eine ganz, ganz furchtbare und entsetzliche Zeit«, sang Erichs Mutter nach fünf unendlich langen Sekunden. »Ach bitte, erzählen Sie uns doch, wie Ihre Eltern aus der Sowjetunion flüchten konnten und was Sie danach alles erlebt haben. Das kann sich keiner von uns vorstellen.« Die anderen pflichteten ihr bei.

Ich war Ortrun dankbar für das Bier. Ohne Bier hätte ich kein Wort herausgebracht oder hätte mich hinter banalen Sätzen versteckt. Sollte ich mein Innerstes nach außen kehren, während die anderen glaubten, ich würde ihnen nur vor die Füße kotzen? Meine Freundin Karin hatte mich, wenn ich über meine Kindheit gesprochen habe, oft gefragt, was ich denn gegen ihr Volk hätte. Es seien doch nicht alle Österreicher wie jene Rassisten und Antisemiten, denen ich in meinem Leben offenbar so oft begegnet sei. Warum wollte ich mich an diese negativen Erlebnisse überhaupt erinnern?

Wollte ich mir und anderen das Leben vermiesen? Ich solle lockerer werden und positiv in die Zukunft schauen.

Ich hatte nie behauptet, alle Österreicher seien Rassisten oder Antisemiten, aber ich widersprach Karin nicht und gab fortan nur noch wenig von mir preis. Welchen Sinn sollte es haben, Menschen in eine Verteidigungsposition zu drängen, die ich gar nicht angegriffen hatte? Noch schlimmer war es, wenn ich zugab, dass mein Vater dreimal versucht hatte, Österreich zu verlassen, und das in erster Linie nicht aufgrund von entzogenen Aufenthaltsgenehmigungen oder ausländerfeindlichen Äußerungen und auch nicht, weil er keine Arbeit fand, sondern, weil er es nicht ertrug, ständig Leuten zu begegnen, von denen er nicht wusste, was sie während der Nazizeit oder im Krieg getan hatten.

Das alles ging mir durch den Kopf, während ich an diesem Nachmittag vor den »G'stopften« meine Lebensgeschichte ausbreitete. Ich erzählte sie so ausführlich, wie ich es bis dahin noch nie getan hatte. Was können mir diese Menschen anhaben? Sie stehen auf der anderen Seite!, dachte ich und setzte diesen Gedanken jedes Mal als Schmiermittel ein, wenn ich unsicher wurde und mein Sprachfluss ins Stocken geriet. Sollten die »G'stopften« doch darauf reagieren, wie sie wollten. Sie boten mir ein Forum, also sprach ich. Sie selbst hatten mich dazu gedrängt, also spielte ich die Rolle des höflichen Gastes, so gut ich konnte. Ich tat den anderen einen Gefallen. Demnach brauchte es mir nicht peinlich zu sein, wenn ich im Mittelpunkt stand. Ohne Druck von außen hätte ich mich niemals überwinden können, meine Erinnerungen in dieser Art und Weise offenzulegen.

Je länger ich sprach, desto plastischer wurden die Bilder in meinem Kopf. Ich bin fünfzehn, liege mit starken Bauchschmerzen im Bett und weiß, dass ich bald an einem Blinddarmdurchbruch sterben werde. Wie konnte ich mich jahrelang an so vieles erinnern, was davor und danach geschehen war, aber nicht an diese Nacht?

Von Minute zu Minute wurde ich lauter, selbstsicherer und verspürte plötzlich ein eigentümliches Gefühl der Erleichterung, das in Euphorie überzugehen schien. Ich sollte Erich dankbar sein, dass er mich hierhergebracht hatte.

Ich begann meine Ausführungen mit einem Exkurs über die Geschichte des Judentums in der Sowjetunion, berichtete über Vaters zionistische Tätigkeit, sprach offen über die Erlebnisse in Israel und an den anderen Zwischenstationen unserer Odyssee, erwähnte Schubhaft und Abschiebung aus den USA und kam schließlich auf ein Thema zu sprechen, das ich ursprünglich in diesen Kreisen keinesfalls anrühren wollte, die Waldheim-Affäre, deretwegen ich ernsthaft mit dem Gedanken spielte, Österreich den Rücken zu kehren. Ich hatte erwartet, meine Zuhörer würden auf die üblichen Reizwörter sofort reagieren, doch zu meinem Erstaunen unterbrach mich niemand. Manchmal hörte ich ein »Ach?«, ein »Wirklich?«, ein »Ja« oder sah, wie die Leute sich halblaut miteinander unterhielten. Einige standen vom Tisch auf und gingen. Andere kamen hinzu, blieben kurz und gingen wieder. Eines der weißbeschürzten Mädchen brachte ein Tablett, auf dem Pralinen und kleine Mohnschnecken lagen. Bald gewann ich den Eindruck, mein »Vortrag« gehöre, so wie das Streichquartett, zum Unterhaltungsprogramm. Einige Male hörte ich die Worte »entsetzlich« und »furchtbar«. Keine Frage: Ich musste das gute Essen abarbeiten.

Ich selbst empfand meine Lebensgeschichte nicht als entsetzlich. Alles in allem hatte ich Glück gehabt. Ich kannte Emigrantenschicksale, die viel tragischer waren als meines, ganz zu schweigen von jenen Menschen, die als Flüchtlinge oder illegale Zuwanderer in Österreich überleben mussten. Für deren Erfahrungen und Befindlichkeiten interessierte sich kaum jemand. Und auch so manches, was ich von Einheimischen hörte, war schlimm. Studentinnen, die ich kennenlernte, zeigten selten Interesse, sich auf erotische Abenteuer mit mir einzulassen. Stattdessen erzählten sie mir Geschichten aus ihrem Leben. Ich könne gut zuhören, hieß es, ich sei »ein richtiger Freund«, mit dem sie »wie mit keinem anderen Mann« über Persönliches reden könnten. Sie entdeckten »Seelenverwandtschaften«, »Gefühlsgleichklänge« oder »ähnliche Schwingungen«. Leider blieben die Schwingungen platonisch. Wenn ich mehr wollte, zogen sich die Mädchen rasch zurück, und wenn sie es waren, die mehr wollten, vermochte ich die entsprechenden Signale nicht richtig zu deuten. Was mir blieb, waren ihre Geschichten: Krankheiten, Demütigungen in katholischen Internaten, Streitgespräche mit Nazi-Großeltern, Vernachlässigungen, sexuelle Übergriffe, Essstörungen, geschiedene Eltern, ums Leben gekommene Geschwister, gescheiterte Beziehungen. Einige beteuerten, sie hätten das, was sie mir anvertrauten, noch niemandem erzählt.

Mein Vater schüttelte den Kopf, wenn ich solche Geschichten zu Hause erwähnte. »Du sollst nicht so viel mit ihnen reden, du sollst sie anbaggern«, erklärte er mir. »Das ist das, was sie von dir erwarten, auch wenn sie es nie zugeben würden. Du bist doch ein junger Mann! Zwei- oder dreimal bekommst du einen Korb, dann hast du gelernt, wie man es richtig macht. Nimm dir nicht alles so zu Herzen. In deinem Alter wusste ich, was ich wollte, und habe es auch bekommen. Frauen reden viel, wenn der Tag lang ist, vor allem über ihre Gefühle. Dafür haben sie ihre Freundinnen. Du bist doch nicht schwul! Oder?«

Als ich mit meinem Bericht fertig war, sagte einige Augenblicke lang niemand etwas. »Sie hatten zweifelsohne eine schwierige Kindheit, aber auch eine sehr spannende«, meinte Tante Sieglinde schließlich. »Was Sie schon alles erlebt haben! In Ihrem Alter konnte ich nur auf ein paar langweilige Jahre im Gymnasium und die üblichen Jungmädchenkatastrophen zurückblicken. Sie hingegen, Sie haben schon so viel gesehen und erfahren, die vielen Länder und Sprachen, die verschiedenen Kulturen. Ich möchte nicht mit Ihnen tauschen, aber irgendwie beneide ich Sie trotzdem. Ich hoffe, Sie verstehen mich nicht falsch.«

Schlagartig war meine Euphorie verflogen.

»Ich bin jedenfalls froh, ein Österreicher zu sein«, erklärte jemand.

Ich wachte auf, war aus dem Erzählraum, den ich erschaffen hatte, in die Realität gefallen. Hatte ich etwas anderes erwartet? Ich sah mich nach Erich um, konnte ihn aber nirgendwo entdecken. Sonderbar, dass er nicht dabei war, um jene Szene zu beobachten, die er arrangiert hatte.

Es war Abend geworden. Ich holte aus dem weinroten Rucksack mit kaputtem Reißverschluss, den ich immer mit mir herumtrug, meine dunkelbraune Jacke heraus und zog sie an, aß eine Mohnschnecke, trank noch ein bisschen Bier und erklärte, dass ich gehen sollte.

»Aber neeein, bleiben Sie doch noch ein wenig«, protestierte Erichs Mutter.

»Wirklich, junger Mann, geben Sie uns die Ehre, ein paar weitere Fragen zu beantworten«, bat Erichs Vater. »Wollen Sie noch etwas Süßes?«

»Aber …«

»Bitte, sei'n S' doch so nett!«

Ich war müde, ich war aufgewühlt, ich wollte allein sein,

ich wollte darüber nachdenken, warum Vergessenes nach so vielen Jahren gerade jetzt wieder aufgetaucht war, ans Ufer des Erinnerns gespült wurde und Form angenommen hatte und warum ich mich über den Schmerz und die Angst, die mir das Wiedergefundene bereitete, freute, statt angemessen zu empfinden, also traurig zu sein. Warum freute ich mich über eine Angst, die längst der Vergangenheit angehörte, statt ihr mit Ironie zu begegnen, wie ich es von mir erwartete, und warum ging diese Freude langsam in Wut über? Gerne wäre ich zu Fuß nach Hause gegangen. Von Hietzing in die Brigittenau, mehr als zehn Kilometer – genug Zeit zum Nachdenken. Aber ich war wohlerzogen und wollte nicht unhöflich sein. Also blieb ich.

Ich war enttäuscht. Ich hatte Originelleres oder zumindest Raffinierteres erwartet als das, was ich ohnehin täglich zu hören bekam. Es war ernüchternd, im Garten einer Nobelvilla in Hietzing dieselben Phrasen vorgesetzt zu bekommen wie in irgendeiner Spelunke in der Nordwestbahnstraße.

Ich beantwortete knapp und lustlos Fragen, nickte hin und wieder und ließ mir nach dem Bier, das ich getrunken hatte, ein Glas Rotwein bringen und bald danach ein zweites. Als man von Waldheim und dem Jüdischen Weltkongress zu reden begann, stand ich auf und hastete Richtung Haus. Jeder Schritt kostete mich Überwindung. Das Gebäude schwankte vor meinen Augen, und aus dem Inneren hörte ich Schreie, dumpfe Schläge, so als würde jemand mit einem schweren Gegenstand auf einen Tisch oder eine Wand aus Holz einschlagen. Ich lief ins Innere des Hauses.

Erich, sein Bruder und der ehemalige Schulfreund hatten einen Schrank vor die Toilettentür geschoben.

»Lasst mich raus! Bitte lasst mich raus!« Ich erkannte Utes Stimme. »Bitte, bitte, ich leide an Klaustrophobie«, jammerte das Mädchen und versuchte mit aller Kraft, die Tür aufzustoßen. »O Gott, ich bekomme keine Luft. Ihr seid so gemein!« Immer heftiger stieß die Türklinke gegen die Rückwand des Schranks. Die drei jungen Männer lachten und kommentierten das Geschehen mit zotigen Sprüchen. Der Schulfreund hielt eine Schnapsflasche in der Hand, die fast leer war. Erich schaute in meine Richtung. Sein Blick war matt, das Gesicht vom Alkohol gerötet und von einem schiefen, anzüglichen Grinsen verzerrt. »Ach, mein lieber Freund, mein lieber …«, stotterte er. »Du … du scheinst noch nüchtern zu sein. So ein Pech für dich. Geht's dir nicht gut? Ich hoffe, du lässt dir von all diesen Trotteln nicht die Laune verderben.« Seine Stimme wollte ihm nicht mehr recht gehorchen. Um aufrecht zu stehen, musste er sich am Schrank abstützen. »Magst du einen Schnaps?«, fragte er. »Am Geist der Flasche, seinem Wesen, ist der Verklemmteste genesen …«

»Nein, ich muss aufs Klo«, sagte ich.

»Lasst mich raus«, winselte Ute. »Ich tu alles, was ihr wollt, nur lasst mich raus.«

»Jetzt lasst sie doch raus!«, sagte ich. »Was soll der Blödsinn?«

»Sei kein Spielverderber«, meinte Erichs Bruder. »Oben, im ersten Stock, ist noch ein zweites Klo.«

»Ich brunz gleich auf den Boden, Leute«, lallte der Schulfreund.

»Untersteh dich!«, brüllte Erichs Bruder.

Hinter dem Schrank hörte ich Ute schluchzen.

»Am besten, wir lassen sie bis morgen früh da drin«, meinte Erich.

»Hört auf mit dem Scheiß«, sagte ich. »Wenn sie an Klaustrophobie leidet, dann stirbt sie womöglich vor Angst.«

»Die stirbt schon nicht«, erklärte der Bruder. »Ihr Jammern ist nichts als eine Show. Sie macht aus allem ein großes Spektakel. Genießt es, im Mittelpunkt zu stehen. Schon als Vierjährige war sie so. Du wirst sehen. Sie geht lachend durch diese Tür, wenn wir sie rauslassen. Wenn wir sie überhaupt rauslassen.«

»Mir ist schlecht«, winselte Ute. »Ich kann nicht atmen. In echt. Das ist kein Scherz. O Gott …«

»Bald haben wir eine Cousine weniger«, sagte Erich und kicherte. »Macht nichts, wir haben eh so viele davon.«

»Ich hol die anderen!«, drohte ich. »Es kann sowieso jeden Augenblick jemand vorbeikommen.«

»Mein Gott, bist du ein humorloser Wichser«, brummte der Schulfreund. »Erich, wo hast du denn diesen Langweiler ausgegraben?«

»Willst du dich mit mir anlegen? Den Wichser nimmst du zurück.« Meine Stimme klang keineswegs bedrohlich, eher wie eine freundlich formulierte Bitte. Der Giftzwerg ängstigte mich nicht, die beiden Brüder allerdings schon.

»Wolltest du nicht aufs Klo?«, fragte mich Erichs Bruder. »Erster Stock. Die Tür links neben unserem alten Kinderzimmer. Aber hock dich hin, sonst spritzt du uns den Boden voll.«

Die nächste Lachsalve. Poltern. Das immer lauter werdende Wimmern hinter dem Schrank. »Ich tu alles für euch, alles!« Der Tonfall ist resigniert, beinahe demütig. »Die Wände, ich glaube, die Wände …« Dann höre ich Ute weinen.

»Jetzt reicht's!«, sage ich und unternehme den vergeblichen Versuch, den Schrank allein wegzuschieben.

»Du willst, dass wir sie freilassen?« Erich torkelt mir entgegen. »Was soll sie denn tun, damit wir gnädig sind? Sie ist zu allem bereit.«

»Ich wüsste schon, was«, erklärt der Schulfreund. Er sitzt

gegen die Wand gelehnt auf dem Boden, die Wodkaflasche zwischen den Knien.

Ich überlege krampfhaft, aber mir fällt nichts ein.

»Na, was ist?«, insistiert Erich. »Es ist dein Spiel. Faites vos jeux, Medames et Messieurs, sonst heißt es Rien ne va plus und ...«

»Und Ute bleibt am Häusl bis morgen in der Früh«, beendet der Schulfreund den Satz.

»Schau, wie er grinst«, feixt Erichs Bruder. »Es gefällt ihm, dass er ausnahmsweise auch einmal das Sagen hat.«

»Ich grinse nicht.«

»Doch, doch, ich seh's dir an. Dieses Funkeln in den Augen. Wenn der Teufel Glühwürmchen frisst. Du bist nicht besser als wir. Oder glaubst du, deine alttestamentarische Herkunft macht dich besonders moralisch und rechtschaffen?«

»Du ... du, du bist ein mieser ...«

»Meinetwegen bin ich alles, was du willst, aber ich habe recht.«

»Alt-tes-ta-men-tarisch«, wiederholt der Schulfreund, schüttelt den Kopf und lacht. »Neutestosteronisch, also keineswegs platonisch.«

»Mein Großvater sagt das immer. Alttestamentarisch. Um die Ausdrücke Jude oder jüdisch zu vermeiden. Irgendwie blöd, nicht? Stellt euch das vor: der Alttestamentarische Weltkongress. Die Alttestamentgasse. Alttestamentenburg. Nur keine alttestamentarische Hast.«

Plötzlich fällt mir die Abbildung des Goldenen Dachls mit der Schneehaube, die an der Innenseite der Toilettentür hängt, ein. »Ein Weihnachtslied. Sie soll ein Weihnachtslied singen, und dann beendet ihr den Unsinn und schiebt den Schrank weg.«

»Eine Superidee!«, schreit Erich. »Ein Weihnachtslied! Hörst du, Ute, sing uns ein Weihnachtslied.«

»Ein Weihnachtslied, yeah!«, brüllt sein Bruder.

»Ich glaub, mich laust der Weihnachtsmann«, murmelt der Schulfreund. »Weihnachten im Mai, das ist der letzte Schrei, und ich bin dabei. Ich hasse Weihnachten, Advent, Ostern, Opas Geburtstagsfest im Sacher und diese ganze Scheiße.« Die Flasche gleitet ihm aus der Hand und rollt in einem weiten Bogen zur Wand.

»Aber wir haben doch gar nicht Weihnachten«, wimmert Ute.

»Wurscht! Sing!«

»O Tannenbaum, o Tannenbaum, wie grün sind deine Blätter …«

Wieherndes Gelächter.

»Du grünst nicht nur zur Sommerzeit, nein, auch im Winter, wenn es schneit …« Ute bricht ab, weint, schnieft, setzt nach einer kurzen Pause viel zu hoch ein, zaghaft, zittrig.

Erich und sein Bruder können sich vor Lachen nicht mehr auf den Beinen halten, sitzen bald, so wie ihr Freund, auf dem Boden, halten sich die Bäuche, klopfen sich auf die Schenkel.

»O Tannenbaum, o Tannenbaum, wie grün sind deine Blätter … Bitte lasst mich hier raus! O Tannenbaum …«

»Ich piss mich gleich an«, keucht Erich. »Weiter, Ute, weiter. Das ist großartig!« Er ballt die rechte Hand zur Faust, hebt sie hoch, streckt den Daumen nach oben.

»I glaub, i krieg an Ständer!«, jault der Schulfreund.

»O Tannenbaum, o Tannenbaum, du kannst mir sehr gefallen …«

Ich kann nicht mehr warten, bis der Spuk vorbei ist, laufe hinauf in den ersten Stock, nehme zwei Stufen auf einmal, reiße alle Türen auf, finde endlich das Badezimmer …

Ich musste mich übergeben, zuerst einmal und, bevor ich durchatmen konnte, ein weiteres Mal. Danach kroch ich zum Waschbecken, richtete mich mit Mühe auf, spülte den Mund aus, schloss die Augen, lehnte die Stirn gegen den Spiegel, verharrte fünf oder zehn Sekunden regungslos und schlug dann zweimal mit dem Kopf gegen das Glas, nicht heftig genug, um es zu beschädigen oder mich zu verletzen, aber fest genug, um den Schmerz zu spüren. »Verdammt«, flüsterte ich. »Verdammt.«

Ich öffnete die Augen und betrachtete mein Spiegelbild. Ein Augenblick war es gewesen, kürzer als eine Strophe von *O Tannenbaum*, nein, kürzer als ein Wort, eine Silbe, ein Herzschlag. Es konnte nicht sein, es durfte nicht sein: dieses Gefühl, jener Moment, als ich nicht Mitleid mit Ute, nicht Abwehr, Widerwillen, Ekel empfunden hatte, sondern … Ich versuchte den Gedanken zu verdrängen, ehe er sich in meinem Gehirn festsetzen konnte.

»Wer ist denn nun auf der anderen Seite? Wer?«, schrie ich mein Spiegelbild an. Wie ich es hasste, dieses schmale, von einer dicken Hornbrille verunstaltete Gesicht, das niedergebügelte Haar mit Seitenscheitel, die ausfransenden Ränder des Pullovers, das beigefarbene Hemd, zugeknöpft bis hinauf zum Kragen, das glattrasierte Kinn, den aufgekratzten Pickel auf der Wange. Ich öffnete den obersten Kragenknopf und fuhr mit beiden Händen durchs Haar, nahm die Brille ab und ließ sie in der Brusttasche des Hemdes unter dem Pullover verschwinden.

Erich ist ein Arschloch. Aber ich doch nicht! Ich darf nicht so empfinden wie er. Ich muss besser sein als diese Leute. Ich muss, ich muss, ich muss! Ich darf dieses Gefühl nicht gehabt haben. Es ist nicht wahr, es ist einfach nicht wahr. Welches Recht hätte ich denn, diesen Leuten etwas vorzuwerfen oder sie zu verachten, wenn ich ein solches Gefühl haben kann, und sei es nur für einen Augenblick! Ich darf nicht. Nicht ich!

Doch die Erinnerung an das Gefühl, das ich zehn Minuten zuvor gehabt hatte, ließ sich weder verdrängen noch umdeuten. Die Unleichte hielt mich in ihren Klauen. Der böse Ort war mein Schicksal. Am liebsten hätte ich den Spiegel zertrümmert, das Waschbecken aus der Wand gerissen, mit dem Fuß gegen die Tür getreten. Doch ich tat nichts dergleichen, sondern ging wieder hinunter.

Der Schulfreund war eingeschlafen. Erich saß im Schneidersitz, den Rücken gegen den Schrank gelehnt, und klatschte in die Hände. Sein Bruder lag auf dem Rücken und starrte apathisch zur Decke.

»He, hast du deine Brille verloren?«, fragte Erich.

»Ich brauche sie heute nicht mehr.«

Ute sang gerade »Es wird scho glei dumper …«.

»Genug ist genug!« Diesmal war meine Stimme fest. »Wir hatten eine Abmachung. Ich habe meinen Teil erfüllt. Ute auch.«

»Nur noch dieses eine Lied«, bat Erich.

»Das schönste Weihnachtslied von allen«, erklärte sein Bruder. »Haben wir extra bestellt.«

»Sie ist keine Musicbox. Ich hole jetzt deine Eltern.«

Kaum hatte ich mich umgedreht, hörte ich ein lautes Poltern, ich hörte Erich keuchen und seinen Bruder schimpfen: »Eine saublöde Idee war das, Erich, wirklich. Wir sind doch erwachsene Menschen. Nichts für ungut, Ute. Ein blöder Scherz. Eine b'soffene G'schicht halt, weißt eh. Soll ich dir was Schönes schenken? Was magst denn haben? Kriegst eigentlich ein Auto zur Matura? Sonst könntest du ja meinen alten Wagen …«

Das Quartett spielte noch. In der großen Runde, vor der ich geflüchtet war, wurde immer noch über Politik gesprochen. Bundeskanzler Sinowatz sei eine »mediokre Gestalt«. Mit der Waldheim-Affäre habe er Österreich »auf die Schlachtbank der öffentlichen Weltmeinung« geführt. Unter Kreisky wäre das nie passiert, »obwohl er ein Roter ist, aber einer mit Niveau«.

Ich flüchtete zum Ausgang und war froh, dass mich niemand mehr beachtete. Als ich draußen auf dem Gehsteig war, blieb ich kurz stehen, setzte die Brille wieder auf und drehte mich um. Ich sah, wie Ute ihrer Schwester Ortrun schluchzend in die Arme fiel und wie Erich den Kopf schüttelte und mit den Schultern zuckte, während er seiner Mutter etwas erklärte.

Die Straßen des Nobelviertels waren um diese Zeit menschenleer. Die Villen waren hinter Zäunen, Mauern oder Hecken verborgen. Zwischen den Gehsteigen und der Fahrbahn wuchsen alte Kastanien. Nach wenigen Minuten erreichte ich einen runden Platz, von dem die Gassen des Viertels strahlenförmig wegführten. Plötzlich hörte ich das Klappern von Stöckelschuhen hinter meinem Rücken. Es wurde immer schneller und lauter. Ich blieb stehen, drehte mich um und sah Ortrun auf mich zulaufen. In der rechten Hand hielt sie meinen Rucksack, mit der linken umklammerte sie ihre Handtasche. Die Schminke in ihrem Gesicht war verschmiert.

»Dein Rucksack.« Sie war außer Atem. Sie streckte mir den Rucksack entgegen.

»Danke.«

Sie schaute zu, wie ich den Rucksack schulterte.

»Vielen Dank. Den hatte ich glatt vergessen.«

Sie sah zu Boden, bewegte sich nicht.

»Also dann«, sagte ich. »Es war nett, dich kennenzulernen. Ich hoffe, wir treffen uns wieder. Irgendwann.«

Ich streckte ihr die Hand entgegen, doch anstatt sie zu schütteln, ging sie einen weiteren Schritt auf mich zu.

»Ich möchte dir etwas schenken«, sagte sie leise, ohne aufzuschauen.

»Mir? Wieso?«

»Einfach so. Warte noch einen Moment.« Sie begann in ihrer Handtasche zu kramen.

»Warum willst du mir etwas schenken?«

»Weiß nicht. Ich will es einfach.«

Nach der gemeinsamen Autofahrt am Nachmittag hatte Ortrun kaum ein Wort mit mir gewechselt. Nun wollte sie mir etwas schenken?

»Einfach so gibt es nicht.«

Die Handtasche fiel ihr aus der Hand. Ich bückte mich, doch sie war schneller, kramte mit zittrigen Händen weiter, ohne die Tasche aufzuheben.

»Da ist sie ja!«

Es war eine schwarze Füllfeder mit vergoldetem Verschluss und eingravierten Initialen: *O. G.*

»Für mich? Eine Füllfeder? Und dazu noch eine so schöne. Nein, das kann ich nicht annehmen.«

»Es wäre mir aber wichtig!« Diesmal klang ihre Stimme ein wenig hart und trocken.

»Weißt du, dass du sehr nett bist. Du hast zwar den ganzen Abend nichts gesagt, aber irgendwie war es sehr angenehm, dass du da warst. Aber diese Füllfeder …«

»Ich habe sie seit der ersten Klasse.« Ich hatte den Eindruck, als würde sie erröten, obwohl ich das im fahlen Licht der Straßenbeleuchtung, die alles verzerrte und in ein ausgebleichtes Gelb tauchte, gar nicht erkennen hätte können.

»Ich wollte damit die Matura schreiben. Aber jetzt will ich sie dir schenken.«

»Ich wünschte, ich könnte dich fragen …«, begann ich zaghaft, doch ehe ich den Satz beenden konnte, drückte sie mir die Füllfeder in die Hand und lief davon.

Am Damaskustor

Das Kaffeehaus in der Nähe des Damuskustors ist ein guter Ort, um die Menschen auf der El-Wad-Straße zu beobachten. Wir genießen die Ruhepause vor meiner letzten Lesung in Israel. Von der überdachten, schattigen Terrasse hat man einen guten Ausblick, bleibt aber von Straßenhändlern und aufdringlichen Touristenführern verschont. Das Kaffeehaus hat eine angenehme Atmosphäre. Die bunten Bodenkacheln sind allerdings das einzige ästhetische Entgegenkommen. Die Einrichtung mit braun lackierten Türen, Plastikstühlen, löchrigen Tischtüchern aus Kunststoff und der schmutzigen Toilette erinnert eher an Bahnhofsrestaurants in Villach, Amstetten oder Sankt Valentin vor zwanzig Jahren. Der große Unterschied des Jerusalemer Kaffeehauses zu den österreichischen Etablissements besteht darin, dass der mit Kardamom gewürzte Kaffee, in einer Kanne vor unseren Augen aufgegossen, von ausgezeichneter Qualität ist, genauso wie das Humus-Gericht und die süße arabische Nachspeise. Der Kellner, er ist wohl auch der Besitzer oder Pächter des Lokals, ein Herr um die sechzig, gibt sich freundlich, aber nicht devot. Als meine Frau und ich die Stufen zur Terrasse hinaufgehen, begrüßt er uns mit einem Überschwang, als habe er den ganzen Vormittag nur auf uns gewartet. Nun strahlt er übers ganze Gesicht und verbeugt sich mehrere Male, während er uns den Kaffee in die Tassen gießt.

»Where are you from?«, fragt er.

»From Salzburg.«

»Oh, that's a wonderful place! Mozart! Bach! Sound of Music!«

»Bach?«

»Happy Easter!«

Der Mann trägt ein speckiges graues Sakko und eine beigefarbene Hose, die Erinnerungen an meine Kindheit weckt. Die alten Männer am Nachbartisch sind ähnlich gekleidet – Hemden und Hosen in dunklen Braun- und Grautönen.

Die alten Männer reden über Juden. Die Bedeutung des arabischen Wortes »Jihud« ist nicht schwer zu erraten. Was immer sie über die Juden sagen mögen, freundlich klingt es nicht. Sie werfen verächtliche Blicke auf die Gruppe israelischer Soldaten, die an einer Ecke stehen und scheinbar unbeteiligt das Treiben beobachten. Die Soldaten, es sind etwa acht bis zehn, jung, höchstens Anfang zwanzig, sind in erster Linie mit sich selbst beschäftigt. Es scheint, als gingen sie die Straßenverkäufer, die lauthals ihre Waren anpreisen oder auf klapprigen Holzwagen vor sich herschieben, die korpulenten Frauen mit Kopftüchern und Gewändern, die bis zum Boden hinunterreichen, die Nonnen und Priester verschiedener Glaubensrichtungen, die ultraorthodoxen Juden, die hastig zu einer ihrer Synagogen im jüdischen Teil der Altstadt eilen, die Touristen in Shorts und Sandalen oder die zahlreichen Pilger kurz vor dem religiösen Delirium nichts an. Sie mischen sich nicht ein, wenn es zu lautstarken Diskussionen kommt, wenn der Müllwagen nicht weiterkommt und der Fahrer mehrmals verzweifelt die Hupe betätigt, wenn ein Korb mit Gebäck umfällt oder eine Mutter nach ihrem Kind ruft. Sie tragen schusssichere Westen, halbautomatische Waffen, Schlagstöcke, schauen gelangweilt und doch angespannt, unterhalten sich miteinander. Der Ton ihres Gesprächs hat etwas Gekünsteltes, Launiges. Die Soldaten repräsentieren einen Querschnitt der israelischen Gesellschaft. Ein blonder Russe ist dabei, ein schwarzer Jemenite oder Äthiopier, ein Orientale – würde er die Uniform ablegen, wäre er von den Bewohnern Ostjerusalems nicht zu unterscheiden –, ein Macho unbestimmter Herkunft, braungebrannt, muskulös, Kaugummi kauend, mit Sonnenbrille, ein Angeber, kraftvoll und vulgär, neben ihm ein hageres Muttersöhnchen mit Rundrücken und Brille, ein Kippaträger mit Pejes und Tefillin, den weißen Schnüren um die Hüften. Zwei Mädchen, Soldatinnen, sind auch dabei. Eine von ihnen flirtet mit ihren männlichen Kollegen, die andere starrt unentwegt Richtung Tor. Ihr gehen Juden wie Araber, Orthodoxe, Säkulare, Rabbiner, Priester, Pilger und Imame bestimmt auf die Nerven. Wenn sie könnte, wäre sie längst über alle Berge.

Hundert Meter weiter steht die nächste Gruppe Soldaten, drei Ecken weiter die übernächste. Manchmal patrouillieren Soldaten und Polizisten gemeinsam durch die Stadt. Die arabische Bevölkerung ignoriert sie alle, so als wären sie Luft. Und doch ist die Spannung greifbar, die Normalität wirkt bemüht, das Wegschauen und die Gelassenheit allzu offensichtlich: Schauspieler, die Frieden spielen, an einem Ort, der keinen Frieden kennt.

Einer der Soldaten kommt zu uns herüber. Die alten Männer verstummen. Der Besitzer verneigt sich. Er wirkt nicht mehr so freundlich wie zuvor, eher korrekt, vorsichtig, reserviert, auch wenn das Lächeln nicht zur Gänze aus seinem Gesicht weicht. Der Soldat lächelt nicht. Ob er für sich und seine Kameraden Sandwiches kaufen könne, fragt er auf Hebräisch, koschere Sandwiches, *koscher lepessach* – nach dem Reinheitsgebot für das Pessachfest. Der Besitzer bedauert. Er hat kein koscheres Essen. Der Soldat geht wieder. Die alten Männer schimpfen wieder. Der Besitzer schaut zu uns hinüber, grinst, zwinkert uns zu. »Koscher lepessach«, murmelt er und schüttelt den Kopf.

Plötzlich schmeckt mir der Kaffee nicht mehr. Wie würde der Mann reagieren, wenn er wüsste, dass ich kein österreichischer Tourist bin, der nach Jerusalem gekommen ist, um hier das Osterfest zu feiern, sondern ein Jude mit zahlreichen Verwandten in Israel, der in seiner Kindheit selbst neun Jahre lang israelischer Staatsbürger gewesen ist? Würde er mir den Kaffee mit mürrischem Gesicht servieren? Würden mich die alten Männer misstrauisch oder mit Verachtung taxieren und ihr Gespräch auf ein anderes Thema lenken, eines, in dem das Wort »Jihud« nicht vorkommt? Oder bin ich ihnen völlig egal, nur dass mir der Besitzer statt »Happy Easter«, »Happy Passover« wünschen würde? Bin ich das Opfer meiner eigenen Ängste geworden? Wie würde es mir wohl ergehen, wenn ich mich nicht in Jerusalem, sondern in Ramallah, Betlehem oder Gaza befände? Was wäre dort mein österreichischer Pass wert, wenn man wüsste, dass ich Jude bin?

Der junge israelische Lyriker, mit dem wir gestern mit Tanya in einem Restaurant in der Ben-Jehuda-Straße zu Abend gegessen haben, erzählte mir, dass viele jüdische Israelis noch nie in der Via Dolorosa oder in der Grabeskirche, geschweige denn auf dem Tempelberg gewesen seien. In die arabischen Viertel Ostjerusalems außerhalb der Altstadt verirre sich kein Jude. Es sei kein Zufall, dass sogar Soldaten und Polizisten nur in größeren Gruppen auftreten.

Früher war die unsichtbare Grenze zwischen dem jüdischen Westen und dem arabischen Osten der Stadt beinahe verschwunden. Mit Beginn der Intifada, des Terrors, der Vergeltung und des Terrors als Vergeltung für die Vergeltung wurde sie beinahe genauso undurchlässig wie vor 1967. Heute, in Zeiten relativer Ruhe, beginnt sie sich wieder zu öffnen. Vereinzelt treffe ich säkulare Israelis in der Altstadt. So wie in Nazareth sind es vor allem Zuwanderer aus Russland. Wer Breschnew, Gorbatschow, Jelzin und Putin, den Antisemitismus und den tschetschenischen Terror überlebt hat, empfindet keine große Angst vor Arabern. Für jemanden, der direkt aus den Flammen kommt, ist der erste Kreis der Hölle ein Paradies.

Wir sind gestern Nachmittag in Jerusalem angekommen. An der Tachana Merkasit, dem Busbahnhof, haben wir ein Taxi genommen und sind ins Österreichische Hospiz gefahren. Via Dolorosa 37. Das Herz jedes gläubigen Christen müsste bei einer solchen Adresse höher schlagen, doch bin ich weder gläubig noch Christ, und der Taxifahrer, ein älterer Herr mit Schirmmütze und dicht behaarten Unterarmen, kannte die Via Dolorosa nicht und musste sich in der Zentrale erkundigen, wie diese zu finden sei. Bevor wir durch das Löwentor in die Altstadt hineinfuhren, Pilgergruppen, Mönche und arabische Jugendliche durch ein Hupkonzert aufscheuchten und schließlich nach mehrmaligem Nachfragen die Toreinfahrt zum Hospiz fanden, mussten wir zwei Soldaten erklären, wohin wir unterwegs waren. Ich hatte den Eindruck, dass wir seit Jahren die Ersten waren, die mit einem Taxi aus dem Westteil der Stadt in die Altstadt fuhren.

Das Österreichische Hospiz, ein imposantes Bauwerk aus dem 19. Jahrhundert mit Bogenfenstern, repräsentativer Treppe, Terrasse, Garten, Wiener Kaffeehaus, in dem man Apfelstrudel und Sachertorte bestellen und mit Euro zahlen kann, und einer Aussichtsplattform auf dem Dach, von der man die gesamte Altstadt einschließlich Felsendom überblicken kann, beherbergte bis 1918 auch das österreichisch-ungarische Konsulat. Während der britischen Mandatszeit war es ein Internierungslager, später, unter jordanischer Herrschaft, ein Spital und heute wieder ein Hospiz. Auf dem Dach weht die rot-weiß-rote Fahne.

Das Areal ist ein Stück Österreich, eine katholische Insel mit Nonnen an der Rezeption und Kruzifixen in den Zimmern mitten im muslimischen Viertel der Altstadt, die ihrerseits ein Teil des jüdischen Staates ist, dessen Anspruch auf diesen Flecken Erde international von niemandem anerkannt wird. Wenn ich schon ein paar Tage in Jerusalem verbringen darf, dann natürlich hier, im katholischen, österreichischen Hospiz.

Ich habe festgestellt, dass die meisten jüdischen Israelis kaum etwas über den berühmtesten Juden aller Zeiten wissen. Sie interessieren sich für Indien oder Sri Lanka, aber nicht für den meschuggenen Rebbe, der die Welt verändert hat. Schade. Wer weiß, vielleicht war er ja tatsächlich der Messias. Halachisch betrachtet ist Jesus ohne jeden Zweifel ein Jude gewesen, denn seine Mutter war unbestritten eine Jüdin. Der Vater ist bekanntlich für die Bestimmung der Zugehörigkeit zum Judentum bedeutungslos, auch dann, wenn er Gott höchstpersönlich ist. Aber das ist noch nicht alles. Nachdem Maria gemäß dem christlichen Dogma nicht nur die Mutter Jesu, sondern auch die Mutter Gottes ist, muss der christliche Gott ebenfalls jüdisch sein, während sich der jüdische Gott in seiner abstrakten Geschlechts- und Formlosigkeit solch kleinlichen Zuordnungen entzieht. Insofern haben Gott und ich eines gemeinsam: Wir haben beide eine etwas unklare Identität.

Der israelische Lyriker wusste nicht, was Ostern bedeutet.

»What's the meaning of Easter?«, wollte er von uns wissen. »That has something to do with Jesus, doesn't it?«

»You live in Jerusalem, and you don't know what Easter is?«, fragte ich erstaunt. »Didn't you learn that at school?«

»No«, sagte er. »I don't remember that we've ever learned anything like that at school.«

Wieder reden die alten Männer am Nebentisch über Juden. Als Österreicher kann ich zumindest hier die Rolle des Unbeteiligten spielen, kann durch meine Kleidung, meine Aussprache und mein Verhalten in die Position des Außenstehenden flüchten, den Tempelberg besichtigen oder in der Saladin-Straße orientalische Gewürze kaufen. Ein Gefühl des Unbehagens und das schlechte Gewissen verlassen mich trotzdem nie. Ich stehe außerhalb und bin doch involvierter, als mir lieb ist. Das war in meinem Leben immer so, und wenn ich sie vermeiden könnte, inszeniere ich die entsprechenden Situationen selbst. Eine unberechenbare Sehnsucht nach dem Aberwitzigen. Ist es nicht absurd, dass ich mich ausgerechnet in Israel in eine Lage begebe, in der ich froh bin, nicht sofort als Jude erkannt zu werden?

Ich hole aus meinem Rucksack eine Mappe, auf der *Schimon* steht, und aus dieser Mappe jene Ansichtskarte mit einem Bild der Klagemauer, die Schimon meinem Vater vor fast fünfundzwanzig Jahren geschickt hat. Die Fotografie stammt aus den siebziger Jahren. Man erkennt das an den Frisuren, den langen Haaren der Männer, den Glockenhosen, den Kleidern der jungen Frauen, die kurz und gürtellos sind und die Figur dennoch betonen. Nur die orthodoxen Juden, die an der Mauer beten, sehen aus wie heute. Sie sind schon seit Jahrhunderten zeitlos. Ich drehe die Karte um und lese – zum wievielten Mal – den handgeschriebenen russischen Text:

Habe vor kurzem wieder Deine Erklärung aus dem Jahr 1972

in den Händen gehalten. Ich hatte schon damals in einem offenen Brief darauf reagiert, ich habe Dir Fragen gestellt, auf die Du nie geantwortet hast. Als ich nach Israel kam, warst Du längst wieder abgereist. Du hast unserem Land den Rücken gekehrt und somit Deinem Sohn die Heimat genommen. Noch ist es nicht zu spät, sich für alles zu entschuldigen. Dein ehemals bester Freund Schimon.

Ich denke an den Tag zurück, als ich diese Karte aus dem Postkasten geholt und mit einer Mischung aus Befremden und Verwunderung zum ersten Mal gelesen habe. Damals war ich einundzwanzig, Student, und wohnte immer noch bei den Eltern. Mutter war arbeiten und Vater nicht zu Hause. Ich ging hinauf in die Wohnung und legte die Karte mit dem Bild nach oben auf den Küchentisch. Danach widmete ich mich wieder der Vorbereitung eines Referates, das ich in der kommenden Woche halten sollte. Doch das Coase-Theorem interessierte mich plötzlich genauso wenig wie das IS-LM-Modell. Ich ging zurück in die Küche und drehte die Karte um. Ich war mir sicher, dass Vater die Schrift sofort erkennen würde.

Die Unleichte

Ich hörte den Müllwagen und die erste Straßenbahn, ich hörte meine Mutter ins Bad und in die Küche gehen, bevor sie zur Arbeit fuhr, doch die vertrauten Geräusche wiesen mir nicht den Weg aus dem Bild. Bis sieben Uhr morgens schritt ich die Grauzone zwischen Wachsein und Schlaf ab, einen rastlosen Zwischenraum, aus dem ich nicht herausfand. Jemand hatte mich in ein Aquarell von Dürer zwischen Fachwerkhäuser, Kirchturm und Fluss hineingezeichnet. Ich lief durch die mittelalterliche Stadt, doch wenn ich sie verlassen wollte, begegnete ich dem faltigen Gesicht, den listigen Augen, der Fleisch gewordenen Schamlosigkeit. Das Gesicht versperrte mir den Weg. Unter der Knollennase bewegte sich ein Mund mit braunen Zähnen und blutleeren Lippen. Aus der Tiefe des Kopfes entwichen Worte wie Sprechblasen. Es waren keine Sprechblasen wie in modernen Comics. Vielmehr sahen sie wie Fähnchen oder Banderolen aus, die sich schlangenartig bis an den Rand meines Blickfeldes bewegten, im Wind flatterten oder kraftlos zu Boden fielen. Die Buchstaben waren lang und schmal und seltsam altertümlich wie in alten Broschüren oder Flugblättern aus der Zeit der Reformation. Ich weiß noch, dass ich wutentbrannt nach einem Ziegelstein gegriffen hatte, um das Gesicht zu zerschmettern.

»Verdammt«, flüsterte ich, als ich mir am Morgen in der Küche einen Tee kochte. »Genau so habe ich mir die erste Nacht in der neuen Wohnung vorgestellt.« Währenddessen redete Vater auf mich ein. Ich solle dem Gespräch von gestern keine übermäßige Bedeutung beimessen, meinte er. Schimon und die Vergangenheit regten ihn nicht mehr auf. Er habe damit abgeschlossen. Ich murmelte »Aha, ich verstehe« und schaute auf die Uhr.

Sechs Briefentwürfe an Schimon hatte mein Vater am Abend verfasst und wieder verworfen. Kurz nach Mitternacht hatte er beschlossen, ihm überhaupt nicht zu schreiben. Mutter ärgerte sich, dass Schimons Karte ausgerechnet einen Tag vor unserem Umzug ankommen musste. Mehr als fünfzehn Jahre habe er nicht von sich hören lassen und jetzt, da er sich endlich dazu herabgelassen hatte, uns mit einem Lebenszeichen zu beehren, habe er »mit intuitiver Treffsicherheit, die nur ihm eigen ist«, den falschen Zeitpunkt gewählt.

Nach Mitternacht saß Vater mit Tränen in den Augen zwischen den Kisten, die noch nicht ausgepackt waren, auf der Couch und jammerte, dass er in seinem Leben alles falsch gemacht habe. Nun müsse er sich Vorwürfe von allen Seiten gefallen lassen. Schimon werfe ihm vor, dass er Israel verlassen und somit »die Sache« verraten habe, ich werfe ihm die Emigration und die vielen Ortswechsel vor, meine Mutter werfe ihm vor, dass er seit mehreren Jahren keine Arbeit habe, dass er sich gehenlasse und sich nicht bemühe, sein Leben zu ändern. Sie werfe ihm das nicht vor, widersprach Mutter, wurde laut, und ihre Stimme bekam jenen hohen, beinahe hysterischen Unterton, den ich so hasste. Er solle ihr sein eigenes schlechtes Gewissen nicht in die Schuhe schieben, schrie sie. Das Gespräch wurde immer unangenehmer, aber ich hörte mir trotzdem alles an, bis meine Eltern erschöpft zu Bett gingen.

Im Unterschied zu meiner Mutter und zu mir sei er ein emotionaler Mensch, erklärte Vater, während er mir ein Brot mit Marmelade strich. Er hätte gerne meine Kaltblütigkeit und rationale Distanz zu den Abgründen der Welt. »Weißt du, ich habe dich das letzte Mal weinen gesehen, als du dreizehn warst. Meine Augen hingegen werden schnell feucht. Ich bin sentimental. Schon ein trauriger Liebesfilm im Fernsehen bringt mich zum Schluchzen.«

Er nahm mir den Earl Grey aus der Hand und gab mir stattdessen einen Darjeeling. Der sei morgens besser, weil seine Wirkung länger anhalte.

»Ich denke ja, dass diese tiefe Empfindsamkeit, die sentimentale Leidenschaft, etwas typisch Jüdisches ist«, sagte er.

»Aha, ich verstehe«, murmelte ich und beschloss, nach dem Tee eine Tasse Kaffee zu trinken. Mit Tee allein würde ich diesen Tag nicht überstehen.

»Warum glaubst du, dass es unter den Juden so viele Künstler und Intellektuelle, Revolutionäre und Reformer gegeben hat? Weil sie so viel gelitten haben und deshalb mit anderen mitleiden können. Sie wollen die Welt zum Besseren verändern, weil sie den Schmerz der anderen genauso wenig ertragen wie ihren eigenen …«

»Ich bin als Kind von Mitschülern verprügelt worden, die Leute auf der Straße haben mich als Ausländer beschimpft. Du glaubst also, dass ich dadurch ein empfindsamer und besserer Mensch geworden bin. Ich brauche also kein schlechtes Gewissen haben, wenn ich selbst jemandem in die Fresse haue. Eine schöne Theorie.«

Mein Vater lachte und stellte den Teller mit dem Marmeladebrot vor mich auf den Tisch. »Siehst du, ich sag's ja. Du bist wie deine Mutter. Distanz. Sachlichkeit. Das ist auch besser so. Das brauchst du, denn in Wirklichkeit bist du sehr sensibel, nimmst dir alles zu Herzen. Das hast du von mir, obwohl ich in deinem Alter, nach allem, was ich im Krieg und in den Jahren danach erlebt hatte, schon die nötige Härte besaß. Aber du wirst es im Leben viel weiter bringen als ich. Es gab Momente, da hätte ich an deiner Stelle schon dutzendmal durchgedreht. Du bist anders. Gott sei Dank! Du begegnest der Welt unaufgeregt, ironisch, wägst das Für und Wider ab, hast einen analytischen Geist – alles vom Kopf her. Wie deine Mutter. Das ist auch typisch jüdisch.«

»Aha, ich verstehe«, murmelte ich und flüchtete aus der Küche. Den Kaffee würde ich später trinken.

»Du hast ja gar nichts gegessen«, schrie mir Vater hinterher. »Und vergiss die Regenjacke nicht. Es schüttet in Strömen. Hast du deinen Fahrausweis eingesteckt? Du magst einen brillanten Kopf haben, aber in praktischen Dingen bist du ohne mich verloren.«

»Ja, Papa.«

Der Beginn meines Proseminars war im Vorlesungsverzeichnis mit acht Uhr dreißig angegeben. Die übliche Akademikerviertelstunde eingerechnet, hätte die Lehrveranstaltung also um Viertel vor neun anfangen soll. Der junge Dozent hielt auch diese Zeit nie ein, sodass ich selten zu spät kam, wenn ich knapp vor neun im Hörsaal war. Der starke Regen hatte offenbar zu einer weiteren Verzögerung geführt, denn als ich eintraf, war die Tür offen, und außer Erich, der am offenen Fenster stand und rauchte, war noch niemand im Raum. »Kaum tröpfelt es ein bisschen, schon bricht alles zusammen«, schimpfte er. »Wie viel Zeit brauchen die, um ihre Regenschirme aufzuspannen?« Er drückte die Zigarette am Heizkörper aus und drehte sich zu mir um.

»Ich bin da«, sagte ich.

»Ja, du! Du bist ja auch kein Wappler.«

Ich seufzte, setzte mich in die hintere Reihe, holte Arbeitsunterlagen, Notizblock und Kugelschreiber aus der Tasche. Der Kollege Thomas Girstmayer, den ich flüchtig aus dem Buchhaltungskurs im ersten Semester kannte, sollte ein Referat zum Thema *Die Auswirkung unerwartet starker Rohstoffpreiserhöhungen auf die Wechselkurse entwickelter Volkswirtschaften und deren Einfluss auf die Inflationsrate unter der Annahme negierbarer Informations- und Transportkosten als einfacher modelltheoretischer Erklärungsansatz unter Berücksichtigung des IS-LM-Modells* halten. »Ach ja«, murmelte ich.

Inzwischen waren weitere Studenten eingetroffen. Ich seufzte und verfolgte lustlos Erichs Diskussion mit einer dürren Blonden über das Rauchverbot in Hörsälen.

Ich packte meine Sachen wieder ein und ging. »Heh«, rief mir Erich nach. »Was ist los?«

»Ich bin krank.«

»Ach so?«

»Ich habe einen melancholischen Infekt.«

»Oh, der ist ansteckend«, meinte Erich. »Da solltest du lieber zu Hause bleiben. Und grüß meine Cousine.«

»Mach ich.«

Ich schlenderte den Korridor entlang, warf eine Fünf-Schilling-Münze in den Getränkeautomaten, drückte die Cola-Taste. Das Gerät schluckte das Geld, rückte die Flasche aber nicht heraus. Ich rüttelte an dem Kasten, trat und ohrfeigte ihn, schimpfte, gab dann aber ziemlich rasch auf. Auch egal, dachte ich. Cola ist ohnehin ungesund.

Wie gerne wäre ich jetzt mit Ortrun ins Café Votiv oder auch nur in das schäbige Uni-Beisl unter der Treppe gegangen, aber sie hatte an diesem Tag keine Vorlesungen, und ich durfte sie zu Hause nicht anrufen. Ihre Eltern wussten immer noch nichts von unserer Beziehung. Ortrun würde erst am nächsten Tag zu mir kommen – in die neue Wohnung. Bis dahin blieb mir nichts anderes übrig, als zu warten.

Ich umrundete den Gebäudetrakt, in dem die sozialwissenschaftlichen Fächer unterrichtet wurden, starrte einige Zeit gedankenverloren aus dem Fenster, warf von der Galerie einen Blick hinunter auf die imposante Franz-Joseph-Statue aus Marmor, die seit fast hundert Jahren auf dem Treppenabsatz zwischen dem Ergeschoß und dem ersten Stock thronte, überlegte, ob ich nicht doch zurück zum Proseminar gehen sollte. Eine Lehrveranstaltung »mit Anwesenheitspflicht« zu schwänzen, war eigentlich nicht mein Stil. Ich war unschlüssig, bis mich schließlich Franz Joseph aus dem Dilemma befreite. Jemand hatte dem Kaiser einen roten Zylinder aus Pappe aufgesetzt und ein Transparent um den Hals gehängt: *Stoppt den Sozialabbau! Gegen Stipendienkürzungen, für längere Bibliotheksöffnungszeiten und billigere Kopiergeräte! LiLi (Linke Liste), GRM (Gruppe revolutionärer Marxist/inn/en), KSV (Kommunistischer Student/inn/enverband).*

Bei KSV musste ich an Gabi denken, die kleine, pummelige Vorarlbergerin mit Bürstenhaarschnitt und der immergleichen Jeans. Kennengelernt hatte ich Gabi eineinhalb Jahre zuvor auf einer Anti-Waldheim-Demo. Schon bei unserer ersten Unterhaltung hatte sie mich als »reaktionären Faschisten« bezeichnet. Ich beschimpfte sie im Gegenzug als »dumme Provinzbolschewikin« und lud sie gleich darauf zum Mittagessen in die Mensa ein. Seitdem sahen wir uns regelmäßig zwei- bis dreimal pro Woche, um politische Streitgespräche zu führen, jedoch niemals außerhalb der Uni. Sie auf einen Spaziergang oder ins Kaffeehaus einzuladen, wäre mir nie in den Sinn gekommen.

Ich musste zwei weitere Korridore durchqueren, bevor

ich den KSV-Stand gefunden hatte. Auf dem Tisch lagen Flugblätter, Broschüren und Bücher. Die meisten Studenten zeigten kein Interesse und beschleunigten den Schritt, wenn Gabi sie ansprach oder ihnen ein Flugblatt entgegenstreckte, aber sie blieb hartnäckig. Was mich überraschte, war, dass sie diesmal weder Jeans noch Pullover trug, sondern mit einer weinroten Bluse, einem schwarz-weiß karierten Rock und dunkelbraunen Stiefeln bekleidet war. Außerdem war sie an diesem Tag nicht allein. Neben ihr stand ein schlaksiger junger Mann mit kantigem Gesicht, der nichts weiter tat, als Gabi und die anderen schweigend zu beobachten. Er hatte eine Schirmmütze mit rotem Stern auf, die mich an sowjetische Uniformmützen aus der Vorkriegszeit erinnerte.

»Ist etwas passiert?«, fragte ich Gabi.

»Wieso soll etwas passiert sein?«

»Du schaust so anders aus.«

»Meine Großeltern aus Bludenz sind zu Besuch. Das sind nette alte Leute. Wegen der Mama hätte ich mich bestimmt nicht verkleidet. Im Gegenteil. Und Papa hätte es nicht einmal gemerkt. Aber du schaust nicht gut aus.«

»Ich bin müde.«

»Schau, ich hab etwas für dich«, sagte sie und reichte mir grinsend ein Buch, eine DDR-Ausgabe mit dem Titel *Die kriechende Konterrevolution. Die zionistische Verschwörung gegen den Weltfrieden: Ein historisch-analytischer Bericht.*

»Das kenne ich schon. Eine Übersetzung aus dem Russischen. Das Original ist vor zehn Jahren in Moskau erschienen. Ein antisemitisches Machwerk.«

»Ich unterstütze das palästinensische Volk in seinem Kampf gegen die israelischen Unterdrücker«, verkündete sie mit gewichtiger Stimme, bemüht pathetisch, wenn auch nicht ganz überzeugend. »Dieses Buch ist von entscheidender Bedeutung für unseren Kampf. Es klärt auf, es spitzt zu, es weist den Weg …«

»Ja, ja«, sagte ich. »Ist schon gut.«

Sie schaute mich verblüfft an. »Ist schon gut?«, fragte sie leise. »Das ist alles? Ich dachte, du würdest mir an die Gurgel gehen. Bist du krank?«

»Ich habe fast die ganze Nacht nicht geschlafen.«

»Ach oje, das kenne ich. Trink eine halbe Stunde, bevor du ins Bett gehst, ein Glas warme Milch mit ein bisschen Honig. Aber nur einen Teelöffel, nicht mehr. Mein Vater ist Arzt und …«

»Ich weiß, ich weiß«, unterbrach ich sie. »Warme Milch mit Honig.« Ich beugte mich über den Tisch und flüsterte ihr ins Ohr: »Wer ist eigentlich diese Witzfigur mit der Militärmütze neben dir? Fasching ist erst in drei Monaten.«

Der Typ machte ein finsteres Gesicht. Ob er uns zuhörte oder ganz bei sich und seinen Gedanken war, konnte ich nicht erkennen. Gabi schielte in seine Richtung und begann ebenfalls zu flüstern: »Das ist Franz, ein ganz lieber Mensch. Er hat vor ein paar Jahren, noch als Schüler, daheim in Schluderns in Südtirol eine revolutionäre trotzkistische Zelle gegründet. Das war mutig. Sein Vater besitzt dort ein Hotel und ist außerdem Bürgermeister. Du kannst dir also vorstellen … Jetzt studiert er Philosophie und Politikwissenschaft, und es ist mir gelungen, ihm den Trotzkismus auszureden. Lenin hat einmal geschrieben …«

»Meine Eltern und ich sind gestern in eine neue Wohnung übersiedelt. Ich hasse Umzüge. So oft wie ich als Kind umgezogen bin. Diesmal war es weniger als einen Kilometer. Von der Treustraße in die Klosterneuburger Straße. Selber Bezirk. Trotzdem kommt alles hoch.«

»Ich verstehe.« Sie griff nach meiner Hand, und der Tonfall ihrer Stimme wurde plötzlich ganz sanft. »Wenn du Hilfe brauchst oder einfach nur reden möchtest …«

»Danke, Gabi, das ist sehr lieb, aber …«

Die nächsten Stunden verbrachte ich im Café Schottenring. Statt in Vorlesungen zu gehen, schrieb ich an der Erzählung weiter, die ich einige Tage zuvor begonnen hatte.

Das Schreiben gab mir Kraft. Die Ökonomie hingegen war ein Energievampir. »Es sind nur noch drei Semester«, sagte ich mir jeden Morgen, wenn ich mit Widerwillen die Rampe zur Universität hinaufging. »Drei Semester, vielleicht vier, allerhöchstens fünf«, flüsterte ich, wenn ich am Portier vorbeiging. »Dann hast du es überstanden. Beiß die Zähne zusammen, gib nicht auf, ein bisschen noch, dann hast du diesen blöden Magistertitel. Und diese Trottel werden dich nie mehr behandeln wie den letzten Dreck.« Ich fühlte mich wie ein Strafgefangener, der die Tage bis zu seiner Entlassung zählt, wie ein Wehrpflichtiger, der davon träumt, endlich abzumustern, wie ein Bettlägriger, der es nicht erwarten kann, gesund zu werden.

Die Leute um ihn herum reden, doch nimmt er sie kaum mehr wahr, schrieb ich in mein Heft. *Er muss sich auf das Tragen konzentrieren, und das wird eine von Schritt zu Schritt größere Qual. Die Zeit scheint stehengeblieben zu sein. Die Hände schmerzen. Und überall ist dieses alles ertränkende, grelle Licht. Vom Schweiß halb geblendet, scheint es ihm, als ginge er über die spiegelglatte Oberfläche eines Sees, links und rechts nur Wasser, endlos weit, bis an den Horizont. Menschenleer. Er beginnt gelbe Flecken zu sehen, und die Sonne schlägt wie mit einem Hammer unaufhörlich auf ihn ein. Er schüttelt den Kopf, atmet durch, und die reale Welt kehrt langsam zurück. Von dir lass ich mich nicht unterkriegen, denkt er.*

Um Viertel nach zwei schraubte ich die Füllfeder zu. Um halb drei verließ ich das Kaffeehaus und fuhr mit der Straßenbahn in die Brigittenau zurück. Um fünfzehn Uhr war in unserer alten Wohnung in der Treustraße die Schlüsselübergabe angesetzt. Die Besitzerin und der Immobilienmakler würden kommen, vielleicht auch die Tochter der Besitzerin, die demnächst in die Wohnung einziehen wollte.

Eigentlich wollte ich in diese leeren Räume nie mehr zurückkehren, aber meine Eltern hatten mich gebeten, dabei zu sein, und mir war klar, dass ich mich davor nicht drücken konnte.

Wenigstens hatte es aufgehört zu regnen. So beschloss ich, den halben Kilometer bis zum Franz-Josefs-Kai zu Fuß zu gehen, um den Kopf freizubekommen. Neben dem Eingang zur U-Bahn befand sich eine Telefonzelle. Ich hielt es nicht mehr aus und rief Ortrun an. Wenn ihre Mutter ans Telefon ging, würde ich einen falschen Namen sagen: Thomas Katzelberger. Dies war der mit Ortrun vereinbarte Code. Ich sollte ihn natürlich aber nur in Notfällen benützen. Sonst würden wir über kurz oder lang auffliegen.

Ich hörte die Stimme von Ortruns Mutter und legte auf, ohne ein Wort gesagt zu haben.

Das Haus, ein Bauwerk aus den fünfziger Jahren, hatte sich in den vergangenen Jahrzehnten verdunkelt. Die graue Fassade war eine glatte Fläche zwischen den reichlich mit Stuck verzierten Außenwänden der Nachbarhäuser. Es war eine ästhetische Ruhepause, ein Zahn der Zeit als Lückenbüßer – ohne Lift, ohne Zentralheizung in den Wohnungen, aber mit dem bescheidenen Komfort von Einbauküchen, Badezimmern und separat begehbaren Räumen, ehrlich in seiner Schmucklosigkeit, aber mit dem demütigen Stolz der beginnenden Wirtschaftswunderzeit, die Österreich im Unterschied zum deutschen Nachbarn einen eher moderaten Höhenflug, aber auch eine sanftere Landung bescherte.

Das Licht im Flur des dritten Stocks brannte nicht. In den fünf Jahren, die ich hier gelebt hatte, war immer eine der Lampen kaputt. Kaum war eine ausgewechselt, erlosch eine andere, sodass ich das Stiegenhaus noch nie vollständig beleuchtet gesehen hatte. Die Tür unserer alten Wohnung im vierten Stock war nur angelehnt. Meine Eltern warteten in der Küche. Die Wohnung war teilweise möbliert an uns vermietet worden. Sie hätten also durchaus auf dem Sofa im Wohnzimmer Platz nehmen können, aber sie zogen die enge Küche als Aufenthaltsraum vor. In der Küche wurde nicht nur gekocht, sondern auch gegessen und stundenlang diskutiert. Wenn ich an jene Jahre zurückdenke, kommen mir die unbequemen Stühle und Hocker und eine Tischdecke aus braunem Kunststoff in den Sinn. Seit dem Krieg, der Leningrader Blockade, die meine Eltern als Kinder miterleben mussten, hatten sie ein schwieriges Verhältnis zum Essen. Noch heute hat meine Mutter zwei Regalbretter mit Schokolade und Keksen vollgeräumt, im Tiefkühlfach lagern mehrere Laibe Brot, und in der Küchenkredenz stapeln sich die Konserven, so als stünde die nächste Hungersnot unmittelbar bevor. Reichhaltig gegessen wurde zur Belohnung und zum Trost, gegen Langeweile, zur Entspannung oder zur Überwindung von Angst. Mit Genuss hatte der Verzehr von Speisen wenig zu tun. Offene Pralinenschachteln wurden »vernichtet«, Konservendosen »abgeschlossen« oder »fertig gemacht«.

An jenem Tag aßen meine Eltern in der leergeräumten Küche nichts. Der Boden war gewischt, Waschbecken, Türklinken und Fenster geputzt, und ich musste, so hatten es mir meine Eltern aufgetragen, noch vor dem Betreten der Wohnung die Schuhe ausziehen. Die Räume waren unbeheizt, der Steinboden in der Küche kalt, aber das störte mich nicht. Mutter hatte vorgesorgt und Hausschuhe für uns mitgebracht. Den Mantel hatte sie nicht abgelegt, nur den Schal ein wenig gelockert und die Haube auf den Tisch gelegt.

»Die brauche ich nicht.« Die Filzpantoffeln, die für mich bereitstanden, hatte ich nie gemocht.

»Willst du dich erkälten? Jetzt, mitten im Semester?«

»Wenn es nach mir ginge, könnten wir die Straßenschuhe anlassen. Oder glaubst du, dass Frau Tschiderer und der Immobilienheini ihre Schuhe ausziehen werden?«

»Das ist deren Sache. Ich möchte die Wohnung in einem sauberen Zustand übergeben. Sonst heißt es wieder – typisch Ausländer. Wozu hätte ich sonst drei Tage lang geputzt?«

Vater schien unser Gespräch nicht zu interessieren. Er hatte mich nicht einmal begrüßt. Seine lilafarbene Jacke und das grün-weiß karierte Hemd waren aufgeknöpft, sein Gesicht rot angelaufen. Er atmete schwer. Übergewicht, Bluthochdruck, Sodbrennen, Zahnschmerzen, Kurzatmigkeit – nichts konnte meinen Vater dazu bewegen, einen Arzt aufzusuchen. Drei Tage lang hatte er einst den Verhören in der KGB-Zentrale von Leningrad getrotzt, und als er eines Tages mit kompromittierender Literatur in einem Koffer unterwegs war und beschattet wurde, war er aus einer fahrenden Straßenbahn gesprungen, um seine Verfolger abzuschütteln. Aber er hatte panische Angst vor Zahnärzten.

»Ich denke, ich werde ihm eine Karte schreiben«, murmelte Vater mit gepresster Stimme, ohne dabei meine Mutter oder mich anzuschauen. »Karte für Karte. Quid pro quo.«

»Müssen wir ausgerechnet jetzt über Schimon reden?«, fragte Mutter gereizt.

»Ja, eine Ansichtskarte mit einem Bild vom Heldenplatz«, sagte ich und lachte. »Heldenplatz für Klagemauer. Quid pro quo stellt oft den Status quo ante wieder her, und in einem anderen Zusammenhang, der mir in unserem Fall durchaus passend erscheint, heißt es bekanntlich In dubio pro …«

Mutters Blick ließ mich innehalten. Sie war um fünf Uhr morgens aufgestanden. Müdigkeit und Resignation waren ihr ins Gesicht geschrieben. Fünfundzwanzig Jahre lang hatte sie Vaters Kapriolen ausgehalten, hatte ihn von einem fremden Ort zum nächsten begleitet und seine Misserfolge mitgetragen, bis alle Illusionen zerstört waren. Nun hatte sie keine Kraft mehr.

»Worte wie Säbelhiebe. Es gab eine Zeit, als mir kein Mensch näher gewesen ist als Schimon. Und jetzt eine solche Karte.«

Mutter seufzte und zog ihren Schal enger, während Vater verstummte und sein Hemd zuknöpfte. Es war in der Tat empfindlich kalt, und während ich meine Eltern auf den unbequemen Hockern nebeneinander an die Wand gelehnt sitzen sah, eingehüllt in ihre dicken Jacken, die Köpfe ein- und die Schultern hochgezogen wie zwei aufgeplusterte Spatzen an einem kalten Wintertag, empfand ich plötzlich mehr als nur Mitleid und Wehmut. Ich erkannte, dass ich mich von meinen Eltern entfernen, dass ich gehen musste, um ihnen nahe zu bleiben. Ich nahm den dritten Hocker, der in der Küche stand, und setze mich neben sie.

Lieselotte Tschiderer war eine Dame Anfang fünfzig. Mit ihren feinen, beinahe puppenhaften Gesichtszügen, der zierlichen Figur und der eleganten Kleidung wirkte sie auf den ersten Blick zerbrechlich, dezent und kultiviert. Dieser Eindruck änderte sich allerdings sofort, wenn sie den Mund aufmachte. Kaum war sie eingetreten, erklärte sie in resolutem Tonfall: »Grüß Gott! Grüß Gott! Entschuldigen Sie die Verspätung. Also gut, machen wir den Rundgang!« Meine Eltern, Herr Potzner, der Immobilienmakler, und ich folgten ihr. Schnell schritt sie die Wohnung ab. Wir mussten uns beeilen, um nicht zurückzubleiben.

»Aha, aha, aha, nein, das wurde nicht besonders gut geputzt, aber meinetwegen.« Frau Tschiderers Stöckelschuhe klapperten über den Steinboden des Badezimmers. Der Takt ließ mich an einen Regionalzug denken, der von Haltestelle zu Haltestelle fährt, beschleunigt, abbremst, einen kurzen Halt einlegt.

»Nein, nein, also das hat früher alles sauberer ausgesehen. Da, dieser Streifen in der Badewanne. Den hätten S' mit Lauge sicher weggebracht. Wissen S' überhaupt, was eine Lauge ist?«

»Ja, ich weiß«, sagte Mutter leise.

»Na ja, wurscht, gemma weiter. Oder … Nein, zuerst schau ich auffe auf's Kastl.« Frau Tschiderers Aussprache knarrte wie ein altes Scheunentor. Das Wort »nein« klang aus ihrem Mund wie »nääājn«, das »a« in »auffe« verwandelte sich in einen Laut zwischen »a« und »o«.

Sie zog die Schuhe aus und stieg auf den Badewannenrand, wobei sie sich an der Wand abstützte. »Dort hätten S' auch etwas besser wischen können«, murmelte sie vor sich hin. »Aber wenn man natürlich nur so ein bisserl drüberscheuert …«

»Wir haben drei Tage lang sehr sorgfältig geputzt«, erklärte ich. »Manches lässt sich nicht mehr entfernen, und wenn Sie bedenken, dass die Einrichtung dieser Wohnung wahrscheinlich älter ist als …« Ich fing den Blick meiner

Mutter auf und brach mitten im Satz ab. Das Wörtchen »wir« war in diesem Zusammenhang ohnehin fehl am Platz.

Frau Tschiderer ignorierte meinen Zwischenruf und setzte ihren Rundgang fort, während der Immobilienmakler, ein gedrungener Mann mit schütterem Haar, mein gutes Deutsch lobte. »Sie haben überhaupt keinen Akzent«, bemerkte er und versuchte, seinem Tonfall eine betont fröhliche Note zu geben. »Das ist wirklich außergewöhnlich. Und Ihre gepflegte Wortwahl! Bewundernswert. Ich kenne Türken und Jugoslawen, die sind hier geboren und können nicht einmal Guten Morgen von Guten Tag unterscheiden. Was sind Sie von Beruf, wenn ich fragen darf?«

»Ich studiere Volkswirtschaftslehre.«

»Ach? Sie studieren sogar? Alle Achtung. Wenn Sie einmal Bankmanager sind, weiß ich, an wen ich mich wende.« Er lachte, eine Spur zu laut für den schalen Witz, und wandte sich meiner Mutter zu. »Sie können stolz sein auf Ihren Sohn, gnädige Frau. Er ist ein richtiger Wiener. Niemand käme auf die Idee, dass Deutsch nicht seine Muttersprache ist.«

»Danke«, erwiderte Mutter trocken.

»Ich hoffe, Sie hatten eine schöne Zeit in der Wohnung?«, fragte Herr Potzner meinen Vater.

»Äääh, ja, ja, ich … Wir haben … glücklich«, begann mein Vater, räusperte sich, verschränkte die Hände auf der Brust, machte nervös einen Schritt zurück und beendete den Satz auf Russisch: »Wir waren hier zufrieden, kamen mit allen Nachbarn gut aus, aber jetzt werden wir alt, und eine Wohnung in diesem Stock ohne Lift wird für uns zu beschwerlich.« Ich übersetzte.

»Ein Aufzug? Sonst no woos«, brummte Frau Tschiderer. »No, dees werma in diesem Jahrhundert sicher nimmer erleben in dem Haus.«

Herr Potzner grinste und zwinkerte mir zu.

Nach etwa einer Viertelstunde hatte Frau Tschiderer alle Nebenräume durchschritten und inspiziert. Nur das größte, das Wohnzimmer, stand noch aus. Die Frau schaute auf die Uhr. »Jetzt brauch ich ein Glaserl Wasser«, erklärte sie und ging in die Küche. Mir fiel auf, dass sie stark schwitzte, obwohl sie den Mantel ausgezogen hatte und darunter nur ein dünnes, enges Kleid trug. Da es in der Küche kein Geschirr mehr gab, beugte sie sich über das Waschbecken, spitzte die Lippen und trank das Wasser direkt aus dem Wasserhahn. Der Immobilienmakler schaute belustigt.

Mutter hatte für diesen Nachmittag Zeitausgleich genommen. Vater hatte schon seit Jahren keine Arbeit, und ich war froh, einen Grund zu haben, um den Studienalltag nicht über mich ergehen lassen zu müssen. Frau Tschiderer gab das Tempo vor. Seit ich denken konnte, waren es andere, die Macht über unsere Zeit hatten. Die Zeit sei das wertvollste Gut, erklärte mir Vater. Ein Gottesgeschenk. Alles andere im Leben könne man verlieren, aber auch wiederfinden, die Liebe, den Erfolg, eine neue Heimat, nur nicht die Zeit. Ich solle meine Lebenszeit nicht verschwenden. Ihm selbst sei sie zwischen den Fingern zerronnen.

Wir hatten das Wohnzimmer in den Zustand zurückversetzt, in dem wir es fünf Jahre zuvor übernommen hatten. Der Esstisch war wieder in die Mitte gerückt, das Sofa in eine andere Ecke geschoben, die Kommode zwischen die beiden Fenster gestellt.

Frau Tschiderer machte schweigend ihre Runde. Vielleicht hatte der gelöschte Durst sie milder gestimmt. Ich dachte schon, wir hätten die Prozedur hinter uns gebracht, als sie plötzlich empört aufschrie: »Was ist denn das?« Sie beugte sich zum Ofen hinunter, ging in die Hocke, schüttelte den Kopf und zeigte mit dem Finger auf den Sprung, der sich vom Griff des Drehverschlusses in einem leichten Bogen bis zum linken oberen Rand der Ofentür zog.

»Das war immer schon so«, erklärte Mutter.

»Ja freilich. Was Sie nicht sagen. Nein, der Ofen war in einem tadellosen Zustand. Stimmt's, Herr Potzner?«

Sie bückte sich noch weiter und schaute in das Innere des Ofens. Ihre Brüste berührten die Knie. Die Fersen glitten aus den Schuhen und klebten an den Gesäßbacken.

Ganz schön gelenkig die alte Schachtel, dachte ich. Mutter hätte sich hinknien müssen oder wäre längst umgekippt.

»Die Ofentür werde ich auswechseln lassen«, sagte Frau Tschiderer. »Das werden die mir ersetzen müssen, nicht wahr, Herr Potzner? Solche Reparaturen müssten eigentlich die Mieter zahlen, oder?«

Dem Immobilienmakler war die Situation sichtlich unangenehm. Er verzog das Gesicht, zog Schultern und Augenbrauen hoch, schaute auf die Uhr, zögerte, erklärte aber schließlich: »Ja natürlich, gnädige Frau. Der Ofen war bei der Übergabe in einem tadellosen Zustand.« Und zu meiner Mutter gewandt: »Wir werden die Reparatur aus Ihrer Kaution begleichen. Diese reicht bestimmt aus.«

»Na, das will ich stark hoffen«, bemerkte Frau Tschiderer.

»Aber nein, der Ofen hatte diesen Sprung schon, als wir die Wohnung übernommen haben«, wiederholte Mutter mit trauriger Stimme, die mit jedem Augenblick emotionsloser wurde. »Daran erinnere ich mich genau. Er hatte diesen Sprung schon vor fünf Jahren. Glauben Sie mir. Der Ofen hatte diesen Sprung schon.« Einer tibetanischen Gebetsmühle gleich hörte sie nicht auf, dasselbe zu sagen, und je länger sie sprach, desto wehmütiger und tiefer wurde ihr Blick, ein tränenloses, kontrolliertes Weinen, das sie in Momenten der Hilflosigkeit immer weinte. Vater zischte währenddessen mit kaum unterdrückter Wut halblaut, er werde die Wohnungsschlüssel keineswegs aushändigen, bevor er nicht das Sparbuch mit unserer Kaution zurückbekommen habe. Er stand reglos im Zimmer, aber ich hatte den Eindruck, er werde demnächst um sich schlagen oder an einem Herzinfarkt sterben. Selten hatte ich meine Eltern derart fassungslos gesehen.

Unsere Kaution betrug immerhin 9000 Schilling, drei Monatsmieten. Genau so viel hatten wir Herrn Potzner fünf Jahre zuvor als Provision bezahlt. Und jetzt ist dieser Arsch nicht einmal auf unserer Seite, dachte ich, während ich Vaters Worte übersetzte.

»Wenn Sie mir den Schlüssel nicht aushändigen, behalte ich mir rechtliche Schritte vor.« Der Immobilienmakler schien um einen halben Kopf gewachsen zu sein. Seine Stimme wurde scharf und unangenehm. Aus einer Tasche seines Sakkos holte er eine Packung Zigaretten und einen tragbaren Aschenbecher und begann zu rauchen.

»Was, du drohst mir, du Sohn einer Hündin?«, schrie mein Vater auf Russisch. »Soll ich dir in die Fresse hauen? Willst du eine in die Fresse, du Hundesohn?«

Das übersetzte ich nicht.

Mutter unterbrach ihre Litanei und sagte ruhig, ohne meinen Vater anzuschauen: »Muss das wirklich sein? Hör auf! Das bringt doch nichts.«

»Ich reiß ihm die Nase aus dem Gesicht!«

Herr Potzner, der Vaters Worte zwar nicht verstanden, aber richtig gedeutet hatte, versuchte zu beschwichtigen: »Hören Sie, eine neue Ofentür wird nicht die Welt kosten. Selbstverständlich bekommen Sie ehestmöglich eine Kopie der Rechnung und den Restbetrag Ihrer Kaution. Bei jeder zweiten Wohnungsübergabe gibt es irgendwelche Beanstandungen. Das ist ganz normal. Machen Sie doch nicht so ein Drama daraus.«

»Diesen Sprung hatte die Ofentür schon vor fünf Jahren«, wiederholte Mutter stur. »Er war da. Ich erinnere mich genau. Aber das war nie ein Problem. Der Ofen hat gut funktioniert. Die Tür ist dicht und wird bestimmt noch viele Jahre halten. Der Sprung spielt keine Rolle. Wozu austauschen, wenn das gar nicht notwendig ist? Das ist doch unlogisch.«

»Sie halten mich wohl für blöd!«, schrie Frau Tschiderer und ging auf Mutter zu.

»Seien Sie bitte nicht kindisch«, erwiderte Mutter. »Woher soll ich wissen, ob Sie blöd sind oder nicht? Ich kenne Sie ja nicht persönlich.«

»Jetzt verstehe ich, warum manche Leute nicht an Ausländer vermieten wollen.«

»Wir sind österreichische Staatsbürger«, bemerkte ich.

»Geh bitte! Welchen Pass ihr habts, ist doch völlig wurscht, ihr bleibts immer, was ihr seids. Herr Potzner, bitte kümmern Sie sich um die Angelegenheit. Ich möchte meine Schlüssel zurück.«

»In die Fresse!«, brüllte Vater auf Russisch. »Ich hau beiden in die Fresse.«

»Beruhige dich, beruhige dich doch«, flüsterte Mutter und fasste Vater an den Schultern. »Denk an deinen Blutdruck. Es hat keinen Sinn zu schreien. Lass uns gehen.«

»Ja, verschwinden wir!« Vater machte ein paar Schritte Richtung Tür.

»Sie händigen mir die Schlüssel aus! Jetzt, sofort! Oder wollen Sie wirklich eine Anzeige riskieren?« Herr Potzner versperrte uns den Weg.

»Zuerst Sie mir geben Sparbuch. Dann Schlüssel.«

»Oh nein. So läuft das nicht. Jetzt Schlüssel. Dann Reparatur. Dann Sparbuch.«

»Nein!«

»Doch! Sonst Anzeige. Polizei. Gericht. Ist es das, was Sie wollen? Sie ziehen den Kürzeren, glauben Sie mir. Jemand wie Sie ganz bestimmt. Wollen Sie das wirklich? Wegen tausend Schilling?«

Nach diesen Worten herrschte für einige Sekunden angespannte Ruhe, so als hätte die Zeit eine Verschnaufpause eingelegt. Wenn ich an diesen Herbsttag im Jahr 1987 zurückdenke, habe ich die Szene jenes zeitfreien Moments vor Augen. Ich sehe meinen Vater kurz vor dem völligen Kontrollverlust, gegenwärtig und entrückt zugleich, die Fäuste geballt, den Oberkörper vorgebeugt, mit einem Blick, der fast erloschen ist, und es kommt mir vor, als fließe seine ganze Spannung durch Schultern und Arme hindurch, ohne haften zu bleiben. Ich sehe den Immobilienmakler breitbeinig vor der Zimmertür stehen, etwas verunsichert, ängstlich, aber entschlossen. Die Arme auf der Brust verschränkt, den Oberkörper im Hohlkreuz, den Bauch vorgeschoben, wacht er als massiger Recke heldenhaft an vorderster Maklerfront. Ich sehe, wie sich meine Mutter mit beiden Händen am linken Ärmel von Vaters Jacke festklammert, wie sie ihn zurückhält, beschwichtigt, und ich weiß, dass sie ihn am liebsten in diesem Zimmer zurücklassen und davonlaufen würde, weil es nicht die erste Situation dieser Art ist und bestimmt nicht die letzte, und weil sie längst verstanden hat, dass sich nie etwas ändern wird. Ich sehe Frau Tschiderers blond gefärbtes Haar, die Perlenohrringe, die Fältchen im Nacken, den weißen Kragen ihres Kleides. Sie hat uns den Rücken gekehrt, weil Menschen wie sie gelernt haben, die Realität im richtigen Moment wie das Licht ihrer Nachttischlampen oder die Scheinwerfer ihrer Autos auszuschalten und den Schutz der passiven Dunkelheit zu suchen. Und ich selbst? Ich bin noch dort, wo die Auseinandersetzung begonnen hat, stütze mich am Ofen ab und warte, wie es weitergeht. Ein verhaltenes Lächeln hat sich in mein Gesicht eingebrannt. Es gelingt mir nicht, die Maske abzuschütteln, genauso wenig, wie ich aktiv in das Geschehen eingreifen kann. Ich weiß nicht einmal, ob ich ein versöhnliches Ende oder eine weitere Eskalation wünsche.

Die Zeit macht einen Sprung nach vorne.

»Wir sollten vernünftig miteinander reden«, höre ich Mutter sagen. »Einen Kompromiss finden. Herr Potzner? Wir könnten zum Beispiel einen Teil der Reparaturkosten übernehmen und Frau Tschiderer den anderen Teil. Was meinen Sie, Herr Potzner?«

»Sind wir hier auf einem Basar oder was?«, raunzt Frau Tschiderer, ohne sich umzudrehen. »Glaubts es wirklich, ich feilsch da mit euch herum. Na, echt net!«

»Die Schlüssel bitte!«, insistiert der Immobilienmakler mit fester Stimme.

Vater holt den Schlüsselbund aus seiner Jackentasche und wirft ihn Herrn Potzner vor die Füße. »Da hast du deine Schlüssel, du Hund«, sagt er auf Russisch, stößt den Immobilienmakler zur Seite, hastet aus dem Zimmer, greift im Vorraum nach seinen Schuhen, zieht sie aber nicht an, sondern läuft in seinen Pantoffeln ins Stiegenhaus und die Stufen hinunter. Mutter und ich folgen ihm, und es muss ein seltsamer Anblick für die Passanten sein, als plötzlich drei erwachsene Menschen, die ihre Schuhe in den Händen halten, auf die Straße eilen.

Fünf Winter lang hatte ich regelmäßig Holz und Briketts in unsere Wohnung hinaufgetragen. Noch heute spüre ich den Schmerz in den Armen, wenn ich daran zurückdenke. Der Gang in das Kohlengeschäft in einem Halbkellergeschoß etwa hundert Meter von unserem Haus entfernt gehörte genauso zu meinen Aufgaben wie das Einheizen und das Austragen der Asche. Nach einigen Wochen begann ich das Ritual zu genießen. Es hatte etwas Erregendes und Beruhigendes zugleich – das Knistern der dünnen Holzspäne und der alten Zeitungen, die ich zum Anheizen benützte, das Lodern der Flammen, die immer höher schossen, einem kleinen Feuersturm gleich alles mit sich rissen und schnell erloschen, wenn ich das Papier und die Späne falsch dosierte und die Abzugsklappe nicht rechtzeitig schloss. Ging ich zu hastig vor oder zögerte ich, war alles umsonst, und ich musste von vorne beginnen.

Den richtigen Moment zu erkennen, war keine Frage des Wissens, sondern des Gefühls. Der Ofen ließ sich zu nichts zwingen, sondern forderte Demut und Empathie. Wenn nach mehreren Versuchen alles geklappt hatte und die Briketts endlich brannten, reichte die Wärme bei weitem nicht für alle Zimmer aus. Im Bad stand ein Elektroheizer, den ich in besonders kalten Nächten in mein Zimmer trug und neben mein Bett stellte.

Sobald das Feuer verloschen war, öffnete ich stets die Ofentür und betrachtete die Briketts, die sich in den vorangegangenen Stunden transformiert hatten – von schwarz zu hellrot, von hellrot zu weinrot und orange, um danach immer dunkler und schließlich hellgrau und beinahe so leicht wie Luft zu werden. Es faszinierte mich, dass die gewichtigen Quader aus Kohle, die ich am Vortag mühsam die Stufen hinaufgeschleppt hatte, jetzt nur mehr aus Asche bestanden, dass sie aber dennoch zur Gänze, bis hin zum eingestanzten Firmenlogo, ihre Form beibehalten hatten. Wenn ich sie berührte, zerfielen sie, und ihre Reste legten sich wie ein silberner Überzug auf meine Finger.

Die Ofentür. In den letzten fünf Jahren hatte ich sie hunderte Male geöffnet und geschlossen, aber ich konnte mich nicht mehr erinnern, ob der Sprung, der mir so vertraut war, als wäre er ein Symbol für die Hitze im Winter, schon im Herbst 1982 da gewesen oder erst in den folgenden Monaten oder noch später entstanden war. Meine Eltern hatten die Liste, auf der die Möbel und alle anderen Einrichtungsgegenstände verzeichnet waren, unterschrieben, ohne auf die Details zu achten oder etwas zu beanstanden.

In der Treustraße hatte ich für die Matura gelernt und einen großen Teil meiner Studienzeit hinter mich gebracht, das Aufkeimen der ersten Liebe erlebt, die ersten sexuellen Erfahrungen gemacht, meine ersten Kurzgeschichten geschrieben und den ersten Zeitungsartikel verfasst. Die Welt um mich hatte sich unterdessen radikal verändert. Das Österreich des Jahres 1987 unterschied sich wesentlich von dem Land, das es fünf Jahre zuvor gewesen war. Eine ganze Epoche lag hinter mir. Die Ereignisse und Lebensumstände von 1982 erschienen mir unwirklich und verzerrt.

Konnte es sein, dass Frau Tschiderer recht und meine Eltern unrecht hatten? Hatte uns die Erinnerung einen Streich gespielt, oder wollte die Besitzerin der Wohnung tatsächlich auf unsere Kosten einen Schaden beheben, deren Verursacher wir nicht waren?

»Darum geht es doch nicht!«, empörte sich Ortrun. »Es ist grauenvoll, was diese Frau und der Makler zu euch gesagt haben. Wie sie euch behandelt haben.«

»Es gibt Schlimmeres.«

»Es tut mir sehr leid, dass du das erleben musstest. Während du das erzählt hast, bin ich richtig wütend geworden.« Sie hatte Tränen in den Augen.

»Das ist alles nicht wichtig. Allein die Tatsache, dass es dich gibt, ist das größte Geschenk, das mir das Schicksal machen konnte.«

»Manchmal wünschte ich mir, ich wäre in einem anderen Land auf die Welt gekommen«, sagte Ortrun.

»Dann wärst du nicht du, und das wäre schade.«

Früher hatten die Menschen geschwiegen. Jetzt sprudelte alles aus ihnen heraus wie Gift aus einer geplatzten Eiterbeule. Ortrun brauchte nicht zu wissen, was ich oft zu hören bekam und was ich dabei empfand. Den Vorfall in unserer alten Wohnung konnte ich ihr freilich nicht verschweigen. Sie hatte sofort gemerkt, wie aufgewühlt ich war. Ich wollte sie weder belügen noch das Offensichtliche leugnen. Am Abend zuvor hatte ich einen Beschwerdebrief meines Vaters an die Innung der Immobilienmakler und Vermögenstreuhänder aus dem Russischen ins Deutsche übersetzt und jetzt wollte ich Ortruns Meinung dazu hören.

In seinem Brief bezichtigte Vater sowohl Frau Tschiderer als auch Herrn Potzner der Ausländerfeindlichkeit und des Betrugs, wobei er die entsprechenden Passagen als Fragesätze formulierte, um sich »rechtlich unangreifbar« zu machen. *Ist Herr Karl Potzner, als Immobilienmakler bislang geachtetes Mitglied Ihrer Innung, ein Betrüger? Hat er wider besseren Wissens gehandelt?*, hieß es am Ende des Schreibens. *Dies zu beurteilen, überlasse ich Ihnen, geschätzte Herren, nachdem ich den Sachverhalt ausführlich geschildert und somit zu Ihrer Kenntnisnahme gebracht habe.*

Bevor ich den Text übersetzte, hatte ich zaghaft gegen den Ausdruck »Betrüger« protestiert. »Keine Angst«, entgegnete

Vater. »Eine rhetorische Frage ist, streng rechtlich betrachtet, keine Behauptung. Ich kenne mich aus. Schließlich bin ich Jurist.«

»Aber wir sind in Österreich. Du hast in der Sowjetunion studiert, und das war Anfang der fünfziger Jahre.«

»Glaube mir, in jedem einigermaßen zivilisierten Land ist mein juristisches Grundverständnis für einen solchen Brief ausreichend.«

Ich war davon nicht überzeugt, Ortrun auch nicht, aber sie konnte mir keinen Rat geben. Ortrun studierte Germanistik und Geschichte. Von rechtlichen Spitzfindigkeiten hatte sie keine Ahnung. »Wir könnten Erich fragen«, meinte sie. »Oder jemand anderen. Ein Schwager von Tante Sieglinde ist Rechtsanwalt. Der beste! Er kann und weiß alles. Wenn du morgen auf dem Stephansplatz vor hundert Leuten zehn Menschen erschießt, wird er dich trotzdem freibekommen, weil er vor Gericht beweisen kann, dass sich alle hundert Zeugen geirrt haben. Soll ich mit ihm reden?«

»Oh nein, bitte nicht! Red bitte mit niemandem über diese Sache. Außerdem muss ich den Brief noch heute wegschicken. Das habe ich meinem Vater versprochen.«

»Auf ein paar Tage kommt es doch nicht an.«

»Versprochen ist versprochen.«

In Wirklichkeit wollte ich mit Ortruns Familie nichts zu tun haben. Erich zählte ich schon seit langem nicht mehr zu meinen Freunden. Nach dem Frühlingsfest seiner Eltern war ich auf Distanz zu ihm gegangen. Dass seine Cousine nun meine Freundin war, änderte daran nichts. Im Gegenteil – ich war es leid, mir Erichs schlüpfrige Bemerkungen anzuhören, und versuchte deshalb, ihm aus dem Weg zu gehen.

Ich hatte Ortrun vor einem halben Jahr zufällig wiedergetroffen, im Paternoster des Neuen Institutsgebäudes. Drei Tage später besuchte sie mich zu Hause. Zwei Wochen später fuhren wir an einem Wochenende ins Waldviertel. Ortruns Eltern hatten dort ein Haus, das sie meist nur im Sommer nutzten.

Ich konnte mein Glück kaum fassen. Noch weniger konnte ich glauben, dass ich die richtigen Worte und Gesten zum richtigen Zeitpunkt gefunden hatte. Das erste Kompliment, die erste Anspielung, die erste Berührung, der erste Kuss – alles schien perfekt gelaufen zu sein. Jahrelang hatte ich darüber nachgedacht, was ich falsch machte. War ich nicht geistreich und witzig genug? Fehlte mir die anmaßende Verwegenheit, die zupackende Selbstsicherheit, die ich bei anderen jungen Männern zu erkennen glaubte? Oder war ich nicht einfühlsam genug? Ich hatte mir Strategien zurechtgelegt, mit Freunden gesprochen, schöne Sätze auswendig gelernt, Ratgeber gelesen und in Romanen nach Antworten gesucht. Doch als ich mich verliebte und meine Liebe erwidert wurde, ergab sich alles von selbst. Wenn ich geahnt hätte, dass es so kommen würde, hätte ich mir einiges erspart. Die beste Strategie wäre gewesen, keine Strategie zu haben und nicht nachzudenken. Warum hatte mir das niemand gesagt?

Ich hatte noch nicht alle Kisten und Koffer ausgepackt. Auf dem Schreibtisch stapelten sich Bücher, Manuskripte und Studienunterlagen. Unterwäsche, Hemden und Hosen lagen auf dem Boden. Den Schrank hatte ich noch nicht eingeräumt. Die einzige Sitzgelegenheit wäre das Bett gewesen, aber Ortrun und ich hatten ohnehin nicht vor zu sitzen. Vater machte währenddessen einen Spaziergang. Er war froh, dass ich endlich eine Freundin hatte, und verhielt sich diskret.

Ortrun hatte langes, blondes Haar und blaue Augen. Sie trug fast immer Kleider und Röcke, lächelte die meiste Zeit und gab Vater höfliche Antworten auf seine Fragen. Damit entsprach sie seinen Erwartungen. Er bezeichnete sie als »nettes Mädchen« und meinte, sie sei »herzeigbar«. Er selbst habe immer hübsche Freundinnen gehabt. Selbstverständlich sei keine von ihnen so schön gewesen wie meine Mutter. Dass Ortruns Vater Burschenschafter und der Großvater ein alter Nazi war, verschwieg ich. Glücklicherweise äußerten weder mein Vater noch meine Mutter jemals den Wunsch, Ortruns Eltern kennenzulernen oder Näheres über sie zu erfahren. Aber Vater wäre nicht Vater gewesen, wenn er an Ortrun überhaupt nichts auszusetzen gehabt hätte: Sie sei »ein wenig zu simpel«, und ihre Antworten zeugten »von Herzenswärme, aber nicht unbedingt von Gedankentiefe.« Sie sei einfach schüchtern, widersprach ich und stritt den ganzen Abend mit ihm. Mutter meinte später, als wir allein waren, ich solle mich nicht über Vater aufregen. »Warum widersprichst du ihm? Das bringt nichts. Mach es einfach so wie ich, gönn ihm die zehn Minuten, die er braucht, um dir die Welt zu erklären, lächle, gib ihm das Gefühl, wichtig zu sein, und dann triff deine eigenen Entscheidungen und mach es anders. Was bist du nur für ein Tolpatsch! Wenn du ein Mädchen wärst, bräuchte ich dir so etwas längst nicht mehr zu erklären. Vergiss nicht, dass du schon erwachsen bist. Es ist dein Leben.«

Ich lag auf dem Rücken. Ortrun hatte ihren Kopf auf meine Brust gelegt und die Augen geschlossen. Ich streichelte ihre Haare, spürte ihren Atem in meiner Achselhöhle und schwieg. Was willst du denn? Es geht dir doch gut!, sprach ich in Gedanken zu mir selbst. Wie oft bist du in deinem Leben umgezogen? Fünfzehn Mal? Oder noch öfter?

Erinnere dich an die Tage, die du früher an neuen Orten verbracht hast. Doch diesmal ist es anders. Hast du die neue Wohnung nicht würdig eingeweiht? Hattest du dir das nicht immer genau so gewünscht? Was gibt es Schöneres, als schon am ersten oder zweiten Tag, den du an einem neuen Ort verbringst, die Frau, die du liebst, in dein Bett zu holen? Was du heute erlebst, ist ein Neuanfang. Willst du dir den durch Leute wie Tschiderer und Potzner verderben lassen? Wie oft hatten Menschen wie sie Macht über dich? Aber du bist kein Kind mehr. Du brauchst dich nur abzuwenden und die Gefühle, die diese kleinen, nichtigen Menschen bei dir auslösen, abzustreifen wie den Staub nach einer langen Wanderung, wie den Schmutz einer vergangenen Zeit. Manche Gefühle sind wie Läuse. Wenn du deine Haare abschneidest und neu wachsen lässt, die alte Kleidung und die Bettwäsche verbrennst und in Zukunft besser auf deine Hygiene achtest, wirst du sie los.

In den nächsten Tagen und Wochen versuchte ich, das unangenehme Erlebnis in der Treustraße zu vergessen. Dass zu Hause kaum mehr darüber gesprochen wurde, machte die Sache leichter. Vater entschuldigte sich sogar bei Mutter und bei mir. Er habe überreagiert. Das Brüllen und die Schimpftiraden seien »zweifellos alles andere als hilfreich« gewesen, aber er sei nun einmal ein temperamentvoller Mensch und werde seinen Charakter im Alter von sechsundfünfzig Jahren nicht mehr ändern können.

Der Herbst verging. Ich recherchierte für meine Diplomarbeit, legte Prüfungen ab und traf Ortrun mit Ausnahme der Wochenenden fast jeden Tag. Es wunderte mich, dass ihre Eltern immer noch nicht wussten, dass sie einen Freund hatte und wer dieser Freund war, obwohl dies inzwischen fast allen anderen Familienmitgliedern, ihrer Schwester Ute, Erich und dessen Eltern, Tanten und Onkeln und deren Kindern bekannt war. Doch entweder hielt die eiserne Mauer des Schweigens, oder Ortruns Vater maß der Tatsache, dass seine Tochter einen Zuwanderer und Juden zum Freund hatte, keine so große Bedeutung bei, wie alle befürchteten.

Das »Gedenkjahr 1988« stand unmittelbar bevor. Der *Jüdische Club*, dessen Mitglied ich seit etwa einem Jahr war, hatte für den März einige Aktivitäten geplant, an deren Vorbereitung ich aktiv beteiligt war, und ich hätte über Frau Tschiderer, Herrn Potzner und den Sprung in der Ofentür vielleicht tatsächlich nicht mehr nachgedacht, wenn sich meine Eltern nicht zu wundern begonnen hätten, warum uns das Sparbuch mit dem restlichen Geld noch nicht retourniert worden war. Die Wohnungsübergabe lag mehr als einen Monat zurück. Wie viel Zeit brauchte man, um eine Ofentür austauschen zu lassen? Auf Vaters Wunsch übersetzte ich einen weiteren Brief von ihm, der an die Immobilienmaklerinnung adressiert war. Anfang Dezember schickte ich Briefe an Herrn Potzner und an Frau Tschiderer, die ich höflicher formulierte, als es Vater von mir verlangt hatte. Antwort erhielten wir erst nach den Weihnachtsfeiertagen. Ich hatte mir einen freien Tag gegönnt und sah fern, als Vater mit zwei Briefen in der Hand ins Zimmer stürmte. Einer kam von der Immobilienmaklerinnung, der andere von Herrn Potzner.

In beiden Briefen stand inhaltlich dasselbe: Als die Wohnung an uns vermietet worden sei, habe der Ofen weder Sprünge noch andere Fehler oder Makel gehabt, was mein Vater durch seine Unterschrift bestätigt habe. Neuanschaffung und Reparatur seien demnach zu Recht auf unsere Kosten erfolgt. Eine Kopie der Rechnungen über insgesamt

1500 Schilling werde uns mit einem gesonderten Brief zugestellt. Das Sparbuch *mit dem von der ursprünglich hinterlegten Kaution von 9000 Schilling verbliebenen Restbetrag in der Höhe von 7500 Schilling* werde uns ausgehändigt, sobald sich mein Vater für sein Verhalten am Tag der Wohnungsübergabe bei Herrn Potzner schriftlich entschuldigt habe.

»Was?«, schrie Vater. »Die spinnen doch!«

Ich wiederholte einen Satz aus dem Brief, den wir von der Innung erhalten hatten: *»Verbale Entgleisungen gegenüber einem Mitglied unserer Innung sowie beleidigende Gesten wie das Werfen eines Schlüsselbundes vor die Füße oder Ähnliches können keineswegs toleriert werden.«*

»Aber was hat unsere Kaution damit zu tun, dass er sich beleidigt fühlt?« Vater lief, die Hände hinter dem Rücken verschränkt, im Zimmer auf und ab. »Das ist doch … Das ist doch … rechtlich betrachtet kompletter Unfug.« Er keuchte. »Wenn er will, kann er mich wegen Ehrenbeleidigung klagen. Die Kaution ist ein völlig anderer Fall. Da geht es um die Wohnung und nicht um seine Person. Wie kann er diese beiden Sachen vermischen? So etwas kann er doch nicht machen! Wir sind in einem europäischen Land und nicht in Sierra Leone.«

»Er ist ein Arschloch«, sagte ich. »Arschlöcher gibt es bekanntlich in allen Hautfarben und Schattierungen.«

»Und die Innung?«

»Das ist seine Berufsvertretung. Natürlich ist sie auf seiner Seite. Was hast du denn erwartet? Wir hätten uns an die Arbeiterkammer wenden sollen, aber du wolltest ja nicht auf mich hören.«

»Die werden mich noch kennenlernen!«

»Ich rufe Potzner an und rede mit ihm. Jetzt gleich. Dann schauen wir weiter.«

Vater schaltete das Fernsehgerät aus und ließ sich auf das Sofa fallen.

»Wenn ich so gut Deutsch könnte wie du, würde ich das selbst erledigen. Dann würde ich ihm Sachen erzählen, dass er nicht mehr wüsste …«

»Ja, ja, ja«, unterbrach ich ihn. »Das behauptest du seit fünfzehn Jahren. Gib mir lieber seine Telefonnummer.«

Ich riss ihm den Brief aus der Hand.

»Sollten wir nicht vorher mit deiner Mutter über alles reden?«, fragte er leise.

»Wozu? Sie würde dasselbe sagen wie ich. Außerdem ist sie bei der Arbeit. Sie kann uns jetzt nicht helfen.«

Vater gab nach und zog sich wieder auf das Sofa zurück. Je unsicherer und nervöser er wurde, desto mehr sackte sein Körper in sich zusammen. So wie er jetzt auf dem Sofa hockte, erinnerte er an einen Frosch in T-Shirt und kurzer Hose. Unsere neue Wohnung hatte eine Zentralheizung. Meine Eltern hatten diese nach sowjetischer Tradition bis zum Anschlag aufgedreht. Das ermöglichte Vater, tagelang im Pyjama oder in Boxershorts mit nacktem Oberkörper herumzulaufen. Er verbrachte Stunden vor dem Fernsehgerät, kannte alle Fußball-Europacupergebnisse auswendig, versäumte keinen Krimi und ging immer seltener aus dem Haus. Es war schwer zu glauben, dass er erst sechsundfünfzig war.

»Mach ihm die Hölle heiß, und vergiss nicht zu erwähnen, dass er zwei Bereiche, die rechtlich überhaupt nichts miteinander zu tun haben, keinesfalls verbinden darf«, instruierte mich Vater.

»Lass mich nur machen! Ich weiß, wie ich mit ihm reden muss. Schließlich bin ich ein echter Wiener. Das hat dieser Typ selbst gesagt.« Ich kehrte Vater den Rücken, nahm den Hörer in die Hand und wählte die Nummer.

Ich wünschte mir, man würde die Fenster öffnen. Aber der Frühling und die Wärme bleiben ausgesperrt, während sich die Kälte in meinem Inneren festsetzt. Schon streckt sie ihre eisigen Finger nach meinem Hals aus, macht sich mit tausend Nadelstichen am Rücken bemerkbar, lässt Zehen und Fingerspitzen erstarren. Die Klimaanlage lasse sich nicht abstellen, teilte mir Tanya vor Beginn der Lesung mit Bedauern mit. Israel sei nun einmal ein Land der Extreme. Wer nicht schwitzen wolle, müsse frieren.

Ich klappe das Heft zu, bedanke mich für die Aufmerksamkeit, presse die Handflächen gegen die Oberschenkel, ziehe die Schultern hoch, strecke die Hand nach dem Wasserglas aus. Eine Tasse Tee wäre mir jetzt lieber. Ich habe etwas mehr als eine Stunde gelesen.

»Und weiter?«, fragt jemand aus dem Publikum. »Wie endet die Geschichte?«

»Weiter bin ich noch nicht gekommen«, sage ich. »Die letzten zwei Seiten habe ich gestern in einem kleinen Restaurant in der Altstadt geschrieben.«

»Ein offenes Ende ist immer reizvoll, viel schwerer ist es, die Tür zu finden, die man wirklich offen lassen möchte«, meint Tanya. »Jedenfalls denke ich, dass wir genug Stoff für ein Publikumsgespräch haben. Ich selbst würde ja gerne etwas erfahren, das zwar nicht unmittelbar auf den Inhalt der Lesung Bezug nimmt, aber dennoch …« Tanya kommt nicht dazu, den Satz zu beenden. Stattdessen höre ich eine tiefe männliche Stimme aus einer der hinteren Reihen. »Sagen Sie, was bedeutet für Sie eigentlich Heimat?«

»Nun gut, Heimat ist natürlich ein mehrdeutiger und dehnbarer Begriff …«

»Heimat im engeren Sinne«, präzisiert jemand am anderen Ende des Saals. »Im engsten Sinne.«

»Sie meinen, was mich vor Rührung zum Schluchzen bringt?«

»So romantisch sind wir nun auch wieder nicht. Wenn Ihnen der Begriff Heimat nicht gefällt, dann meinetwegen Vaterland, Mutterland …«

»Tantenland«, sage ich.

»Die Definition überlasse ich Ihnen.«

Die Heimat-Frage wurde mir in den letzten zehn Jahren mindestens dreihundert Mal gestellt, und ich möchte schon zu einer elegant formulierten, umfassenden Antwort ansetzen, die viel beinhaltet, aber wenig offenlegt, doch Tanya lässt mich nicht zu Wort kommen. »Bevor du auf Heimat im engeren und im übertragenen Sinne eingehst, möchte ich erfahren, was dir bei deiner Reise in Israel besonders aufgefallen ist? Oder, genauer formuliert: Was war hier anders? Hier, in deinem Tantenland.«

»Die Selbstverständlichkeit«, sage ich. »Die Selbstverständlichkeit, bestimmte Dinge nicht erklären zu müssen.«

Die Schiefe

Wie am Ende jeder Lesereise kann ich nicht einschlafen. Das ärgert mich, denn für den kommenden Tag haben meine Frau und ich einen Spaziergang durch Mea Shearim, das Viertel der ultraorthodoxen Juden, und einen Stadtmauerrundgang eingeplant, und am Abend sind wir bei Tanya und ihrer Familie zum Seder eingeladen. Gegen Mitternacht falle ich in einen Dämmerzustand zwischen Wachsein und Schlaf, bin aber kurz vor eins wieder munter und bleibe bis halb zwei mit geschlossenen Augen im Bett liegen. Schließlich ziehe ich mich an, packe mein Manuskript, mein Heft, die Mappe mit meinen Arbeitsunterlagen, Stifte und zwei Mineralwasserflaschen in den Rucksack und schleiche auf Zehenspitzen, um meine Frau nicht zu wecken, aus dem Zimmer.

Die Nonne an der Rezeption leidet nicht an Schlafstörungen. Sie murmelt »Grüß Gott«, ohne die Augen zu öffnen, als sie meine Schritte hört. Die überdachte Terrasse ist menschenleer, aber sie ist beleuchtet. Ich setze mich an einen der runden Kaffeehaustische und betrachte eine Zeitlang die arabische Leuchtreklame hinter der mit einer Stacheldrahtrolle versehenen Steinmauer. Mauer und Stacheldraht sollen das Areal des Österreichischen Hospizes vor der unruhigen Außenwelt des Nahen Ostens schützen. Das Außentor ist fest verschlossen. An der Ecke Via Dolorosa und Tariq el Wad wacht außerdem Tag und Nacht eine Militärpatrouille.

Ich öffne das Heft und beginne zu schreiben:

Nach sieben oder acht Freizeichen meldete sich eine weibliche Stimme: »Büro Potzner und Moosbacher, Immobilienmakler und Vermögenstreuhänder, guten Tag.«

Ich nannte meinen Namen und fragte nach Herrn Potzner.

»Herr Potzner spricht gerade.«

»Ich kann warten.«

»Das kann aber dauern. Geben Sie mir bitte Ihre Nummer. Er ruft Sie zurück. Oder. Nein. Sie haben ein Riesenglück! Er hat gerade aufgelegt. Ich stelle Sie durch.«

»Ach, Sie sind es«, unterbrach mich Herr Potzner, kaum dass ich meinen Namen genannt hatte. »Ich dachte, es sei alles geklärt. Ihr Herr Vater soll sich bei mir entschuldigen. Sobald er das getan hat, bekommt er das Sparbuch zurück. Er kann es bei mir im Büro abholen, oder ich schicke es mit der Post, wenn ihm das lieber ist. Zuerst aber bräuchte ich eine schriftliche Entschuldigung von Ihrem Herrn Vater. Gell?«

»Das ist Erpressung. Das grenzt, und Sie nehmen es mir hoffentlich nicht übel, wenn ich das in dieser Deutlichkeit formuliere, an Betrug.«

»Erpressung? Betrug? Was redest du für einen Unsinn?«, hörte ich Vater hinter meinem Rücken. »Musst du gleich mit der Tür ins Haus fallen? Erklär ihm doch die rechtliche Seite des Problems. Die Kaution hat nichts mit einer Ehrenbeleidigung zu tun.« Ich bedeckte die Sprechmuschel mit der Hand und schrie: »Sei still! Wenn du dazwischenquatschst, verstehe ich kein Wort. Oder willst du selbst mit ihm reden?«

Vater hatte recht. Was war ich nur für ein Idiot! Ich hatte mir vorgenommen, höflich, entschlossen und selbstsicher aufzutreten, strategisch zu agieren und pointierte Sätze zu formulieren, Sätze wie Rasierklingen, mit Verve und Esprit. Ich wollte beweisen, dass ich erwachsen, gebildet und ein richtiger Europäer war. Aber ich war genauso plump wie Vater und hatte nicht mehr Esprit als ein Gemüsehändler am Naschmarkt.

»... wirft er mir den Schlüsselbund vor die Füße, und das in Gegenwart einer Kundin, ich bücke mich nicht gerne, vor niemandem, brüllt, schwärzt mich bei der Innung an, bezeichnet mich als Betrüger ...«

»Er hat Sie nicht als Betrüger bezeichnet. Im Brief war das als Fragesatz formuliert.«

»Einen Augenblick. Corinna, machst du bitte die Tür zu. Ich möchte in den nächsten zehn Minuten nicht gestört werden.«

Ich hörte die Stimme der Sektretärin im Hintergrund.

»So, jetzt reden wir Tacheles, junger Mann.«

»Ein Fragesatz«, wiederholte ich.

»Sooo! Jetzt kommst du dir aber superg'scheit vor, gell? Ich bin zwar kein Akademiker, ich hab nie studiert, ich hab nicht einmal Matura, aber ich bin nicht blöd!«

Bis zu diesem Zeitpunkt hatte sich Potzner eines gepflegten Umgangstons bedient. Das hatte sich geändert.

»Bitte duzen Sie mich nicht. Ich bin erwachsen.«

Was ich nun zu hören bekam, war alles andere als gepflegt.

»Was?«, hörte ich Vaters Stimme hinter meinem Rücken. »Was ist los? Was ist?«

Ich nahm das Telefon, trug es ins Badezimmer, schlug die Tür hinter mir zu und drehte den Schlüssel um. Das Kabel war gerade lang genug, dass ich den Apparat auf den Hocker neben dem Waschbecken stellen und mich auf den Badewannenrand setzen konnte.

»Mach sofort auf«, hörte ich Vater. »Du ruinierst das Kabel.«

»Bist du noch dran?«, fragte Potzner.

Ich schaltete das Licht ein, wischte mir mit einem Handtuch den Schweiß von der Stirn und begann zu sprechen. Herr Potzner unterbrach mich nicht. In gewählten Worten erklärte ich, dass es dem Herrn Immobilienmakler selbstverständlich freistehe, meinen Vater wegen Ehrenbeleidigung zu klagen, dass es aber keineswegs rechtens sei, das Gesetz in die eigene Hand zu nehmen. »Über die Höhe des Schmerzensgeldes oder eine mögliche Entschuldigung, geschätzter Herr Potzner, hätte ein Richter zu befinden und nicht Sie. Meine Eltern und ich können die Rückgabe der Restkaution einklagen. Jedes Gericht wird zu unseren Gunsten entscheiden, denn, bei allem Respekt, Ihre Forderungen sind willkürlich, impertinent und zeugen von einem mangelnden Rechts- und Demokratieverständnis. Dem werden Sie nicht widersprechen können.«

Endlich war es mir gelungen, meine Sätze so zu formulieren, wie es sich gehörte. Ich war stolz auf mich.

»Bei allem Respekt, Bürscherl, man sollte dir den Hintern versohlen und dich zurückschicken, wo du hergekommen bist, zurück hinter den Eisernen Vorhang. Was glaubst du eigentlich, wer du bist? Du willst mich klagen? Du? So ein Würstl wie du will mir drohen? Ihr wollts mich klagen? Nur zu. Ihr werdet schon sehen, wer die besseren Trümpfe in der Hand hat. Habt ihr eine Rechtsschutzversicherung?« Ich schwieg. Natürlich hatten wir keine.

»Ich gehe zur Arbeiterkammer.«

»Bitte sehr, wennst meinst. Wenn ich du wäre, würde ich allerdings keinen Staub aufwirbeln. Wer im Glashaus sitzt, soll nicht mit Steinen werfen. Denk an die Wohnung, in die ihr gerade übersiedelt seid …«

»Ähm, also ich …«

»Wer hat mehr zu verlieren? Überleg dir das gut, bevor

du dich aufpudelst. Ich will von deinem Vater eine schriftliche Entschuldigung. Dann ist die Sache erledigt. Punkt. Und jetzt vergeude nicht weiter meine Zeit«, sagte Potzner und legte auf.

Ich lief aus dem Badezimmer und griff nach meinem Mantel. Vater überhäufte mich mit Fragen, aber ich stieß ihn zur Seite und rannte aus der Wohnung, die Treppe hinunter und hinaus auf die Straße, hastete zum Gaußplatz und von dort am Donaukanal entlang Richtung Innenstadt.

»Den bring ich um!« Ich ballte die Fäuste. Ich trat gegen eine leere Bierdose und beförderte sie in den Fluss.

»Ich reiße ihm die Zunge heraus, brate sie und esse sie zum Frühstück. Nein, ich schicke sie per Einschreiben an seine Innung.«

Eine alte Frau warf mir einen erstaunten Blick zu.

»Was?«, schrie ich sie an. »Glotz nicht so!«

Das Erstaunen in ihren Augen wich der Angst.

»Was ist?«

Sie beschleunigte den Schritt. Ihr Gehstock klapperte über den Asphalt. Nach etwa zwanzig Metern blieb sie stehen, drehte sich um, schüttelte den Kopf. Ich senkte den Blick. Es war mir peinlich, dass ich die Kontrolle verloren hatte.

Ich knöpfte den Mantel zu und stellte den Kragen auf, um meinen frierenden Nacken zu bedecken. »Emotionen sind wie scharfe Hunde, du solltest sie an der kurzen Leine halten«, murmelte ich, diesmal leise genug, um andere nicht zu belästigen. »Statt zu schimpfen, solltest du deinen Verstand gebrauchen, die Situation analysieren und eine Lösung finden. Wut bringt nichts. *Hüte dich davor, dass du solche Gefühle gegenüber Unmenschen hast wie diese gegenüber den Menschen*, hat schon Marc Aurel vor zweitausend Jahren geschrieben.«

Ich hatte Marc Aurels *Selbstbetrachtungen* kurz nach der Matura von Rita, einer Freundin meiner Eltern, geschenkt bekommen. Inzwischen kannte ich Teile daraus auswendig und imponierte meinen Studienkollegen, indem ich daraus zitierte. *Unmöglichem nachzujagen ist Wahnsinn. Wie du gelebt haben wolltest, wenn du am Ende deines Lebensweges angelangt wärst, so versuche schon jetzt zu leben.* Ich bring ihn um! *Prüfe alles nach den Grundsätzen der Physik, der Ethik und der Logik.* Alle Immobilienmakler sind von Natur aus Arschlöcher! *Nicht in den Chor der Jammernden einstimmen, nicht toben. Die Vernunft in deiner Gewalt behalten!* Ich bring ihn um!

Offenbar hatte ich wenig mit Marc Aurel gemeinsam. Meinen Gefühlen konnte ich nicht mit der abgeklärten Gelassenheit des berühmten römischen Kaisers begegnen, und meine ohnmächtige Wut war so groß, weil Potzners Andeutungen, was unsere neue Wohnung betraf, nicht aus der Luft gegriffen waren. Der Besitzer der Wohnung war ein Arbeitskollege meiner Mutter, der ein Haus am Stadtrand gekauft hatte und uns nun in seiner von der Gemeinde Wien geförderten Genossenschaftswohnung wohnen ließ. Geförderte Wohnungen waren billiger als andere, durften aber nicht vermietet werden. Wenn er wollte, konnte Potzner nicht nur meine Eltern, sondern auch den Besitzer der Wohnung in Schwierigkeiten bringen. Der Immobilienmakler hatte seine Hausaufgaben gemacht und Erkundigungen über uns eingeholt. Warum hatte ich nicht früher daran gedacht? Wer mit einer Klage droht, sollte darauf achten, nicht selbst erpressbar zu sein. Meine Eltern und ich waren wieder dort, wo wir hingehörten: im Hinterhof der Gesellschaft.

Zwei, höchstens drei Stunden bis zum Sonnenaufgang.

Meine Frau ist auf die Terrasse gekommen. »Willst du die ganze Nacht schreiben?«, fragt sie.

»Du solltest eine Jacke anziehen«, sage ich.

Die Jerusalemer Aprilnacht ist kühl, doch meine Frau beteuert, sie habe ohnehin nicht vorgehabt, mir Gesellschaft zu leisten. Sie wollte nur sichergehen, dass ich das Gelände des Hospizes nicht verlassen hatte. Sie habe befürchtet, ich sei auf die Idee gekommen, einen Nachtspaziergang durch die Altstadt zu machen.

»Warum eigentlich nicht? Die Araber sind um diese Zeit alle in ihren Betten. Ich brauche mich also nicht zu fürchten.« Sie findet das nicht lustig. Ich sollte wenigstens ein paar Stunden schlafen, wenn ich für das Besichtigungsprogramm und die Seder-Feier fit sein wolle.

»Ich glaube nicht, dass ich in Israel jemals fit gewesen bin.«

Wir steigen über eine schmale Steintreppe auf den Mauervorsprung hinauf, von dem man auf die Straße hinunterschauen kann. Bis auf drei Soldaten, die Wache schieben, ist die Kreuzung leer. Die Leuchtreklame blinkt nicht mehr, und nur die Fensterscheiben des gegenüberliegenden Hauses reflektieren das Mondlicht, so als würden sie aus dem Inneren heraus leuchten. Als ich ein Kind war, hatte mir Mutter erklärt, der Mond bestehe aus Käse. Ich hatte ihr geglaubt. Wenn ich meine Arme ins Mondlicht tauchte, nahmen sie eine käsige Farbe an, und wenn ich sie abschleckte, schmeckten sie nach Käse. Mit der Erinnerung ist es ähnlich. Man muss sie ins richtige Licht rücken, um ihr Geschmack zu verleihen. Keine der Szenen, die in meinen Büchern in Wien spielen, habe ich jemals in Wien geschrieben. Wenn ich aus meiner Erinnerung schöpfe wie Wasser aus einem Brunnen, muss ich auf festem Grund stehen, auf dass ich nicht ausrutsche und vom schweren Eimer in die Tiefe gezogen werde. Ich weiß noch nicht, ob der Jerusalemer Boden fest genug für mich ist.

»Wie man sich bettet, so liegt man«, erklärte Vater. »Wer bellt, den hält man für einen Hund, und Hunde, die beißen, werden erschossen. Wer diese drei Grundregeln des Lebens verstanden hat, braucht keinen Psychotherapeuten.« Als »bekennender Choleriker« habe er sich zwar nicht immer unter Kontrolle, aber er erkenne den richtigen Zeitpunkt, um loszulassen. Selbstverständlich werde er sich bei Herrn Potzner nicht entschuldigen. Der Niedertracht könne man keine Grenzen setzen, der Selbsterniedrigung schon. Die Kaution sei verloren. Nachdem der Immobilienmakler nun einmal Kenntnis davon habe, dass wir illegal in einer geförderten Genossenschaftswohnung leben, dürfen wir es nicht riskieren, weitere Schritte gegen ihn zu unternehmen. Mutter widersprach ihm nicht, obwohl sie es war, die jeden Morgen zur Arbeit fuhr und Geld verdiente. 7500 Schilling waren ein halbes Monatsgehalt, aber es hätte keinen Sinn gehabt, Vater umstimmen zu wollen. Zwei Abende lang redeten meine Eltern über das Vorgefallene. Vater schimpfte. Mutter beschwichtigte. Ich schwieg. Danach kehrte der Alltag wieder in unser Leben ein. »Man muss wissen, wann man eine Schlacht verloren hat«, sagte Vater. Ich jedoch wollte mich mit einer Niederlage nicht abfinden.

Eine verlorene Schlacht bedeutet noch keinen verlorenen Krieg, dachte ich und zog mich grimmig in mein Zimmer zurück. In Carl von Clausewitz' Klassiker *Vom Kriege* fand ich den Satz: *In der Welt kommen die Dinge anders, als man es sich gedacht hat, und sehen in der Nähe anders aus als in der Entfernung.* Sollte ich demnach den Dingen nicht lieber auf den Grund gehen, bevor ich resignierte? Zufälle, die wir nicht steuern können, bestimmen unser Leben. *Hoher Mut und innere Stärke widerstehen ihnen, wie der Fels dem Geplätscher der Wellen. So kann nur eine große Willenskraft ans Ziel führen, die sich in einer von Welt und Nachwelt bewunderten Ausdauer kundtut.* Ich musste Clausewitz auch in diesem Punkt recht geben, obwohl mich die Kapitel, in denen rein militärische Fragen behandelt wurden, wenig interessierten. Ein amerikanischer Ökonom, der in Wien als Gastdozent Geld- und Portfoliomanagement unterrichtete, hatte mich auf dieses Buch aufmerksam gemacht. In seiner Vorlesung pries er es als »wertvolle Lektüre für angehende Bankdirektoren und Leiter von Investmentfonds« an. Trotzdem wusste niemand, dass ich dieses Buch besaß. Dass sich ein russischer Jude, der in Österreich lebte und nach dem Studium Zivildienst machen wollte, für einen preußischen General und dessen militaristische Gedanken interessierte, war, wie ich glaubte, nicht nur peinlich, sondern ein falsches Signal, das Schaden anrichten konnte.

Strategie, Taktik, ein schneller Vormarsch, offensive Verteidigung, eine Entscheidungsschlacht. Clausewitz' Gedanken beeindruckten mich, aber ich wusste noch nicht, wie ich sie praktisch umsetzen sollte, und so blieb es vorerst still an der Immobilienmaklerfront.

Ich ließ mich von Ortrun trösten, verbrachte aber die meiste Zeit hinter meinem Schreibtisch, schrieb in mein Tagebuch und hörte Musik. Aber nicht einmal die Lieder der russischen Barden Bulat Okudschawa und Wladimir Wysozkij oder der Pop-Sängerin Alla Pugatschowa, die mich als Teenager jahrelang begleitet hatten, vermochten mir in diesen Tagen Kraft zu geben. Mit fünfzehn hatte ich die Erfahrung gemacht, dass mich Musik, wenn sie in meiner Muttersprache vorgetragen wurde, erschüttern und aus dem Lot bringen, dass sie Wut und Ängste auslösen konnte und dass ich mich danach trotzdem besser fühlte. Aber ich war nicht mehr fünfzehn. Mein Russland war ein Phantasieort, an dem sich meine eigenen Erinnerungen mit den Erzählungen von Eltern und Freunden vermischt und die Grenzen von Realität und Vorstellung aufgehoben hatten. Dieser irreale Ort war mit den Jahren ausgedorrt und farblos geworden. Er war kein Refugium mehr.

Ich legte eine Kassette nach der anderen ein, drehte die Musik lauter:

»Wer ein Boot besteigt und wirft die Ruder fort,
den verschleppt die Unleichte an einen bösen Ort …«
»Aus der Dunkelheit such ich den Weg hinaus,
geh stets im Kreis und komme aus der fremden Spur
nicht raus.«

Ich war, wie ich in meinem Tagebuch vermerkte, *der Ewige Jude im Hamsterrad, ein Lebensunkünstler mit einem Hang zur melancholischen Selbstüberhöhung, alles in allem sehr gewöhnlich.*

Wenn Ortrun mich besuchte, legte sie eine Platte von Madonna auf. *Papa, don't preach* mochte sie besonders. Sie hörte es sich immer mehrmals hintereinander an. Für mich war Madonna ein Pop-Sternchen, das in wenigen Jahren vergessen sein würde, aber ich wollte Ortrun nicht enttäuschen und tat so, als sei ich begeistert.

»Es geht dir nicht gut, nicht wahr?«, fragte Ortrun besorgt.

»Doch, doch. Wieso sollte es mir schlecht gehen? Ich liege gut in der Zeit. Alles nach Plan. Die Donau fließt weiterhin ins Schwarze Meer, die U-Bahnen sind pünktlich, und der Kleine Braune im Café Schottenring schmeckt vorzüglich. Hast du übrigens bemerkt, dass mein Bett in der neuen Wohnung viel größer ist als das in der alten? Wenn wir wollen, können wir sogar quer liegen. Sollen wir das ausprobieren?«

Wenn sie mich nach solchen Sätzen angeschrien oder geohrfeigt hätte, wäre es mir besser gegangen. Stattdessen umarmte sie mich, redete mir gut zu, sanft und nichtssagend, und ich hatte keine andere Wahl, als mich zu entschuldigen, zu beschwichtigen, und die Worte torkelten aus meinem Mund heraus und verflüchtigten sich auf der Stelle.

Eines Tages hielt ich es zu Hause nicht mehr aus. Ich machte einen Spaziergang durch die Stadt und verbrachte den Nachmittag im Café Schottenring. Unter Menschen und dennoch allein zu sein, tat mir gut. Also ging ich am nächsten und am übernächsten Tag wieder ins Kaffeehaus. Ortrun sah ich in dieser Woche nicht. Wir hatten beschlossen, eine Pause einzulegen.

Am vierten Tag stellte mir der Kellner den Kleinen Braunen ungefragt auf den Tisch. Gegen vierzehn Uhr servierte er Würstel mit Senf, um sechzehn Uhr die Melange und den Apfelstrudel und zwei Stunden später die Sachertorte mit Schlag und den Tee mit Milch. Meine Eltern wären entsetzt gewesen, wenn sie gewusst hätten, wie viel Geld ich sinnlos verschwendete.

Die Prüfungen lagen hinter mir, aber die Semesterferien hatten noch nicht begonnen. Eigentlich hätte ich diese Zeit nützen sollen, um zu recherchieren und meinem Professor die neueste Fassung des ersten Kapitels meiner Diplomarbeit vorzulegen, doch *Wettbewerbsverschiebungen im exponierten Sektor* interessierten mich in diesen Tagen wenig. Stattdessen las ich Tschechows *Langweilige Geschichte*, blätterte zwischendurch in Marc Aurels *Selbstbetrachtungen*, überflog einen Roman von Charles Bukowski, ohne beeindruckt zu sein, versuchte es mit Nabokovs *Lolita*, kam aber über die ersten drei Seiten nicht hinaus, verschlang einen Erzählband von Hermann Kesten und einen weiteren von James Baldwin, dessen literarische Qualität ich nach einigem Nachdenken über der von Kesten, Bukowski und Nabokov ansetzte, und schrieb eine Kurzgeschichte, die ich später vernichtete. Nebenbei arbeitete ich an einem Artikel, dessen Fertigstellung ich den Herausgebern der jüdischen Studentenzeitschrift *Nachon* bis zum 1. Februar versprochen hatte.

Am 6. Jänner war Simon Wiesenthal während eines öffentlichen Interviews auf der Bühne des Wiener Theaters in der Josefstadt, das vom österreichischen Fernsehen live übertragen wurde, von einem Mann aus dem Publikum, einem bekannten Neonazi, beleidigt worden. Er hatte Wiesenthal als Mörder und Betrüger bezeichnet und zusammen mit zwei Komplizen Flugblätter mit NS-Propaganda auf die Bühne und in den Zuschauerraum geworfen. »Ich glaube … das ist … das ist Österreich«, schrie der Journalist, der das Interview führte. »Das ist Österreich 1988 …« Wiesenthal selbst reagierte gelassen. Er war es gewohnt, angegriffen zu werden.

Im *Jüdischen Club* löste die Attacke heftige Diskussionen aus. Mir wurde die Aufgabe übertragen, einen Artikel darüber zu schreiben. An meinem vierten Kaffeehaustag beschloss ich, diesen Artikel endlich abzuschließen, bestellte einen weiteren Kleinen Braunen und schrieb: *Für meinen Vater sind Fäuste, Knüppel oder Eisenstangen die einzig zulässigen Kommunikationsmittel mit Antisemiten. Ich bin mit meinem Vater selten einer Meinung, aber in diesem Punkt muss ich ihm recht geben. Wir haben unseren Stolz. Jahrhundertelang wurden wir verfolgt und erniedrigt, wurde uns vermittelt, wir seien in unserer eigenen Heimat, ob in Österreich oder Deutschland, Polen, Ägypten oder Russland, nicht zu Hause. Man hat uns vertrieben, gefoltert, erschossen, in Gaskammern erstickt oder zu Tode hungern lassen. Sollen wir, nach allem, was geschehen ist, an einem Ort wie Wien, in einem Land wie Österreich, weiterhin vernünftig bleiben und still erdulden, was uns angetan wird? Sollen wir Antisemiten zu überzeugen versuchen, dass wir nicht schlechter sind als andere Menschen? Sollen wir beteuern, dass wir Österreich lieben und niemandem etwas Böses wollen, um die Gojim versöhnlich zu stimmen, um sie zu besänftigen, um ihre Gefühle nicht zu verletzen, damit sie uns endlich alles verzeihen, was sie uns angetan haben? Nein, unsere Geduld ist erschöpft. Wir sind IHNEN nichts schuldig. SIE sind uns etwas schuldig. Ich habe den Österreichern, die keine Antisemiten sind, absolut nichts vorzuwerfen und halte jegliches Gerede von der Kollektivschuld für schwachsinnig. Was wir von den Nichtjuden fordern, ist allerdings, dass sie ihre Antisemiten disziplinieren, damit sie uns endlich in Ruhe lassen. Wenn sie es nicht tun, dann tun wir es.*

Wir sollten den Antisemiten, der Wiesenthal als Lügner und Betrüger bezeichnet hat, ausfindig machen und ihm die Beine brechen. Das wären sehr überzeugende Argumente, uns in Zukunft zu respektieren und nie mehr einen Holocaust-Überlebenden zu beleidigen …

Ich trank den Kaffee aus und lehnte mich zurück. Den letzten Absatz würde ich wahrscheinlich nicht durchbringen. Edith, Chefredakteurin des *Nachon*, eine Medizinstudentin kurz vor dem Abschluss, würde gewiss keine Freude mit meinen Gewaltphantasien haben. Schon das letzte Mal hatte sie einige Sätze, die ich formuliert hatte, entschärft, die Worte *gemein* durch *unfair* und *niederträchtig* durch *unethisch* ersetzt.

Für Edith war Österreich kein *mieses Land der Gnome*, sondern ein *unsympathischer Zwergenstaat*, was für mein Ohr weitaus schlimmer klang.

Je mehr ich über meinen letzten Absatz nachdachte, desto besser gefiel er mir. Ich stellte mir vor, wie ein paar kräftige junge Burschen aus dem *Jüdischen Club* den Antisemiten in eine Falle lockten und verprügelten. Eine Eisenbahnunterführung am Stadtrand, ein Waldstück im Prater oder ein altes Fabrikgelände würden sich gut dafür eignen. Betteln sollte er, hüpfen sollte er, *Chawa Nagila Chawa* singen sollte er. Um nicht erkannt zu werden, würden wir uns als orthodoxe Juden verkleiden und Theodor-Herzl-Masken tragen. *Wenn ihr wollt, ist es kein Traum*, schrieb ich in mein Heft.

Ich bestellte einen weiteren Kaffee und malte mir mit Genuss die Szene aus: Zehn Juden mit Zobelmützen, schwarzen Mänteln, aufgeklebten Pejes und Theodor-Herzl-Masken verprügeln abends hinter dem Lusthaus im Prater einen Antisemiten.

Und dann beschneiden sie ihn.

Ich sah die Schlagzeilen in der *Kronen Zeitung* vor mir: *Neonazi von jüdischen Gangstern beschnitten. Präsident der Israelitischen Kultusgemeinde entschuldigt sich. Kaftan-Juden greifen zu Selbstjustiz.*

Je länger ich nachdachte, desto mehr glich der Mann in meinen Phantasien dem Immobilienmakler Potzner. Je länger ich phantasierte, umso detaillierter und realistischer wurden die Bilder, die ich mir ausmalte. Ich versuchte sie in Worte zu fassen und zu Papier zu bringen. Nach wenigen Sätzen gab ich auf. Ich zahlte und verließ das Kaffeehaus.

Ich stieg in die Straßenbahnlinie Nummer zwei und fuhr Richtung Universität, blieb aber im Wagen sitzen, als dieser vor dem Hauptgebäude der Uni anhielt. Beim Burgtheater überließ ich einer alten Frau den Platz. Vor dem Parlament fühlte ich eine solche Wut in mir, dass ich am liebsten einem alten Mann, der mich angrinste, ins Gesicht geschlagen hätte. Zwischen dem Natur- und dem Kunsthistorischen Museum begann in meinem Kopf ein neuer Plan Konturen anzunehmen. Am Schwarzenbergplatz wusste ich, dass sich mein Leben radikal verändern würde. Am Schwedenplatz hatte ich keine Zweifel mehr. Wieder am Ausgangspunkt, dem Café Schottenring und der Börse, angelangt, hatte ich auch den neuen Plan verworfen. Vor dem Parlament war ich ganz ruhig. Zwischen Kunsthistorischem Museum und Karlsplatz nahm ich im hinteren Teil des Wagens neben einer Frau mittleren Alters Platz, die in der *Kronen Zeitung* blätterte. Am Dr.-Karl-Lueger-Platz wollte ich aussteigen und ins Café Prückel gehen, überlegte es mir aber anders. An der Haltestelle Schottenring verließ ich schließlich die Straßenbahn und ging zu Fuß weiter.

Als ich auf der Augartenbrücke war, begann es zu schneien. Erst jetzt bemerkte ich, dass ich im Kaffeehaus meine Wollhaube und den Schal vergessen hatte, doch das störte mich nicht. Ich war glücklich. Ich staunte über Sätze, an denen ich noch vor einer Stunde lange gefeilt hätte. Nun flogen sie mir zu wie die Schneeflocken. Ich beschloss, alles aufzuschreiben, bevor der Schneesturm vorüber war. Also ging ich in der Unteren Augartenstraße in das erstbeste Lokal. Die Gäste, ausschließlich Männer, unterhielten sich auf Türkisch. Als ich eintrat, musterten sie mich misstrauisch. Dann setzen sie ihr Gespräch fort. Es war mir sehr recht, dass ich kein Wort verstand.

Im Sommer 1976 waren meine Eltern und ich zusammen mit einer größeren Gruppe anderer russisch-jüdischer Emigranten in Rom, genauer gesagt in Ostia, gestrandet – Menschen ohne gültige Papiere, im Niemandsland gefangen. Wir konnten weder abreisen, noch durften wir im Land bleiben. Für die italienischen Behörden existierten wir gar nicht. Also ignorierten sie uns. Ich war damals zehn Jahre alt.

Eines Tages trafen sich die Gestrandeten im Stadtpark von Ostia und hielten Reden. Als Podium diente eine etwa fünfzig Zentimeter hohe Mauer. Ich weiß nicht mehr, was sie begrenzte oder umfasste. Welche Pläne geschmiedet oder Aktionen geplant wurden, verstand ich nicht, aber ich erinnere mich an die Aufregung, mit der die Redner ihre Gedanken vortrugen, an die Wut in ihren Stimmen und die Bravorufe der Zuhörer. Nach jeder Rede drängten die Männer nach vorne. Jeder wollte zu Wort kommen und etwas loswerden. So zog sich die Versammlung fast den ganzen Tag hin.

Während die Männer diskutierten, hatten sich die Frauen und Kinder auf den Spielplatz am anderen Ende des Parks zurückgezogen. Ich jedoch wollte nicht dorthin. Ich wartete auf den großen Augenblick. Nach zwei Stunden war es endlich so weit: Mein Vater hatte die Mauer erklommen. Er nannte seinen Namen, und die Menge applaudierte. Vaters Name war in Emigrantenkreisen nicht unbekannt.

Jetzt wird er's ihnen zeigen, dachte ich. Jetzt kommt der Augenblick der Wahrheit. Vater war ein großer Redner. Er konnte stundenlang auf Mutter und mich einreden und hatte auf alles eine Antwort. Er wusste Bescheid. Er würde die anderen auf den richtigen Weg führen. Vaters Vorredner hatten – so viel verstand ich jedenfalls – allesamt mehr oder weniger dasselbe gesagt.

Vater holte tief Luft, kratzte sich am Kinn, ließ seinen Blick über die Köpfe schweifen und schwieg.

Die Männer um mich herum wurden unruhig. Ein Murmeln machte die Runde. Jemand lachte. Mutter, die hinter mir stand und mich an den Schultern hielt, seufzte.

»Äääh … Also …«

»Komm schon!«, rief jemand.

»Fang endlich an! Wir haben nicht den ganzen Tag Zeit.«

Doch Vater schwieg, bis ihn ein älterer Mann sanft, aber bestimmt von der Mauer herunterzog. »Machen Sie sich nichts draus«, meinte er. »Wenn Ihnen einfällt, was Sie sagen wollten, kommen Sie wieder.«

Ich war so enttäuscht, dass ich nicht einmal weinen konnte. Als ich Vater abends auf dem Weg zurück in unser Quartier – ein Zimmer, das ein rumänischer Zuwanderer an uns vermietete – fragte, warum er geschwiegen hatte, erklärte er mit einer großspurigen Geste, es hätte ohnehin keinen Sinn gehabt, »diesen Leuten« etwas begreiflich machen zu wollen. »Perlen vor die Säue. Verlorene Liebesmüh. Wozu also Energie verschwenden.« Ich spürte, dass er log, und das schmerzte mehr als die Tatsache, dass er auf der Mauer versagt hatte. Damals schwor ich mir, niemals tatenlos zu bleiben, wenn ich handeln, und niemals zu schweigen, wenn ich meine Stimme erheben sollte.

Ich schwieg dennoch. So wie ich in Israel geschwiegen hatte, als ich von meinen Mitschülern verprügelt oder angespuckt worden war, so schwieg ich auch später, als ich auf Ämtern beleidigt wurde. Als ich in Schubhaft genommen und in eine Zelle gesperrt wurde, protestierte ich nur halbherzig. Ich schwieg, als die Nachbarn gegen Ausländer hetzten. Ich war schweigend davongelaufen, nachdem mir ein Mann auf der Straße in Wien eine Ohrfeige verpasst und gebrüllt hatte, ich solle dorthin verschwinden, wo ich hergekommen sei.

Als Karins Vater den israelischen Ministerpräsidenten Menachem Begin mit Adolf Hitler verglich, schwieg ich ebenfalls und musste mir später von Karin vorwerfen lassen, dass ich mich »unmännlich und feige« verhalten habe.

»Ich wollte deinen Vater nicht in deiner Gegenwart beleidigen«, erklärte ich.

»Aber ich wollte, dass du meinen Vater in die Schranken weist«, empörte sie sich. »Ich wollte, dass du ihm Paroli bietest. Ich bin seine Tochter. Er wollte prüfen, ob der Freund seiner Tochter ein Mann oder eine Maus ist.«

Ich schwieg, weil ich mich in der Rolle des sympathischen und netten Ausländers und Juden bequem eingerichtet hatte, ein Zuwanderer, den alle lobten, weil er sauberer war und besser Deutsch sprach als die türkischen Gastarbeiter, ein Fremder, der im Alltag nicht auffiel und dankbar lächelte, wenn er gelobt wurde.

Ich schwieg in der Völkerrecht-Vorlesung, nachdem der Professor als Beispiel für eine »typische Völkerrechtsverletzung« die Zerstörung des irakischen Atomreaktors durch die israelische Luftwaffe im Jahre 1981 angeführt hatte. Ich schwieg, anstatt aufzustehen und diesem selbstgerechten Paragraphenreiter einen festen Tritt in die Eier zu geben. Ich versäumte es sogar, darauf hinzuweisen, dass sich Israel und der Irak formal immer noch im Kriegszustand befinden, der Angriff also keine völkerrechtliche Bestimmung verletzt habe. Die Studenten haben gegrinst und genickt. Einige haben sogar applaudiert. Die meisten Jus-Studenten in Wien sind Burschenschafter, Freiheitliche, Waldheim-Wähler, CV-ler, ÖVP-Anhänger. In ein paar Jahren sind sie Anwälte, Richter und Staatsanwälte. Eine grauenhafte Vorstellung.

Die Vorlesung fand im Frühjahr 1986 statt. Jedes Mal, wenn der Professor etwas Kritisches über Israel sagte (und das tat er in fast jeder Vorlesung), applaudierten meine Studienkollegen, während ich brav mitschrieb und schwieg.

Doch genug ist genug. Ich bin einundzwanzig Jahre alt. Ich möchte nicht mehr schweigen und lächeln und den braven Aus-

länder und Juden spielen. Jetzt oder nie. Der Immobilienmakler wird büßen. Er wird für alles büßen. Wenn er winselnd vor mir auf der Erde liegt, weiß ich, dass ich nicht mehr ohnmächtig bin und ein neues Leben begonnen habe.

Die Aktion muss gut vorbereitet werden, minutiös, von langer Hand, eine strategische und taktische Meisterleistung, Risikominimierung als oberste Priorität. Streng nach Clausewitz. Logisches Denken, Hartnäckigkeit, Folgerichtigkeit – meine großen Tugenden. Eine Maske, Handschuhe, einen Holzknüppel und einen Strick kann ich besorgen. Schwieriger wird es sein, einen geeigneten Ort zu finden und Potzner dorthin zu locken. Noch schwieriger ist es, ihn zu verprügeln, ohne ihn dabei schwer zu verletzen oder gar zu töten. Er soll büßen, aber ich möchte seiner Frau nicht den Ehemann, den Kindern nicht den Vater nehmen. Bei mir ist zweifellos eine Schraube locker, aber ich bin kein zweiter Raskolnikow. Ich werde Anatomiebücher studieren, einen Judo- oder Karatekurs belegen, einen Box-Club aufsuchen …

Das waren meine Gedanken. Als ich an den Museen und an der Staatsoper vorbeifuhr, war ich nicht mehr sicher, ob Prügeln der richtige Weg sei, meine Probleme zu lösen. Würde es mir danach besser gehen? Und vor allem: Was hätte ich dadurch bewiesen? Potzner würde nicht einmal erfahren, dass ich es gewesen war, der ihm den Schmerz zugefügt hatte. Ist die Anwendung von Gewalt nicht ein Zeichen von Schwäche? Heißt es nicht, dass Fäuste sprechen, wenn die Vernunft schweigt? Nie hatte ich meinen Vater schwächer erlebt als in jenen Augenblicken, als er brüllte und um sich schlug.

Zwischen Staatsoper und Schwarzenbergplatz hatte ich mein ursprüngliches Vorhaben endgültig verworfen. Ich würde den Immobilienmakler nicht verprügeln. Ich würde ihm mit gleicher Münze zurückzahlen, was er uns angetan hatte.

Wie ein unsichtbarer Schatten würde ich Karl Potzner, die-

sem schwarzen Engel der Niedertracht, folgen, bis ich alle seine dunklen Geheimnisse enthüllt und dokumentiert, bis ich ihm die Maske des ehrenwerten Spießers vom Gesicht gerissen und sein wahres Ich offenbart hätte. Tage, wenn es sein muss, Monate würde ich mich an seine Fersen heften, behutsam Erkundigungen einholen, ein Dossier anlegen. Natürlich wäre es viel leichter, mein Vorhaben in die Tat umzusetzen, wenn ich Geld für einen Privatdetektiv hätte. Doch Hartnäckigkeit gehört zu meinen Tugenden.

Ich werde mir die Zeit nehmen, die ich brauche, beschloss ich, und wenn es zwei, sieben, zehn oder fünfzehn Jahre sind. Ich hoffe nur, er stirbt mir nicht weg, bevor ich meine umfassende Dokumentation abgeschlossen habe. Oh, ich werde diesen Hurensohn das Fürchten lehren. Er wird den Tag verfluchen, an dem er mich beleidigt hat. Ich werde ihn erziehen, auf dass er nicht nur sein Verhalten ändere, sondern sein ganzes Wesen, und ich werde keine Ruhe geben, ehe ich nicht sicher bin, zweifelsfrei, dass sich sein Inneres Ich gewandelt hat. Bestimmt ist Potzner einer jener klassischen Heuchler, die am Sonntag mit der Familie in die Kirche gehen, am Montag ihre Sekretärin vögeln und den Mittwochabend im Bordell verbringen; die den Kindern erzählen, wie schlimm der Krieg war, und gleichzeitig erklären, der eigene Vater habe nur seine Pflicht getan, als er mit seinen SS-Freunden mordend durch Polen und Weißrussland gezogen ist. Wenn Potzners Sohn Ausländer als »Tschuschen« bezeichnet, fährt ihm der Vater wahrscheinlich über den Mund. Aber derselbe Potzner setzt Ausländer auf die Straße, wenn sie die überteuerten Mieten nicht zahlen können, zeigt sie an und lässt sie abschieben, wenn sie protestieren; Potzner, der niemals, nicht einmal im Traum, auf die Idee käme, er könnte etwas für andere tun, ohne einen Gewinn für sich herauszuschlagen.

Doch irgendwann, ja irgendwann kommt der große Augen-

blick, der Tag, an dem ich in Anzug und Krawatte, mit dem Dossier im Aktenkoffer und einem schelmischen Lächeln im Gesicht in Potzners Büro marschiere. Ein Beweisstück nach dem anderen werde ich ihm vorlegen und seinen Gesichtsausdruck studieren – von blasierter Unverschämtheit zu Empörung, von Empörung zu Unsicherheit, von Unsicherheit zu Angst, von Angst zu Panik, von Panik zu devoter Unterwürfigkeit. Winseln soll er und mich auf den Knien um Verzeihung bitten. Ich werde in seinem Sessel Platz nehmen, werde lässig die Beine übereinanderschlagen, mich zurücklehnen, die Hände hinter dem Kopf verschränken und das Schauspiel genießen. Dann werde ich mir von seiner Sekretärin einen Prosecco und eine Zigarre, natürlich eine Cohiba, bringen lassen und ihm meine Bedingungen diktieren. Was er in seinem Leben unrechtmäßig erworben hat, soll er den Leuten zurückgeben, die er ausgetrickst oder betrogen hat. Weigert er sich, geht das Dossier an die Polizei, an die Presse, an seine Frau, an seine Geschäftspartner, an die Immobilienmaklerinnung, an die Arbeiterkammer. Mir selbst stehen nur 7500 Schilling samt Zinsen und Zinseszinsen zu, kein Groschen mehr. Er soll alles spenden, an Amnesty International, an Ärzte ohne Grenzen, Oxfam, Licht ins Dunkel, an die Caritas oder an eine andere humanitäre Einrichtung seiner Wahl. Ich möchte dieses Geld nicht haben, und meine Eltern werden niemals etwas von meiner Aktion erfahren.

Was ist schon Geld? Es ist schnell ausgegeben und schnell wieder verdient, wenn man Immobilienmakler ist. Doch so billig kommt mir Potzner nicht davon. Ich werde ihm seine Hinterfotzigkeit austreiben! Er wird nicht nur zahlen, sondern sein Leben ändern müssen: keine überteuerten Mieten mehr, keine Unterschlagungen, keine Delogierungen, keine Freundinnen, keine Bordellbesuche, keine Extravaganzen, keine Sauftouren mit Kollegen mehr.

Ich werde ihn beobachten. Ich lasse ihn nicht von der Leine. Und das Dossier wird erst nach meinem Tod vernichtet.

Als die Ringstraßenbahn die Innenstadt umrundet hatte, war ich euphorisch. Am liebsten hätte ich jeden Fahrgast und den Fahrer umarmt. Plötzlich jedoch geschah etwas Seltsames.

An dieser Stelle enden meine Aufzeichnungen. Was danach in meinem Kopf vorgegangen war, wollte ich erst später in Form eines Dialogs zweier Kobolde namens Mir und Mein zu Papier bringen. Doch die nächsten Tage verliefen anders als erwartet. Die Zeit verging, meine anderen Sorgen ließen alles, was vorher gewesen war, unwichtig erscheinen, und so blieb die Seite, die ich in meinem Heft für den Dialog reserviert hatte, leer. Dies gibt mir die Gelegenheit, behutsam zu improvisieren und die abenteuerlichen Kapriolen, die mein Geist an jenem Wintertag in der Straßenbahn vollführte, hinter jenem Schleier zu belassen, der sich in mehr als zwanzig Jahren zwischen die Gefühle von damals und heute gelegt hat. Zeitliche Distanz bedeutet jedoch keineswegs Distanziertheit, und ich erinnere mich noch genau an die Übelkeit, die ich empfand, nämlich genau in jenem Augenblick, als wir am Parlament vorbeifuhren und ich durch das Straßenbahnfenster die Marmorstatue der Pallas Athene betrachtete. Mir wurde schlecht, aber ich hatte nicht das Verlangen, mich zu übergeben oder aus dem Wagen zu steigen. Nur meine Knie wurden schwach, sodass ich den Haltegriff fest umklammern musste. Plötzlich kam mir ein Satz aus Marc Aurels *Selbstbetrachtungen* in den Sinn: *Die beste Art, sich zu rächen, ist die, nicht Gleiches mit Gleichem zu vergelten.* Ich versuchte den Satz zu verdrängen. Marc Aurel war ein mächtiger Kaiser gewesen, der von Sklaven angekleidet, gebadet und in einer Sänfte getragen wurde. Ich hingegen war ein Tschusch in Wien. Ich konnte es mir nicht leisten, gütig zu sein. Ich war in einem Zinshaus aufgewachsen, hatte mit den Nachbarn dieselbe Toilette benutzt und in eine öffentliche Badeanstalt gehen müssen, um zu duschen. *Alles, was jedem Einzelnen von uns widerfährt, ist dem Weltganzen förderlich*, hatte der menschenfreundliche Monarch geschrieben. Er hatte bestimmt nie einen Immobilienmakler zu Gesicht bekommen. Aber er war stolz auf seine Genügsamkeit. Marc Aurel – ein Asket aus Überzeugung. Kein Bedürftiger kann der Askese etwas abgewinnen.

Die beste Art, sich zu rächen, ist die, nicht Gleiches mit Gleichem zu vergelten.

Ob der Kaiser wohl immer noch so gedacht hätte, wenn ihn seine Feinde gefangen genommen und als Sklaven ins Innere Germaniens oder an die Ostsee verkauft hätten?

Doch der lästige Satz hatte sich in meinem Kopf festgesetzt. Sollte ich wirklich zum Erpresser werden, wenn auch für den guten Zweck? War es nicht das, was mich an Österreich immer am meisten abgestoßen hatte? Erpressung. Sanfte Überredungskünste. Eine Hand wäscht die andere. Unter der Tuchent. Hinter den Kulissen. Wie du mir, so ich dir. Nur nicht hudeln. So tun als ob, damit alles läuft wie geschmiert. Keiner hat's gesehen, und alle sind glücklich. Jeder bleibt in der Spur des Vordermanns und vertieft sie durch sein eigenes Gewicht, auf dass die Nachkommenden noch besser vorankommen. Jetzt erst recht. Wer ausschert, fällt durch den Rost.

Als sie 1934 aufeinander geschossen haben, waren sie wenigstens ehrlich.

Die beste Art, sich zu rächen, ist die, nicht Gleiches mit Gleichem zu vergelten.

Mist! Die Gedanken kreisten in meinem Kopf, doch seltsamerweise wurde meine Euphorie dadurch nicht gedämpft, sondern stärker und stärker.

Wenn ich Potzner erpresse, werde ich sein wie er, dachte ich. Wer Schweinen auf Augenhöhe begegnet, wird selbst zum Schwein. Ein Satz von Clausewitz fiel mir ein: *Nun ist aber die Tätigkeit nie gegen die bloße Materie des Gegners gerichtet, sondern immer zugleich gegen die geistige Kraft, welche diese Materie belebt, und beide voneinander zu trennen, ist unmöglich.*

Sollte ich demzufolge nicht in erster Linie die Haltung bekämpfen, die hinter Potzners Aktivitäten steht? Wenn ich ihn mit seinen eigenen Waffen schlage, habe ich mich durchgesetzt, aber nicht viel verändert.

Nein!, dachte ich, während die Straßenbahn an der Haltestelle Stubentor eine »fahrplanmäßige Pause von fünf Minuten« einlegte. Nein, ab sofort kämpfe ich mit offenem Visier. Karl Potzner ist das Problem meines Vaters. Meine Gegner werden die Potzners der Zukunft sein. Wenn ich mich gegen die Potzners dieser Welt mit Wutanfällen, Schlägen oder Erpressungen durchsetzen muss, ist alles umsonst gewesen, und der melancholische Infekt, an dem ich leide, wird zu einer chronischen Erkrankung. Nein, ich werde aus der fremden Spur herausfinden und meine eigene legen.

Wozu haben meine Eltern mit viel Glück den Krieg überlebt und später die Emigration überstanden? Damit ich ein Mensch wie Potzner werde? Nach allen Gesetzen der Logik hätte Vater während der Leningrader Blockade verhungern und Mutter während der Bombardierung eines Flüchtlingsboots umkommen müssen. Dass sie trotzdem überlebten und erwachsen wurden, war einer Verkettung unglaublicher Zufälle zu verdanken. Doch Lebensberechtigungsurkunden werden von den Schicksalsgöttinnen nicht leichtfertig verschenkt. Marc Aurel hatte recht: *Alles, was jedem Einzelnen von uns widerfährt, ist dem Weltganzen förderlich.*

Ich darf nicht so werden wie Potzner. Soll er doch an unseren 7500 Schilling ersticken!

Als die Straßenbahn nach ihrem fahrplanmäßigen Aufenthalt wieder losfuhr, hatte ich den »endgültigen und unwiderruflichen Entschluss« gefasst, mein Leben zu ändern. Ich würde nie mehr schweigen. Ich würde dafür kämpfen, dass es in diesem Land in Zukunft, morgen, übermorgen, irgendwann, keine Potzners mehr geben würde. Waren Hartnäckigkeit und Konsequenz nicht meine großen Tugenden?

In zwanzig Jahren würden die alten Kotzbrocken abgetreten sein – Kurt Waldheim, Jörg Haider, Hans Dichand, der Herausgeber der *Kronen Zeitung*. Die fetten Landeshauptleute in Trachtenanzügen. Die Schenkel klopfenden »besten Freunde« mit Koffern voller Geld. Die mundfaulen Hinterweltler, für die das Lesen eines Romans von einem schlechten Charakter zeugt. Die Besserwisser am Würstelstand. Irgendwann wird das der Vergangenheit angehören, sagte ich mir. Irgendwann wird alles anders, irgendwann wächst eine neue Generation heran, und auch ich werde in diesem Land ankommen.

Mit meinem neuen Leben werde ich aber nicht irgendwann, sondern sofort beginnen und den ersten Schritt gleich morgen setzen. Ich ziehe mein schönstes Sakko an, kaufe Blumen, fahre nach Döbling und stelle mich Ortruns Eltern vor. »Ich bin der Freund Ihrer Tochter, wir lieben uns«, werde ich sagen. »Sobald ich mein Studium abgeschlossen habe und mein eigenes Geld verdiene, mieten wir eine Wohnung und ziehen zusammen. Übrigens komme ich aus Russland und bin Jude. Ich hoffe, das stört Sie nicht. Wir werden unsere Kinder im Sinne einer christlich-jüdischen Solidarität erziehen, das Weihnachts- mit dem Chanukka-Fest verbinden, am Ostersonntag in die Kirche gehen und zu Pessach nach Israel fliegen.«

Und wenn sie mich vor die Tür setzen? Dann muss sich Ortrun entscheiden. Dann wird sich zeigen, wie stark ihre Liebe zu mir wirklich ist. *Papa don't preach.*

Als ich das türkische Lokal verließ, war der Schneesturm vorbei, ein kurzes Intermezzo in diesem bis dahin sehr warmen Winter. Während ich zu Fuß nach Hause ging, dachte ich darüber nach, welche Blumen ich Ortruns Eltern schenken würde.

Nelken!

Nelken passen gut zu einem Paar, das Alfred und Luise heißt.

Warum eigentlich?

Weiße Rosen?

So unschuldig möchte ich nicht auftreten.

Tulpen?

Gibt es eigentlich auch braune Tulpen?

Am Gaußplatz wurde ich beinahe von einem Auto angefahren. Der Mann am Steuer kurbelte das Fenster herunter, lehnte sich hinaus und brüllte mich an. Ich entschuldigte mich und ging weiter, ohne auf seine Beleidigungen zu reagieren.

Eigentlich mag ich überhaupt keine Blumen. Vielleicht sollte ich eine Topfpflanze mitbringen.

Einen Kaktus.

Ich musste lachen. Unsere Wohnung befand sich – genauso wie jene, in der wir vorher waren – im vierten Stock. Aus alter Gewohnheit war ich die acht Treppen zu Fuß hinaufgegangen, obwohl es in diesem Haus einen Lift gab. Kurz bevor wir eingezogen waren, hatte man eine neue Kabine eingebaut, ein modernes Gefährt mit einer automatischen Schiebetür, einem Lichtschranken und einem kleinen Monitor mit leuchtenden Ziffern, die das jeweilige Stockwerk anzeigten. Von allen Häusern, in denen ich in all den Jahren meiner Kindheit und Jugend in Wien gewohnt hatte, war dieses das erste mit Lift. Ein Aufstieg.

Tulpen. Punkt. Fünf Stück sollten reichen. Höchstens sieben.

Die Tür ging auf, noch ehe ich den Wohnungsschlüssel aus meiner Manteltasche hervorgekramt hatte. Vaters Gesicht strahlte. »Ich habe deine Schritte gehört. Wenn jemand die Treppe hinaufgeht, weiß ich immer, ob du es bist oder nicht.«

»Was ist los?«

»Du wirst es nicht glauben …« Ich bemerkte, dass Vater angezogen und nicht wie üblich nur mit einer kurzen Hose bekleidet war. Sein Kinn war glattrasiert. Er hatte sich die Haare gewaschen und die Brille geputzt. Das Fernsehgerät war ausgeschaltet, der Vorraum aufgeräumt, und es schien, als sei in der Wohnung kurz zuvor gelüftet worden.

»Ich muss dir etwas zeigen.« Vater fasste mich am Ärmel.

»Lass mich doch erst einmal den Mantel ausziehen.«

»Nun komm schon!«

Auf dem Küchentisch lag neben einem geöffneten Briefumschlag ein dünnes, längliches Heftchen. Auf dem weinroten Einband waren in weißen Lettern das Wort *Sparbuch* und darunter der Name der Bank zu lesen.

»Das Kuvert lag heute Morgen in unserem Postfach. Kein Begleitbrief. Nichts. Nur der Stempel des Absenders.«

»Kanzlei Potzner und Moosbacher … Unglaublich!«

»Ich verstehe es nicht«, schrie Vater und lief aufgeregt durch den Vorraum ins Wohnzimmer und zurück in die Küche. »Ich habe deine Mutter angerufen. Sie versteht es auch nicht. Wo warst du überhaupt den ganzen Tag?«

Ich schlug die Seite mit den Abbuchungen auf. *Kontostand: 7500 Schilling.*

Plötzlich wurde Vaters Gesicht ernst. »Hast du etwas damit zu tun?«

»Ich? Warum ich?«

»Was hast du Potzner damals gesagt, als ihr telefoniert habt und ich nicht mithören durfte?«

»Wieso?«

»Du hast dich doch nicht …« Vater riss mir das Sparbuch aus der Hand und sah mich wütend an. »Du hast dich doch nicht in meinem Namen entschuldigt?«

»Wofür hältst du mich? Glaubst du, ich habe keinen Stolz?«

»Oder …« Er holte tief Luft. »Oder hast du ihm gedroht? Du hast doch nichts Illegales oder Kriminelles angestellt?«

»Was? Ist diese Frage dein Ernst? Willst du mich beleidigen? Glaubst du, ich bin bescheuert? So etwas würde mir nicht im Traum einfallen. Hej, ich bin dein Sohn, du kennst mich doch!«

»Stimmt, bitte entschuldige!« Er ließ sich auf den Hocker neben dem Küchentisch fallen und begann wieder zu grinsen. »Ich sag's ja, du bist wie deine Mutter, ruhig, logisch, sachlich, kontrolliert. Gott sei Dank!«

»Du könntest Mutter und mich zum Essen einladen. Es gibt ein nettes indisches Restaurant in der Praterstraße.«

Vater schüttelte den Kopf. »Ich verstehe es nicht. Die einzige Erklärung, die mir einfällt, ist, dass es trotz allem in irgendeiner Weise mit dir zu tun hat. Du hast Matura, du bist ein angehender Akademiker, du drückst dich gewählt aus. Mit einem fremden Akzent ist man hier nur ein halber Mensch …«

Während Vater meine Eigenschaften lobte und über die seltsamen Wendungen des Schicksals sinnierte, kam mir ein Verdacht, der von Minute zu Minute stärker wurde. Die Übelkeit, die ich in der Straßenbahn gehabt hatte, kehrte zurück und wurde durch ein Schwindelgefühl und durch Kopfschmerzen noch verstärkt. Ich versuchte, mir nichts anmerken zu lassen.

Ich griff nach dem Telefon. »Wen rufst du an?«, fragte Vater.

»Ortrun.«

»Jetzt?«

»Ja, jetzt.«

»Ich gehe schon.«

»Ja bitte!«

»Bin schon weg.«

Vater zog sich ins Schlafzimmer zurück, so wie er es immer tat, wenn ich Ortrun anrief, doch es gelang mir nicht, das Telefon freizuschalten. Einer unserer Nachbarn führte ein längeres Gespräch. Wir hatten einen Viertelanschluss, teilten uns also die Hauptleitung mit drei Nachbarn. Man musste einen Knopf drücken, um das Gerät zu aktivieren, was jedoch nur gelingen konnte, wenn keine der Nebenleitungen besetzt war.

Zehn Minuten später telefonierte der Nachbar immer noch.

»Es ist ständig besetzt. Ich gehe hinunter zur Telefonzelle«, rief ich.

»Mutter wird jeden Augenblick heimkommen. Ich möchte, dass wir die wundersame Rückkehr des Sparbuchs zu seinen rechtmäßigen Besitzern feiern. Ein Gläschen Wodka wirst du mit uns trinken, nicht wahr? Nur zum Anstoßen.«

»Ich hasse Wodka.«

»Dann eben einen Likör. Meinetwegen ein Cola.«

Aber ich war schon auf dem Weg zum Lift.

Das nächste öffentliche Telefon war am Wallensteinplatz. Auf der Verkehrsinsel in der Mitte des Platzes stand ein Kiosk und an dessen Mauer war ein Münztelefon angebracht.

Ich warf fünf Schilling ein und wählte die Nummer.

»Du, ich bin noch nicht so weit, das blaue Kleid ist zu eng.« Es war Ortrun.

»Dann zieh ein anderes an«, sagte ich.

»Ach, du bist es? Ich dachte, es ist Babsi. Wir gehen zur Geburtstagsparty von der Andrea. Sie ist gestern zwanzig geworden.«

»Viel Spaß.«

»Du sollst bei mir zu Hause nicht anrufen. Hast du das vergessen? Gut, dass meine Eltern nicht da sind.«

»Heute haben wir unser Sparbuch zurückerhalten. Es ist mit der Post gekommen.«

»Echt?«

»Wir haben die 7500 Schilling wieder.«

»Das ist ja super!«

»Hat das etwas mit dir zu tun?«

Schweigen.

»Hast du mit jemandem über die Sache geredet?«

»Um ehrlich zu sein … Ich hab's Erich erzählt. Ganz im Vertrauen.«

»Bist du verrückt? Ausgerechnet Erich!«

»Er musste mir schwören, dass er … Aber er hat dann doch mit seinem Vater gesprochen, und der hat gemeint …« Sie wurde unsicher, stotterte. »Er hat also gemeint … Wir beide, wir drei, also eigentlich wir alle, Ute sowieso und sogar Tante Sieglinde, haben gemeint ... Du bist Erichs Vater nämlich sehr sympathisch. Und auch seiner Mutter. Ihr ganz besonders. Vor allem sie war sehr stark dahinter, dass ...«

»Hatte ich dich nicht gebeten, den Mund zu halten?«

»Bist du jetzt böse? Ich dachte, du freust dich, dass das Geld jetzt wieder da ist.«

»Ich wollte das nicht. Nicht so.«

»Kann ich etwas tun, damit du nicht mehr böse bist, dass ich dir geholfen habe?«, säuselte sie ins Telefon. »Es gäbe eine sehr angenehme Form der Wiedergutmachung.«

»Ich wollte das Problem auf meine Art lösen.«

»Ja wie denn? Weder du noch deine Eltern haben irgendeine Chance gegen solche Leute ...« Nun sprach sie aufgeregt, schrill. »Ich habe doch gesehen, wie du gelitten hast. Ich wollte etwas für dich tun. Weil ich dich liebe. Und Erichs Vater hat einen Freund, der jemanden kennt, der in dieser Branche einen gewissen Einfluss hat ... Hallo, bist du noch da?«

»Ja.« Ich umklammerte mit zitternder Hand den Hörer und lehnte mich gegen die Mauer.

»Willst du hören, was Erich über diese Innung der Immobilienmakler gesagt hat?«

»Nein.«

»Ich erzähle es dir trotzdem.« Sie kicherte. »Er meinte, das sei ein richtiger Schwuchtelverein. So hat er sich ausgedrückt. Das waren seine Worte ... Hallo?«

Ich schwieg.

»Ein Schwuchtelverein«, wiederholte sie mit gedämpfter Stimme und kicherte wieder. Es war ihr offenbar peinlich, das Wort auszusprechen, aber sie genoss es.

»Nach außen hin sind sie die großen Herren, aber wenn

sie jemand unter Druck setzt, der was zu sagen hat, lassen sie bereitwillig die Hosen fallen und machen brav ihre Verbeugung. Hallo? Hallo, bist du noch da?«

Ich schwieg.

»Das habe nicht ich erfunden, sondern der Freund von Erichs Vater. Der Satz stammt von ihm. Der hat alles Erichs Vater erzählt, und der hat es Erich erzählt, und der hat es Ute und mir erzählt. Mit fast allen Details. Über das Gespräch mit der Oberschwuchtel, einem Herrn Diplom-Kaufmann Sowieso, im Hinterzimmer eines Hotels. Ich weiß nicht, warum gerade im Hotel, jedenfalls ist dort irgendein Club, und es muss wirklich urlustig gewesen sein, aber ich habe Erich geschworen, bei allem, was mir heilig ist, kein Wort zu niemandem … Hallo, bist du noch da?«

Ich rang nach Luft. Nie hatte ich geahnt, wie viel Kraft es kosten kann, einen Telefonhörer zu halten.

»Kannst du mich überhaupt hören? Was ist das für ein Lärm im Hintergrund? Bist du in einer Telefonzelle? Wenn du mich nicht hören kannst, leg einfach auf und ruf in einer Minute noch einmal an. Okay? Heute ist nämlich ein Tag …«

In diesem Moment wurde die Leitung getrennt, weil ich keine weiteren Münzen in den Apparat eingeworfen hatte. Ich stand mit dem Hörer in der Hand da und starrte die graue Mauer an. Fünf, vielleicht zehn Sekunden lang rührte ich mich nicht von der Stelle. Dann legte ich auf und ging.

Zeit zu schweigen

Meine Eltern erzählten viel. Solange ich ein Kind war, glaubte ich ihnen, weil die Lüge immer ein Teil der Wahrheit war. Die Unwahrheit trübte ihre Geschichten. Manchmal war der Betrug offensichtlich, meist aber nicht mehr als ein kleiner Tropfen Tinte in einem Wasserglas. Trank ich das Wasser mit geschlossenen Augen, schmeckte es frisch, öffnete ich die Augen, kam es mir nicht in den Sinn, das Glas auch nur anzurühren.

In zu viel Wahrheit lauere die Gefahr wie ein gefährliches Raubtier, hatte Vater einmal gesagt. Es zwinge einen zu einer noch größeren Lüge. Ich war damals sechs oder sieben Jahre alt, verstand nicht, was er meinte, fragte nach. Mutter ermahnte Vater, er solle nicht vergessen, wie alt ich bin. Vater habe schlechte Erfahrungen mit bösen Menschen gemacht, erklärte sie mir. Man habe ihn in Russland drei Tage lang in einem Zimmer festgehalten, man habe versucht, ihm seine Wahrheit wegzunehmen. Seitdem müsse er manchmal die Wahrheit mit einer Lüge schützen.

Später verstand ich, dass man nicht in einer Diktatur gelebt haben muss, um zu erkennen, dass es keine Wahrheit gibt, der nicht eine Lüge schützend voranschreitet. Man braucht nur zwei wahre Sätze aneinanderzureihen und einen dritten auszusparen. Deshalb schreibe ich selten autobiographische Texte, sondern viel lieber autobiographisch gefärbte Romane. Wenn ich die Wahrheit erfinde, wird die Lüge nicht mehr gebraucht und zieht sich diskret zurück. Ich aber bin nackt, schutzloser als es jene, die alles, was ich schreibe, für bare Münze nehmen, jemals ahnen können.

Vielleicht wäre es also stimmiger, alles im Reich der authentischen Fiktion zu belassen. Vielleicht ist das der Grund, weshalb ich zögere, dem Gespräch eine andere Wendung zu geben. Am Beginn des Abends möchte ich das Thema, das mir am Herzen liegt, nicht anschneiden, doch nach ein paar Stunden ist die Weinflasche fast leer, der Hunger gestillt, ich aber warte immer noch auf den richtigen Augenblick. Schimon macht es mir leicht, die Zeit verstreichen zu lassen. Wenn er nicht in Russland, sondern in Amerika geboren worden wäre, hätte er wahrscheinlich eine kleine Karriere als Entertainer gemacht.

»Habt ihr gewusst, dass Muammar Gaddafi ein Jude ist?«

»Ja, genauso ein Jude wie Wladimir Putin, der Papst und die Königin von England«, sage ich. »Irgendwer hat sogar schon behauptet, Barack Obama sei jüdischer Herkunft, und das väterlicherseits.«

»Ich scherze nicht. Es gibt absolut glaubwürdige Gerüchte, dass Gaddafis Großmutter, eine Jüdin, einen muslimischen Scheich geheiratet und zum Islam übergetreten sei. Eines ihrer Kinder soll Gaddafis Mutter gewesen sein. Es gibt zwei Israelinnen, die angeblich mit Gaddafi verwandt sind – die Enkelinnen der Schwester seiner Großmutter. Das israelische Fernsehen hat sie vor einiger Zeit interviewt. Wenn es stimmt, was sie sagen, dann dürfte Gaddafi nach dem israelischen Rückkehrgesetz für Juden sogar in unser Land einwandern. Wir hätten keine andere Wahl, als ihn aufzunehmen.«

»Was für ein Glück für die arabische Welt! Als Nächstes kommt bestimmt ein Bericht über Mubaraks jüdische Vorfahren. Alles eine zionistische Verschwörung.«

»Einer meiner Schulkollegen war überzeugt, dass Abraham Lincoln Jude gewesen sei. Das war ihm nicht auszureden. Zeig mir einen Abraham, der kein Jude ist, hatte er gesagt …«

Schimon klatscht in die Hände und verscheucht die dürre Katze, die es auf den Karpfen und den Putenschinken abgesehen hat. Die Katze flüchtet den Abhang hinunter in die Finsternis, doch am anderen Ende der Terrasse, in der Ecke hinter dem Wäscheständer, leuchten drei weitere Augenpaare, regungslos, lauernd. Die Dürre kommt bald wieder. Sie kriecht unter dem Terrassengeländer durch, pirscht sich heran, macht einen Bogen um uns, schaut sehnsüchtig hinauf zum Tisch.

»Ich habe eine Theorie! Was glaubt ihr, wie viele Juden es auf der Welt gibt?«

»Nun, alles in allem …«

»Ich werde es euch sagen.« Schimon fuchtelt mit dem Weinglas wie mit einem Taktstock, der den Rhythmus seiner Worte vorgibt. »Je nachdem, wie man rechnet, gibt es etwa dreizehn bis fünfzehn Millionen Exemplare des von Gott auserwählten, aber bekanntlich keineswegs bevorzugten Volkes. Eigentlich sind wir kein Volk. Wir sind ein Völkchen. Zerstreut wie eine Prise Kokain, die ein Windstoß vom Tisch eines unbedachten Koksers geweht hat. Jede kleinere Ethnie in Indien, die außerhalb ihres Landes niemand kennt, ist größer und homogener als wir.«

Ich zünde eine Zigarette an. Schimons Frau Lilja legt den Fisch vor. Die Katzen warten. Schimon doziert: »Eine homöopathische Dosis Mensch unter den sieben Milliarden Einwohnern dieses Planeten.«

»Mir hilft die Homöopathie, wenn ich krank bin«, bemerkt meine Frau.

»Ein Placeboeffekt«, murmelt Lilja.

»Sind wir das nicht auch? Ein Placeboeffekt der Menschheit.«

Meine Frau widerspricht. Die Wirkung der Homöopathie sei erwiesen.

»Die Wirkung des jüdischen Volkes ist ebenfalls erwiesen.«

»Haben wir Juden der Menschheit nicht unseren gestrengen, moralischen Gott verabreicht? Kein Wunder, dass man uns nicht mag«, sage ich.

Im meinen Erinnerungen tauchen immer wieder ähnliche Situationen auf. Wenn sich meine Eltern und ich mit anderen Emigranten trafen, wenn sich seltener Besuch aus Russland ankündigte, Verwandte und Freunde auf dem Weg nach Amerika in Wien Station machten und sich in unserer Substandardwohnung zum Mittagessen einfanden, oder der Freund eines Freundes Hilfe benötigte, folgte die Zusammenkunft stets demselben Muster. Man sprach über die Familie, blätterte in Fotoalben, erzählte stolz, was die Kinder in der Schule, der Universität oder im Berufsleben erreicht hatten, relativierte das Gesagte durch einen Scherz, durch ein paar echte oder erfundene Schwächen, um den Neid der anderen nicht zu wecken und ihren bösen Blick nicht auf sich zu ziehen, und widmete sich bald dem Allerwichtigsten – dem Essen.

Die Gäste lobten das Essen. Die Gastgeber beteuerten, dass es sich nur um eine Kleinigkeit handelte, auch dann, wenn sich die Tische bogen. Außerdem sei die Suppe versalzen, das Fleisch angebrannt und der Salat misslungen. Die Gäste widersprachen und schworen, schon lange nicht mehr so gut gespeist zu haben. Die Gastgeber entschuldigten sich dafür, dass sie nichts Exquisiteres zubereitet hätten.

Die Gäste versicherten, das Essen treffe haargenau ihren Geschmack. Es könnte nicht besser sein. Das alles dauerte seine Zeit. Darauf zu verzichten, galt als unkultiviert. Mein Vater fügte dem üblichen Ritual meist noch eine weitere Dimension hinzu. Er erklärte, meine Mutter sei eine schlechte Köchin. Die Gäste fühlten sich daraufhin sofort bemüßigt, Mutters Kochkünste in den Himmel zu loben. Vater entgegnete scherzend, er selbst habe nur geringe Ansprüche, was das Essen betrifft, und sei deshalb stets zufrieden. Außerdem habe er meine Mutter nicht wegen ihrer Kochkünste geheiratet. Mutter schwieg in solchen Augenblicken, während ich sie in Schutz nahm und Vater ermahnte, er solle nicht so abschätzig über sie reden. Dies irritierte Vater keineswegs, sondern machte ihn im Gegenteil stolz. Man merke, dass ich gut erzogen sei und wisse, was sich gehöre. Ein Sohn müsse für seine Mutter einstehen, auch gegenüber dem eigenen Vater.

Während des Essens sprach man über Politik, über die Arbeit, über verlängerte oder nicht verlängerte Aufenthaltsgenehmigungen, über die Vergangenheit, über Gott und das Schicksal, erzählte zwischendurch launige Geschichten, stritt darüber, ob Andropow besser sei als Breschnew, ob Tschernenko besser sei als Andropow, was die Veränderungen in der Sowjetunion für Juden bedeuteten, ob es in Amerika Antisemitismus gebe oder nicht, ob Israel mit einem neuen großen Krieg rechnen müsse, ob es in Europa wieder zu einem Holocaust kommen könnte und in welchem Land man am sichersten sei. Alles Persönliche und emotional Belastende, was über den normalen Alltag und die üblichen Ängste eines jüdischen Emigranten jener Zeit hinausging, kam, wenn überhaupt, erst zur Sprache, wenn ein gewisser Grad an Sättigung erreicht war. Der Appetit war eine ernste Angelegenheit. Er durfte nicht verdorben werden.

Immer wenn ich bei Russen zum Essen eingeladen bin, muss ich an die Gespräche und das Essen von damals denken und an einen körperlichen Zustand, der weit über das angenehme Gefühl von Sättigung hinausging. So auch heute. Der Appetit ist eine ernste Angelegenheit. Also warte ich, warte länger, als die Etikette es erfordert, und beobachte die Katzen, während Schimon seine Geschichten erzählt.

»Weißt du, wer letztes Jahr hier auf demselben Stuhl gesessen ist wie du?«

»Sie werden es mir gleich sagen.«

»Du wirst staunen.«

»Ich staune jetzt schon.«

»Es war der stellvertretende armenische Außenminister. Wir kennen uns aus dem Lager. In Swerdlowsk lag er im Stockbett über mir, und beim anschließenden Transport wurden wir in denselben Güterwaggon gesteckt. Nach dem Zusammenbruch der Sowjetunion hat er Karriere gemacht, ist aufgeblüht, hat mindestens dreißig Kilo zugelegt. Ich habe ihn kaum wiedererkannt. Er hatte wenig Zeit, schließlich war er nicht zum Vergnügen hier, sondern auf Staatsbesuch, aber nichts hätte ihn davon abhalten können, seinen alten Lagerkameraden Schimon zu besuchen.«

Der alte Mann lehnt sich zurück, schaut stolz in die Runde, prüft, ob seine Worte den nötigen Eindruck gemacht haben. In diesem Moment bereue ich mein Vorhaben, aber ich habe keine Wahl. Ich muss ihm die Fragen stellen, auf die er insgeheim wartet. Seit wir in Ramot angekommen sind, steht das Ungesagte im Mittelpunkt, und all die schönen Sätze über unsere Familien, über Kinder und Studienabschlüsse, Schwägerinnen und Enkelkinder, über arabische Mentalität und israelische Fehler, über Gott oder die Homöopathie sind nichts als ein verbaler Aperitif.

Schimon wird diesen Sommer neunundsiebzig, aber er wirkt vitaler als damals, als ich ihn im Jahr 2000 in Wien kennenlernte, und seine Stimme hat noch denselben Klang wie in den vielen Interviews, die er nach der Entlassung aus dem Lager vor mehr als dreißig Jahren gegeben hatte. Er spricht gut Englisch, was für einen Russen seiner Generation ungewöhnlich ist. Mich überrascht das nicht. Fleiß und Konsequenz seien immer Schimons wichtigste Charaktereigenschaften gewesen, hatte Vater behauptet. Diszipliniert wie ein Kaderoffizier, halte er seinen Körper und sein Handeln stets unter Kontrolle. Den »inneren Schweinehund« habe er schon in frühester Jugend geschlachtet und gegessen, falls er ihm überhaupt jemals begegnet sei. »Einige mögen begabter sein als er, doch Schimon erreicht im Leben mehr als andere, weil er genau weiß, was er will, die selbst gesetzten Ziele selten in Frage stellt und sogar die Angst zu seinem Verbündeten macht«, war Vaters Kommentar.

Vater hatte recht. Schimon hat es weit gebracht, hat in Israel ein zweites Mal Jus studiert und als Verwaltungsbeamter Karriere gemacht, hat über seine »Kampfzeit« als zionistischer Aktivist in der Sowjetunion und die Jahre im Lager Bücher geschrieben, an Pressekonferenzen teilgenommen, vor sowjetischen Konsulaten in New York, Bonn und Paris demonstriert und die Familien von Inhaftierten unterstützt. Er wurde von den Ministerpräsidenten Menachem Begin und Yitzhak Rabin und von Shimon Peres empfangen, hielt Vorträge in Universitäten, Kibbuzim und Militärkasernen und hatte vor vielen Jahren sogar eine eigene Kolumne in einer russischsprachigen Zeitung, die in Tel Aviv erscheint. Manchmal wird er heute noch interviewt und tritt im Fernsehen auf. Seine Kinder sind beruflich erfolgreich und haben längst eigene Familien gegründet. Nun genießt er den

Lebensabend im Reihenhaus mit Terrasse und Garten und einem Blick auf die Hügel von Judäa, von denen er einst als ausgehungerter Häftling geträumt hatte.

»Seht euch das an! Vor kurzem waren es drei, jetzt sind es schon sechs. Hässlich und dürr wie die Katzenmumien aus dem Alten Ägypten. Wir haben eine Katzenplage in diesem Land. Ägyptische Katzen. Schmale Köpfe. Große Ohren. Wüstenkatzen. Die Rache Ägyptens für die zehn Plagen. Wir sollten wieder ins Haus gehen, bevor sie zum Angriff übergehen. Es wird ohnehin kühl. Nachspeise gibt's drinnen.« Schimon räumt die Reste des Essens auf das Tablett und trägt es forschen Schrittes ins Wohnzimmer. Wir folgen ihm. Die Katzen können es nicht recht glauben. Ihre Augen funkeln uns sehnsüchtig hinterher.

Zum Schokoladekuchen *koscher lepessach* gibt es Kaffee und eine englischsprachige Ausgabe von Schimons Memoiren mit einer persönlichen Widmung und der Bemerkung, ich werde »die literarischen Schwächen genauso genießen können wie die starken Passagen«, weil ich »ohne Zweifel die unfreiwillige Komik einiger Formulierungen erkennen und würdigen« werde können.

»Hör doch endlich auf mit deinen dummen Sprüchen«, sagt Lilja. »Wenn du auf Teufel komm raus versuchst, komisch oder gar witzig zu sein, bist du es nicht, nicht einmal unfreiwillig.«

»Du hast bestimmt recht, mein Schatz. Ab sofort werde ich mich bemühen, nicht mehr komisch zu sein, sondern freiwillig unkomisch.«

Schimon lacht, aber niemand lacht mit.

»Gibt es unter den Juden Dummköpfe? Nein. Aber unter den Dummköpfen gibt es, wie bei jeder anderen Gruppe von Menschen, natürlich viele Juden.«

»Schimon!«, zischt Lilja und schüttelt den Kopf. Ich schmunzle. Meine Frau müht sich ein Lächeln ab.

»Was haben Beschneidung und Entjungferung gemeinsam, und was unterscheidet sie?«

»Schimon!!!«

»Schon gut, schon gut. Wisst ihr, was der Unterschied zwischen einem Juden und einer Espressomaschine ist?«

»Jetzt hör endlich auf!«

Ich blättere vor und zurück und finde bald die Fotografien aller Protagonisten jenes Dramas, das am Anfang von allem stand: Fünf Freunde, die in Leningrad im Herbst 1966 eine zionistische Organisation gegründet hatten, eine der ersten illegalen Gruppen dieser Art in der Sowjetunion, darunter Schimon und mein Vater. Damals war ich, so wie Schimons älteste Tochter, drei Monate alt.

Die Fotos von Sjema, Arkascha, Beba, Srulik, Ben, Sascha, Wladik, Igor und von vielen anderen, die in den Monaten und Jahren danach zur Gruppe gestoßen sind, deren Namen ich vergessen oder vor langer Zeit mit passenderen Pseudonymen versehen habe. Einige von ihnen haben so wie Schimon Memoiren verfasst und wurden in Israel als »Kämpfer für Zion« geehrt. Einige haben Israel verlassen. Viele sind inzwischen gestorben. Hier ein Foto, das Schimon mit kurzem Haarschnitt und vom Lager gezeichnet neben Ministerpräsident Menachem Begin zeigt. 1979, Flughafen Ben Gurion: Schimon umarmt seine kleine Tochter. Er wirkt glücklich wie auf keinem anderen Bild. Der Ministerpräsident blickt ernst in die Kamera, verbirgt die Augen hinter einer Sonnenbrille. Weiter vorne – ein Gefängnisfoto. Schimon mit trotzigem Blick, bleich, mit eingefallenen Wangen. Einige Zeichnungen: ein Häftlingszug, eine Zelle, zwei Wachen auf

Skiern, ein Käfig im Innenhof der Leningrader KGB-Zentrale, in den die Häftlinge gesperrt wurden, wenn sie »an die frische Luft« durften. Ich blättere weiter und finde ein Foto des bekannten Aktivisten aus Riga, der mit seinen Freunden 1970 ein Flugzeug nach Schweden entführen wollte. Er hatte über Schimon Kontakt zur Leningrader Gruppe aufgenommen und einige ihrer Mitglieder überredet, an seiner Aktion teilzunehmen. Später, in der Todeszelle, schrieb er seine Gedanken in mikroskopisch kleiner Schrift auf Zigarettenpapier, versteckte es vor den Wachen, schrieb täglich, bis aus seinen Aufzeichnungen ein Buch wurde, und als die Todesstrafe in fünfzehn Jahre Zwangsarbeit umgewandelt wurde, schmuggelte er die winzigen Zettel von Lager zu Lager. Was verlorenging, ersetzte er in mühsamer Kleinarbeit.

Mein Vater wollte keine Flugzeuge entführen, zumal Mutter mit einem vier Jahre alten Kind an einer solchen Aktion auf keinen Fall teilnehmen wollte. Er verfasste lieber Briefe an den Obersten Sowjet, in denen er für alle russischen Juden das Recht auf Auswanderung nach Israel, die »wahre Heimat«, einforderte. Ein dänischer Diplomat schmuggelte Kopien dieser Briefe in den Westen und ließ sie dort in Zeitungen veröffentlichen. Vater betrieb eine geheime Druckerei, in der zionistische Broschüren und verbotene Bücher vervielfältigt wurden, organisierte Hebräischkurse (ohne selbst Hebräisch zu lernen), Vorträge über Israel und den Zionismus oder die Geschichte des jüdischen Volkes. Das allein hätte ihm eine hohe Gefängnisstrafe einbringen können, denn Israel galt in der Sowjetunion als feindlicher Staat. Doch wir hatten Glück. Jeden Tag hatte Vater mit seiner Verhaftung gerechnet, nun durfte er plötzlich und unverhofft mit seiner Familie ausreisen. Zu diesem Zeitpunkt wartete Schimon schon auf seinen Prozess.

Während Schimon die alten Geschichten erzählt, hat er denselben verklärten Blick wie Vater, wenn er in Erinnerungen schwelgte, wie alle Veteranen, wenn sie von ihrer großen Zeit berichten, vor allem jene, die weiterhin überzeugt sind, auf der richtigen Seite gestanden zu sein. Als Kind waren die Erinnerungen meines Vaters das Einzige, wodurch ich mich Gleichaltrigen in Österreich überlegen fühlte. Immerhin hatte Vater gegen eine Diktatur gekämpft, während deren Eltern oder Großeltern, von wenigen Ausnahmen abgesehen, für Hitler in den Krieg gezogen waren. In Vaters schwächsten Momenten, wenn er meine Mutter, mich oder jemanden anderen anbrüllte, wenn er ganze Tage und Wochen lethargisch vor dem Fernsehapparat verbrachte, wenn ein Postgang, ein Telefonat oder das Gespräch mit einem Nachbarn für ihn zu einem unüberwindbaren Hindernis wurde, dachte ich daran, was für ein Mensch er früher einmal gewesen sein musste. Ohne seine Geschichten hätte ich längst den Respekt vor ihm verloren, und ohne diesen Respekt jenen Halt, den ich brauchte, als es nichts gab, worauf ich in meinem eigenen Leben stolz sein konnte. Wenn ich jedoch selbst an meine früheste Kindheit zurückdachte und die Gefühle hinter den vagen Erinnerungen suchte, spürte ich Vaters Angst im Nacken.

Schimon lobt meinen Vater – seine Standhaftigkeit, seine Kreativität, seinen Humor, seine Leidenschaft: »Er war die Seele der Gruppe. Ich selbst war nur seine rechte Hand. Manchmal auch seine linke. Manchmal beides. Doch die besten Einfälle stammten immer von ihm. Er war der Kopf. Ein außergewöhnlicher Mensch.«

Lilja pflichtet ihm bei. »Als Schimon verhaftet wurde, hat mir niemand geholfen wie dein Vater. Er besuchte mich jeden Tag, half mir, tröstete mich, gab mir Geld, war immer für mich da, wenn ich ihn brauchte. Ohne seine Unterstützung hätte ich diese Zeit nicht überstanden. Meine Verwandten und die sogenannten guten Freunde hatten Reißaus genommen, wollten mit der Familie des Volksfeindes nichts zu tun haben. Dein Vater hingegen hat sich für die Familien aller Verhafteten eingesetzt. Wer finanzielle Unterstützung, Zuspruch oder juristischen Rat gebraucht hat, wandte sich an ihn.«

»Ich weiß«, sage ich. »Er hat Geld gesammelt.«

»Das war noch das Geringste, was er getan hat.«

Schimon beginnt, weitere Geschichten über meinen Vater zu erzählen, schwelgt in Erinnerungen über gemeinsame Studienerlebnisse, einen Urlaub auf der Krim, über Mädchen, Feste und eine legendäre Sommernacht, als er und Vater über den Newskij-Prospekt, die Hauptstraße Leningrads, spaziert sind, Hand in Hand, völlig betrunken, mitten auf der Fahrbahn.

Als er auf die »zionistische Kampfzeit« in den sechziger Jahren zu sprechen kommt, beginnt meine Frau nachzufragen. Ich selbst kenne die Geschichten. In meiner Kindheit waren sie für mich realer als die Gegenwart.

Der Kuchen ist aufgegessen. Als Nachspeise zur Nachspeise werden Pralinen und Mazzesstücke mit Schokoladeüberzug und noch mehr Kaffee serviert. Worauf warte ich eigentlich noch?

»Warum haben Sie dreißig Jahre nicht mit ihm geredet? Er war Ihr bester Freund. Was immer geschehen sein mag ...«

Es ist ausgesprochen. Ich bin nicht zweitausend Kilometer geflogen, um zu schweigen.

Das Lächeln verschwindet aus Schimons Gesicht. Er stellt die Kaffeetasse ab, verschränkt die Arme auf der Brust, wendet sich ab.

»Darüber möchte ich nicht sprechen.« Er starrt Richtung Terrassentür. Hinter dem Glas kann ich die Silhouetten der Katzen ausmachen.

»Das ist zu schmerzvoll. Daran möchte ich mich nicht erinnern.«

Das Schweigen, das sich nach diesen Worten einstellt, dauert jedoch keine zehn Sekunden, dann sieht er mich wieder an, kneift die Augen zusammen und fragt: »Was glaubst du denn? Sag du es mir. Warum hat nicht er den ersten Schritt gemacht?«

»Er hat Ihnen nicht verziehen, dass Sie geredet haben.«

»Was soll das heißen?«

Jetzt kann ich nicht mehr zurück.

»Der KGB-Beamte, der im Sommer 1970 meinen Vater verhörte, las ihm Protokolle vor, Abschriften Ihrer Aussagen, detaillierte Angaben über Gespräche, die unter vier Augen stattgefunden hatten. Gespräche darüber, ob man an einer Flugzeugentführung teilnehmen soll oder nicht. Vater war überzeugt, man habe Sie gefoltert oder unter Drogen gesetzt. Wie hätte man Sie denn sonst knacken können?«

»Sie haben mich nicht gefoltert, aber sie haben gedroht, dass nicht nur ich selbst, sondern alle meine Freunde, von denen ja die meisten festgenommen worden waren, sowie alle, die ich in die Gruppe eingeführt hatte, höhere Gefängnisstrafen bekommen würden, wenn ich nicht kooperiere. Wenn ich hingegen aussage, würde sich das positiv auf das Strafmaß auswirken.«

Er wartet auf eine Replik von mir, die ich ihm nicht geben kann.

»Verdammt nochmal«, schreit er. »Ich hatte Familie. Ich musste an meine Frau und meine Kinder denken. Ich war in Haft. Ich hatte nächtelang nicht geschlafen. Deinen Vater hatten sie nicht verhaftet. Er konnte nach den Verhören nach Hause gehen, konnte sich erholen, klare Gedanken fassen, das Für und Wider abwägen. Er musste nicht in die Zelle.«

»Sie haben gedroht, ihn zu erschießen.«

»Das haben sie mir auch angedroht.«

Gerne hätte ich darauf geantwortet. Ich hätte Vaters Worte in den Mund nehmen und Schimon daran erinnern können, dass es innerhalb der Gruppe eine Übereinkunft gegeben hatte, bei Verhören keine Informationen preiszugeben, weder wichtige noch unwichtige, unter keinen Umständen, egal, was sie einem versprachen oder androhten. Nur im Falle physischer Folter hätte diese Übereinkunft keine Gültigkeit mehr gehabt. Vater und Schimon selbst hatten diese Regel aufgestellt. Niemand hatte widersprochen. Alle Mitglieder der Gruppe hatten begeistert zugestimmt. Doch nur wenige, darunter mein Vater, hatten sich daran gehalten und tatsächlich geschwiegen, als es so weit war.

Selbst harmlose Sätze des Ermittlungsbeamten wie »Schönes Wetter heute, nicht wahr?« oder »Wie geht es Ihrem Sohn im Kindergarten?« wurden von Vater mit der Standardfloskel »Ich weigere mich, diese Frage zu beantworten« quittiert.

»Zeit zu schweigen, was?«, hatte der Beamte gefragt.

»Ich weigere mich, diese Frage zu beantworten.«

Darauf der KGB-Mann, brüllend: »Sie haben kein Recht zu schweigen! Wir prügeln das Schweigen aus Ihnen heraus, sodass Sie fortan bis an Ihr Lebensende keinen einzigen Gedanken mehr für sich behalten. Haben Sie das kapiert?«

»Ich weigere mich, diese Frage zu beantworten.«

Die meisten anderen ließen sich jedoch einschüchtern und begannen zu reden, wurden – laut Vater – »geknackt«, »zwitscherten wie Vögelchen«, »verkauften ihre Freunde, Eltern und Großeltern«, »hatten die Hosen gestrichen voll«, »meinten in ihrem Wahn, sie seien klug genug, um professionelle Manipulatoren selbst zu manipulieren«. Auf die Gerichtsurteile, die einige Monate später gefällt wurden, hatte dies keine Auswirkung. Diese standen von Anfang an fest. Die Behörden hatten längst entschieden, wer wie lange ins Gefängnis muss, wer freikommt und wer ausreisen darf.

Das alles hätte mein Vater Schimon sagen können. Stattdessen waren jahrelang Mutter und ich seine Zuhörer. Aber Vater ist tot, und was ihm zugestanden wäre, steht mir nicht zu.

»Wenn ich geschwiegen hätte, hätten sie mir statt zehn Jahren fünfzehn aufgebrummt. Oder nur fünf. Keine Ahnung. Wenn das Gesetz nichts ist als ein Fetzen Papier, ist das ganze Leben wie ein Pokerspiel. Sie hatten die besseren Karten, die Herren Oberstleutnante des KGB, Oberstaatsanwälte und Richter, die professionellen Denunzianten, amtlich beeideten Lügner und informellen Mitarbeiter. Heute sind die meisten von ihnen ehrenwerte Pensionisten, wohnen in ihren Datschas und machen mit ihren Kindern und Enkeln Skiurlaub in Tirol, und niemanden stört das, weder drüben noch im Westen. Oder wurde in Deutschland oder in Ungarn, in Slowenien oder in Bulgarien jemand von diesen Leuten zur Rechenschaft gezogen, verurteilt, ins Gefängnis gesperrt?«

»Nur sehr wenige.«

»Na siehst du.«

»Auf Reisen in Ostdeutschland denke ich oft, wenn ich

Menschen begegne, die in meinem Alter oder älter sind, was sie wohl in der DDR-Zeit getan haben. Waren sie Opfer? Opfer und Täter zugleich? Waren sie bei der Stasi? Haben sie andere denunziert, manipuliert, gequält, verleumdet? Vielleicht kommen einige zu meinen Lesungen, hören zu, erkennen sich selbst in meinen Figuren, grinsen und klatschen höflich.«

»Ich aber habe für meine Verfehlungen einen hohen Preis bezahlt. Ich habe mir nichts mehr vorzuwerfen.«

»Nichts läge mir ferner, als Ihnen etwas vorzuwerfen. Wer bin ich denn? Ich selbst wäre wahrscheinlich nach einer halben Stunde zusammengebrochen und hätte alles erzählt. Ein paar Einschüchterungen, ein paar Drohungen, und schon hätten sie mich geknackt. Ich bin kein Held.«

»Ich bin auch kein Held. Ich habe nur getan, was ich konnte. Das ist mehr, als viele andere von sich behaupten können.«

»Sie behaupten das aber. Wie viele Menschen gibt es wohl, die so etwas nicht behaupten würden?«

»Dein Vater war ein Mensch der Extreme. Immer mit dem Kopf durch die Wand. Er konnte nicht wissen, wie ich mich damals in meiner Zelle fühlte.«

»Sie hätten es ihm erzählen können. Fünf Jahre vor seinem Tod war er zu Besuch in Israel. Er war hier. Bei Freunden. Nur zwei Kilometer von Ramot entfernt. Zehn Autominuten.«

Schimon stützt das Kinn mit beiden Händen. Um in seine Augen zu schauen, müsste ich um den halben Tisch gehen. Lilja und meine Frau schweigen. Ihre Blicke überschneiden sich im spitzen Winkel in einer dunklen Ecke unter der Kommode. In einem der Nachbarhäuser läutet das Telefon, lange, penetrant, unerträglich.

»Seder 1973.« Schimon wendet den Kopf wieder der Terrassentür zu. »Ich wurde aus einem Lager in Westsibirien in ein anderes Lager in Zentralrussland transportiert und war auf halbem Weg ein paar Monate lang in einem Gefängnis in Perm eingesperrt. Es war Pessach. Ein jüdischer Freund und ich hatten eine Haggada organisiert. Wenn man geschickt ist und die nötigen Kontakte hat, kann man im Gefängnis alles besorgen. Alkohol. Drogen. Pornos. Einen Fick. Sogar eine Haggada. Wir waren zu dritt in der Zelle und haben in dieser Nacht den Seder gefeiert: mein Freund, ich und ein junger Mann, ein Nichtjude, ebenfalls ein Politischer, der aus Solidarität mitgemacht hat. Außer der Haggada hatten wir zwar kaum etwas, das man für eine richtige Seder-Feier benötigt, aber wir wussten uns zu helfen. Wir zerstampften ein paar alte Rosinen und vermischten den Brei mit Wasser. Das war unser Wein. Eine trockene Brotrinde erklärten wir zu Mazzes. Ein Stückchen Zwiebel wurde zu Bitterkraut, eine Kartoffel zu Karpas, dem Symbol für die harte Arbeit in der Sklaverei. Unser Ägypten lag in Perm, die Aussicht auf eine Befreiung aus der Knechtschaft und die Rückkehr ins Gelobte Land gab uns Kraft und machte diese improvisierte Feier zu etwas Besonderem. Sogar unser nichtjüdischer Zellengenosse erkannte die Bedeutung des Augenblicks. Ich las halblaut die aramäischen Texte aus der Haggada, die beiden anderen flüsterten mir nach – ganz leise, damit die Wachen nichts hören. Wir beteten, wir dachten an die Zukunft und sangen Chad Gadya, während draußen, hinter dem vergitterten Fenster, immer noch Schnee fiel, obwohl schon April war. In den Monaten zuvor hatte ich mich fast aufgegeben. Ich würde in diesem Gefängnis oder in einem der Lager verrecken, und wenn ich die Haft überlebte, dürfte ich trotzdem niemals ausreisen. In dieser Nacht jedoch war ich wieder überzeugt, ich würde irgendwann die Dizengoff-Straße entlangspazieren, im Toten Meer baden, an der Klagemauer beten und den Seder mit meiner Familie in Jerusalem feiern, und ich schwor mir, alles zu tun, um mein Ziel zu erreichen. Das war meine Stimmung, als mich im Morgengrauen die Wachen abholten und in den Gefängnishof führten, wo ich mit einer Reihe anderer Gefangener in der bitteren Kälte strammstehen musste. Ich ahnte nicht, was mich erwartete. Mein jüdischer Freund war an meiner Seite, aber nicht unser Zellengenosse. Ich hatte den Eindruck, als handle es sich bei allen Gefangenen, die an diesem Morgen im Hof ausharren mussten, um Juden. Einige von ihnen kannte ich, zionistische Aktivisten wie ich, Refusniks, Dissidenten, ein paar Kriminelle und ein Mann, der Rabinowitsch hieß, aber als Adoptivkind seiner Herkunft nach gar kein Jude war. Er saß im Gefängnis, weil er den falschen Leuten einen ordinären Witz über Marx und Lenin erzählt hatte. Wollt ihr ihn hören?«

»Nein!«, sagen wir alle drei im Chor.

»Schade. Marx und Lenin treffen sich nämlich im Jenseits …«

»Und was geschah dann im Gefängnishof?«, frage ich rasch.

»Na gut. Wir stehen dort und warten, eine halbe Stunde oder auch länger. Es wird langsam hell. Die Scheinwerfer werden ausgeschaltet. Aus der Ferne, aus der Stadt, hört man Fabriksirenen und das Bimmeln von Straßenbahnen. Wir dürfen uns nicht rühren, dürfen nicht miteinander sprechen. Meine Füße sind so kalt, dass ich sie kaum noch spüre. Die Wachleute beobachten uns. Dann, endlich, öffnet sich die Tür zum Verwaltungstrakt, und der Gefängnisleiter kommt heraus, ein sehr dicker Endvierziger mit vulgärem Gesicht. In einer Hand hält er ein Megaphon, in der anderen eine

Zeitung. Mützen ab, Augen gerade!, schreien die Wachen. Der Gefängnisleiter klettert auf ein Holzpodest, gerät nach fünf Stufen außer Atem, schnauft, hustet, schimpft, schaltet das Megaphon ein und brüllt: Ihr krummnasigen Kotzbrocken! Ihr zwiebelstinkenden Zionistenschweine, ihr heimatlosen Kosmopoliten, Diebe, Ausbeuter, Volksfeinde, ich ficke euch und eure Mütter, ihr beschnittenen Schlappschwänze! Ihr glaubt, ihr könntet euch von hier davonschleichen, und in eurem Israel hängen die Bananen auf den Bäumen, die ihr nur zu pflücken braucht? Nackt am Swimmingpool wollt ihr liegen, koscheren Wein trinken und euch unter Palmen einen blasen lassen? Aber da liegt ihr ordentlich daneben mit euren Wichsphantasien, ihr Hurenböcke. Es gibt kein zionistisches Paradies im Gelobten Land, und jene, die es gesehen haben, sind schnell abgehauen und betteln, dass wir sie wieder hereinlassen in unsere sozialistische Hölle. Da, schaut her!

Er hält die Zeitung in die Höhe.

Einer eurer besten Freunde, ein Zionist der ersten Stunde, ein Agitator und Betrüger, der vor zwei Jahren nach Israel ausreisen durfte, weil wir einen solchen Abschaum nicht mehr in unserem Land haben wollten, wartet jetzt in Wien darauf, dass wir ihm die Rückkehr in seine Heimatstadt Leningrad erlauben. Er hat uns einen Brief geschrieben, den wir veröffentlicht haben. Den lese ich euch jetzt vor …

Und er nennt den Namen deines Vaters, schaut mich an und grinst hämisch, und wenn die Seder-Feier am Abend mir nicht so viel Kraft gegeben hätte, wäre ich bestimmt umgefallen oder hätte etwas Unüberlegtes getan, das mich womöglich das Leben gekostet hätte. Dann schlägt er die Zeitung auf und liest den Brief deines Vaters vor, deutlich, betont, so als hätte er für diesen Auftritt lange geübt, streckt triumphierend das Doppelkinn in die Höhe. Nach jedem Satz, den ich zu hören bekomme, habe ich den Eindruck, ich würde versinken, tiefer und immer tiefer, bis ich unter dem Betonboden des Gefängnishofs verschwunden bin, sodass niemand etwas von der Scham bemerkt, die ich empfinde, Scham, dass ausgerechnet dein Vater, mein bester Freund, einen solchen Brief geschrieben hat, um Leuten wie diesem Gefängnisleiter eine Gelegenheit zu geben, uns zu erniedrigen, über uns zu triumphieren, uns zu verachten, weil wir nichts anderes sind als feige Juden, die unterwürfig um Gnade betteln.«

Schimon macht eine Pause. Ich bin froh, dass er mich nicht ansieht. Am liebsten würde ich seine Hand nehmen und warten, bis das Zittern, das seinen Körper erfasst hat, aufhört. Aber das wäre nicht angemessen, weil ich ihn dadurch nur zwingen würde, einen dummen Witz auf meine Kosten zu machen.

»Und was das für Sätze waren! Ein tiefes Bedauern deines Vaters für zwanzig Jahre Zionismus. Das große sozialistische Vaterland habe ihm eine Ausbildung gegeben, Arbeit, Wohnung, medizinische Versorgung, er aber habe sich als undankbar erwiesen, habe seine Mutter Heimat, die ihn gehegt, gepflegt und aufgezogen habe, hintergangen und andere zum Landesverrat angestiftet. Er lobt die Kommunistische Partei, behauptet, die sowjetischen Behörden hätten ihre Gegner human behandelt (was für eine Infamie!), kritisiert den Kapitalismus. Jeder Satz eine Selbstanklage, jeder zweite eine Verleumdung. Vor allem aber, und das tut mir besonders weh, schimpft er über Israel, erzählt, er sei betrogen worden, habe den Lügen der israelischen Radiosender geglaubt. Israel, schreibt dein Vater, sei ein Land, in dem jegliche Ideale von Freundschaft und Menschenliebe längst vergessen worden seien. Es regiere das Kapital. Die Reichen beuteten die Armen aus. Die hohen Steuern kämen nur den Unternehmern und den korrupten Politikern zugute. Die Juden aus orientalischen Ländern würden unterdrückt. Selbstherrliche Bürokraten schikanierten die Menschen. Jeder dächte nur an sich selbst … Der ganze Text ist wie aus einem sowjetischen Lehrbuch abgeschrieben oder einem Leitartikel der *Prawda* entnommen. Einige Phrasen sind mir besonders in Erinnerung geblieben, ich kann sie noch heute auswendig: *Viel könnte man über den Schmutz und die Kulturlosigkeit in Israel sagen oder über die Macht der Religiösen. Mit großem Mitleid und Schmerz betrachtete ich die zehnjährigen Knaben in ihren schwarzen Kaftanen, mit ihren Zobelmützen und langen Pejes.* Nichts freut Antisemiten mehr, als antisemitische Stereotype aus dem Mund eines Juden zu hören. Schmutz, Kulturlosigkeit, Kaftane, Pejes in einem Atemzug. Wenn sogar ein Mensch wie dein Vater so etwas schreibt, warum sollten sich der Säufer im Park, der kommunistische Funktionär, der keinen einzigen korrekten russischen Satz formulieren kann, oder der faschistische Denker zurückhalten? Die Juden selbst behaupten ja … Nein, nicht ich, ein ehemaliger Zionist, der in Israel gelebt hat, meint und erzählt sehr glaubwürdig, dass … Die Juden sind bekanntlich dreckig, sie geben es ja selbst zu …

Ich stehe dort, stramm, so wie es sich gehört, den Kopf erhoben, Augen geradeaus, ein Fensterkreuz am anderen Ende des Gefängnishofs im Visier, ein Blickpunkt, der mein Gesicht festhält, damit es nicht zerfließt, damit es verschlossen bleibt, denn der Gefängnisleiter schaut immerfort in meine Richtung. Während er vorliest, schaut er die ganze Zeit in meine Richtung und grinst wie ein Affe, und am Ende schaut er nur noch mich an, mich allein, und die anderen sind nichts als eine jüdische Kulisse, und ich kette mich mit meinem Blick am Fensterkreuz fest, damit dieser Wicht nicht erkennt, was in meinem Inneren vorgeht.«

Sagt Schimon, und als er verstummt, öffnet sich sein Gesicht, und während es zu mir spricht, kommen keine Worte über meine Lippen, weil es nur Vater allein zustünde, diese Stille zu brechen, weil ich schon in jungen Jahren gelernt habe, schöne Worte aneinanderzureihen, und weil ich mir manchmal wünsche, sie würden sich krumm um meine Seele winden und mir keinen Ausweg lassen. Stattdessen bauschen sie sich zu großen Segeln und tragen mich davon. Aber Vater kann die Stille nicht mehr brechen.

Ich muss an ein Lied von Bulat Okudschawa denken. Darin heißt es: *Woher kommst du eigentlich? Ach, ich komischer Narr. Du verwechselst, zeigt es sich, Tür nur, Straße und Jahr.*

»In den nächsten Tagen schrieb ich einen offenen Brief an deinen Vater, der von Freunden über viele Umwege aus dem Lager geschmuggelt und einige Zeit später im Westen veröffentlicht wurde. Hat dein Vater ihn gelesen, meinen Brief?«

»Ja.«

»Du auch?«

»Ja. Später, als ich fünfzehn oder sechzehn war. Ich weiß noch, wie er unterschrieben war: *Schimon, der dich einst geachtet hat.*«

»Richtig. Ich hatte ihn geachtet. Einst.«

»Willst du noch einen Kaffee?«, fragt mich Lilja.

»Ja bitte.«

»Es wäre womöglich besser …« Sie stockt, schenkt mir Kaffee ein, spricht dann weiter. »Es gibt Dinge, die schmerzhaft sind, über die man aber trotzdem reden sollte. Andere wiederum … Ich weiß nicht. Du warst damals noch ein Kind.«

»Doch, ich möchte darüber reden«, sage ich. »In meiner Kindheit wusste ich zwar, dass meine Eltern kurzzeitig vorgehabt hatten, in die Sowjetunion zurückzukehren, aber ich wusste nichts von der Existenz dieses Briefes. Im Gegenteil – ich habe miterlebt, wie mein Vater vehement und mit klaren Worten versuchte, andere davon abzubringen, Briefe und Erklärungen dieser Art zu verfassen. Erst als Jugendlicher erfuhr ich die ganze Wahrheit. Danach hat Vater diesen dunklen Fleck in seiner Biographie nie verharmlost, und wenn ich ihn darauf ansprach, entzog er sich selten dem Gespräch. Wenn er über diese Sache nicht geredet hätte, wäre alles viel schlimmer gewesen. Noch kurz vor seinem Tod erklärte er mir, dass er seinen Wunsch, in die Sowjetunion zurückzukehren, vor allem aber den Brief, den er an den sowjetischen Konsul in Wien adressiert hatte und der viel später ohne sein Wissen in sowjetischen Zeitungen abgedruckt wurde, bitter bereue. Wenn es in seinem Leben etwas gebe, wofür er sich schäme, dann diesen Brief. Als er davon sprach, hatte er Tränen in den Augen.

Ihren Antrag auf Remigration zogen meine Eltern bald darauf zurück. Vater suchte sogar die israelische Botschaft in Wien auf, um sich für sein Verhalten und den Brief zu entschuldigen. Doch der Brief verfolgte ihn. Als er in Russland publiziert wurde, hatten meine Eltern längst keinerlei Kontakt mehr zu sowjetischen Behörden. Aber das spielt natürlich keine Rolle. Es gibt Fehler, die man niemals wiedergutmachen kann. Alle Freunde und Verwandten in Russland waren entsetzt. Stellen Sie sich vor: Die Schwester meines Vaters in Leningrad schlägt eines Morgens die Zeitung auf und liest diesen Artikel. Vater hat Dutzende weiterer Briefe geschrieben, um die Sache richtigzustellen – an jüdische Medien in der ganzen Welt, an die Menschenrechtskommission der UNO. Er hatte seinen Brief an den sowjetischen Konsul nie für eine Veröffentlichung freigegeben.«

»Warum hat er ihn überhaupt geschrieben?«, fragt Schimon mit Wut in der Stimme.

»Man hatte ihn darum gebeten. Eine reine Formalität, hieß es. Für die Akten. Wenn Vater einen solchen Brief schreibe, dürfe er bald mit seiner Familie nach Leningrad zurückkehren. Außer ein paar Bürokraten in Moskau würde den Wisch ohnehin niemand zu Gesicht bekommen. Darauf gab ihm der Konsul sein Wort …«

»Aber dein Vater war kein Kleinkind mehr!«, schreit Schimon und wird rot im Gesicht. »Er ist in der Sowjetunion aufgewachsen. Er war ja kein dummer Westler. Er wusste doch, mit wem er es zu tun hatte! Das Ehrenwort eines sowjetischen Konsuls war so viel wert wie ein Furz. Würdest du mit einem Banditen einen Vertrag abschließen und glauben, dass er sich daran hält?«

»Sie haben recht. Es war unverzeihlich, was er getan hat. Ich wünschte, es wäre nie passiert. Es war eine Demütigung – für ihn, für seine Familie, für alle seine Freunde. Für mich. Bis heute. Aber er war in jener Zeit so verzweifelt, dass er offenbar nicht klar denken konnte. Er schrieb einfach, was man von ihm erwartete, und natürlich nicht das, was er wirklich dachte.«

»Ich kann heute, fast vierzig Jahre später, immer noch kaum glauben, dass er das alles geschrieben hat. Im Lager habe ich mich damit getröstet, dass es sich vielleicht um eine Fälschung handelt, eine verleumderische Erfindung der Sowjets, um unseren Willen zu brechen.«

»Er verstand sehr bald, was für einen Fehler er gemacht hatte. Kurz nachdem er den Brief verfasst hatte, schlug ihm ein Angehöriger der sowjetischen Botschaft ein Treffen vor, allerdings nicht im Büro, sondern in einem Kaffeehaus. Am nächsten Tag, im Café Sperl, erklärte er Vater, wie dieser das Verfahren zur Rückreiseerlaubnis und Wiedereinbürgerung beschleunigen könnte. Er solle nach Paris fahren, dort Kontakt zu Exilrussen aufnehmen und der Botschaft unverbindlich und ganz informell hin und wieder über deren Pläne und Aktivitäten berichten. Dabei handle es sich um reine Informationsbeschaffung. Niemand werde zu Schaden kommen. Laut meinem Vater habe es sich bei dem Mann um einen jungen, äußerst kultivierten, gutgekleideten und freundlichen KGB-Agenten gehandelt, der seine Ausführungen gerne mit Bonmots, Scherzen und Klassikerzitaten ausschmückte. Nebenbei erwähnte er Vaters Schwester und deren Familie in Leningrad, seine Mutter, den Schwager – einen Historiker und Altphilologen, den Cousin – einen Arzt in Kasan, eine gute Freundin in Krasnojarsk, einen alten Schulkollegen in Moskau, mit dem Vater in Briefkontakt stand. Der Beamte war bestens informiert und bemerkte augenzwinkernd, wie sehr er sich freue, dass es Vaters Angehörigen und Freunden in Russland gutgehe, dass sie beruflich erfolgreich und gesund seien. Vater hat das Angebot, ein informeller Mitarbeiter des KGB zu werden, mit deutlichen Worten abgelehnt und danach den Antrag auf Remigration zurückgezogen. Das war's. Seinen Angehörigen und Freunden in Russland ist nie etwas passiert. Man ließ sie in Ruhe.«

»Aber warum wollte er überhaupt zurück?«, schreit Schimon und schlägt mit der Handfläche auf den Tisch. »Nach allem, was er durchgemacht hat! Nach jahrelangem Kampf gegen diese Menschen, die er immer verachtet hat, kommt er zu ihnen zurück und bettelt, sie mögen ihm vergeben. Das verstehe ich nicht.«

»Ich habe es selbst nie ganz verstanden. Aber ich denke, außer der großen Enttäuschung über Israel und den Westen war es vor allem die Nostalgie.«

»Nostalgie?« Schimon schaut mich erstaunt an. »Nostalgie nach der Diktatur? Die Sehnsucht nach Antisemiten? Das unwiderstehliche Verlangen, wieder dem Pöbel auf der Straße zu begegnen, der einem ins Gesicht spuckt? Liebe zu den Behörden, die deine Kinder nicht studieren lassen? Eine starke Zuneigung zu der Frau am Schalter, die dich anschnauzt, wenn du dich erdreistest, ihre Ruhe zu stören? Heimweh nach den Schlangen vor den Lebensmittelläden oder den Säufern im Hausflur?« Die letzten Sätze schreit er heraus und schlägt wieder mit der Handfläche auf den Tisch.

»Wie gesagt, ich habe es selbst nicht ganz verstanden. Als junger Mensch habe ich ihn ausgefragt. Ich gab mich bald nicht mehr mit oberflächlichen Antworten zufrieden. Sicher konnte ich alles, was er zu seiner Verteidigung vorbrachte, nachvollziehen: die soziale Sicherheit – Arbeit und Wohnung, die Sprache, die Freunde, die Mentalität der Menschen, die vertraute Umgebung, die Kultur, die Literatur, die Museen, das Theater, das Klima, die Landschaft, die alten Erinnerungen, die Spaziergänge, der Geruch des Schnees im Winter, die weißen Nächte im Sommer. Aber deshalb verzichte ich doch nicht auf meine Freiheit und fahre zurück in eine Diktatur. Und schreibe einen solchen Brief. Du hattest doch meine Mutter und mich, habe ich ihm damals, mit Anfang zwanzig, gesagt. Hast du jemals daran gedacht, was das für uns bedeutet?«

»Und er?«, fragt Lilja.

»Er hat gemeint, ich werde ihn nie verstehen können. Ich habe meine Kindheit und Jugend in verschiedenen Ländern verbracht, ich sei nirgendwo wirklich zu Hause und könne deshalb nicht nachvollziehen, was Nostalgie bedeute. Eigentlich müsse ich ihm dafür dankbar sein, dass er mir durch das viele Hin und Her dieses Gefühl erspart habe.«

»Ja und?«, fragt Schimon. »Hat er recht?«

»Keine Ahnung. Ich bin als Erwachsener niemals emigriert.«

»Als junger Mensch wollte ich Russe sein, aber man ließ mich ja nicht«, sagt Schimon. »Genauso wenig wie deinen Vater. Schau dich um. In meinen Regalen stehen fast nur russische Bücher. Meine Autobiographie und alles andere habe ich ebenfalls auf Russisch geschrieben. Ich lese russische Zeitungen und empfange russische Fernsehsender. Vieles von dem, was mich interessiert, finde ich im Internet auf russischsprachigen Homepages. Kurz gesagt, ich genieße die russische Sprache und Kultur ohne Russen. Eine Urlaubsreise ins heutige Russland ist das beste Heilmittel gegen jegliche Nostalgie. Wenn ich Putins Gesicht im Fernsehen oder auf dem Bildschirm meines Computers betrachte, sehe ich die KGB-Leute, Lagerleiter und Wärter, die mich gequält haben.«

»Also ich habe unsere Wohnung und den Garten zur exterritorialen Zone erklärt. Für mich liegt dieses Fleckchen Erde nicht in Österreich und schon gar nicht in Salzburg.«

»Gut, aber du wolltest wissen, warum ich mit deinem Vater nach meiner Entlassung aus dem Lager nie mehr gesprochen habe. Ich denke, du verstehst das jetzt. Aber wenn er sich entschuldigt hätte, für den Brief und dafür, dass er Israel verlassen hat. Wer weiß.«

»Er wollte, dass Sie sich zuerst bei ihm entschuldigen.«

»Ich? Warum ich? Er hätte sich bei mir mehr entschuldigen müssen als ich bei ihm.«

Ehe ich etwas darauf erwidern kann, stellt mir Lilja die

Frage, die ich an diesem Abend viel früher erwartet habe, nämlich wie sich meine Mutter in den Jahren der Emigration gefühlt hatte, und so erzähle ich ausführlich, wie Mutter Vaters zahlreiche Auswanderungs- und Rückwanderungsversuche mitgetragen hatte, um »die Familie nicht zu zerstören«, wie sie seiner Hartnäckigkeit nichts habe entgegensetzen können, wenn er wieder einmal die Zelte abbrechen und weiterziehen wollte. Wenn sie sich dagegen sträubte, redete er so lange auf sie ein, bis sie schließlich keine Kraft mehr hatte zu widersprechen. Wenn es nach ihr gegangen wäre, hätten wir Israel niemals verlassen.

Je schmerzvoller ein Thema für mich ist, desto wortreicher gehe ich darauf ein, und je wortreicher ich in solchen Augenblicken werde, desto weiter entferne ich mich von meinen Gefühlen. Deshalb reagiere ich gelassen, als meine Erwähnung Israels die Frage nach sich zieht, warum Vater Israel nach nur einem Jahr verlassen hatte, um drei Jahre später zurückzukehren und nach einem weiteren Jahr abermals wegzuziehen. Dazu könnte ich viel sagen. Für eine stimmige Analyse fehlt mir jedoch inzwischen die Energie, und so verberge ich mich hinter jenen Standardphrasen, mit denen mich meine Eltern früher abgespeist hatten, wenn ich auf das Thema zu sprechen kam. Schon nach wenigen Minuten fällt mir Schimon ins Wort: »Nostalgie, Enttäuschungen, berufliche Probleme, Bürokratie, Armut, Korruption, die ultraorthodoxen Schmarotzer, falsche Vorstellungen über den Westen. Das mag alles stimmen. Aber was hat er denn erwartet? Dass Israel ein Land ist, in dem Milch und Honig fließen? Ist das Leben eine Bibelgeschichte? Oder eine kommunistische Zukunftsphantasie? Jeder intelligente Mensch weiß, dass es keine perfekten Welten gibt.«

»Er dachte, er werde in Israel gebraucht.«

»Umgekehrt! Wir, die Immigranten, brauchen Israel. Israel kommt zur Not auch ohne uns aus.«

»Er war auf einmal nicht mehr wichtig. In den letzten Monaten vor unserer Ausreise haben sich alle an ihn gewandt, die Angehörigen der Verhafteten, Leute, die das Gefühl hatten, beschattet zu werden, und nicht wussten, wie sie sich verhalten sollen, junge Menschen, die etwas über den Zionismus erfahren wollten, alle, die juristischen Rat suchten. Sie haben zu ihm aufgeschaut. Er war ihr Vorbild. Dann kam er nach Israel ...«

»... und war einfach nur ein Jude. Ich aber wollte genau das: einfach ein Jude sein. Ich war es leid, darüber nachzudenken, wie die anderen reagieren, wenn sie mein Gesicht sehen oder meinen Namen hören. Ich wollte nicht mehr darauf achten, mich richtig zu verhalten. Ich hatte genug von Scham, Unsicherheit und Angst, von Schuldgefühlen und schlechtem Gewissen, dem Zwang, mich für das Verhalten anderer Juden rechtfertigen zu müssen. Ich wollte mich nicht mehr unterscheiden. Und ich habe erlebt, wie meine Kinder und Enkel in Israel aufwachsen, einem Land, in dem sie so sind wie alle anderen. Nichts kann mir dieses Glück nehmen, und kein Glück war größer für mich als dieses. Dafür habe ich gekämpft. Dein Vater hat aufgegeben, und das, als er eigentlich schon gewonnen hatte.«

Damit dürfte alles gesagt sein. Am liebsten würde ich jetzt allein sein, zu Fuß in die Altstadt zurückgehen oder die ganze Nacht unterwegs sein. Ich lehne mich zurück und beginne zu lächeln, so als schaute ich nicht an Schimon vorbei, sondern in das Objektiv einer Kamera. Was mir vor einer Woche in Beer Yaakov misslungen ist, gelingt mir heute – ein routiniertes Fotogesicht. Doch an diesem Abend kommt niemand auf die Idee, Erinnerungsfotos zu machen.

Je länger ich lächle, desto unerträglicher wird die Stille. Ich sollte sie mit einer versöhnlichen Phrase oder einem Scherz brechen, mit einem Satz, der die Wehmut für alle Anwesenden erträglicher macht. Ich bin Schriftsteller. Ich sollte etwas in dieser Art formulieren können. Jetzt! Sofort! Meine Frau sieht mich fragend an, doch der einzige Satz, der mir einfällt, ist: Könnte ich bitte noch eine Tasse Kaffee haben? Dabei möchte ich gar keinen Kaffee mehr.

Ich sollte etwas sagen, aber ich sage nichts, bis schließlich Schimon diese Aufgabe übernimmt: »Was ist der Unterschied zwischen einem dressierten Affen und einer guten Ehefrau?«

»Oh nein, bitte nicht!«, stöhnt Lilja.

»Eine gute Ehefrau braucht man nicht zu dressieren.«

»Ach Schimon!« Lilja wendet sich mir zu: »Eines musst du wissen, und das ist mir sehr wichtig. Ich verzeihe deinem Vater alles! Ich verzeihe ihm alles, weil er damals, nachdem Schimon und die anderen verhaftet worden waren, so viel für mich und für unsere Freunde getan hat. Vielleicht hat er in seinem Leben sonst nichts auf die Reihe gebracht. Vielleicht war alles andere falsch. Aber in jenen neun Monaten zwischen den Verhaftungen und seiner Ausreise aus der Sowjetunion war er der richtige Mensch am richtigen Platz.«

»Sie haben bestimmt recht«, sage ich leise. »Wie schade nur, dass ich keiner der Menschen bin, denen er zum richtigen Zeitpunkt geholfen hat, sondern nur sein Sohn.«

»Bitte verurteile ihn nicht.«

»Ich maße mir kein Urteil an. Ich bin kein junger Mann mehr, und mein Vater ist schon lange tot. Wie heißt es doch so schön – für sieben Nöt ein Satz, der eine Satz Geschwätz.«

»Darauf trinken wir!«, verkündet Schimon. »Lilja, los, hol noch eine Flasche Rotwein.«

»Hol sie doch selbst. Bin ich etwa eine gute Ehefrau? Oder habe ich mich von dir dressieren lassen?«

Schimon stutzt, dann beginnt er zu lachen, und mit diesem Lachen löst sich die Spannung, und während wir alle lachen und Schimon den Wein holt, verspüre ich das Bedürfnis, die Terrassentür zu öffnen, um die Luft dieser milden Frühlingsnacht und mit ihr die streunenden Katzen hereinzulassen.

Inhalt